ヴァージン

ラディカ・サンガーニ

田畑あや子＝訳 ● 辰巳出版

Virgin

by
Radhika Sanghani
translation by Ayako Tabata

Virgin

by Radhika Sanghani

イラストレーション　茂苅 恵
ブックデザイン　鈴木成一デザイン室

ブラジリアン・ワックスの痛みに耐えたことのあるすべての人に

おもな登場人物

エリー・コルスタキス　ユニバーシティ・カレッジ・ロンドンに通う大学3年生。21歳。ライター志望。ヴァージン
ララ　オックスフォード大学に通うエリーの親友
エマ　新しくできたエリーの大学の友人
ジャック・ブラウン　グラフィックデザイナー。26歳
エリック　ジャックの仕事のパートナー。ハナのボーイフレンド
ハナ　エリーの大学の友人
カーラ　エリーの大学の友人
ルーク　エリーの大学の友人
チャーリー　エリーの大学の友人
ポール・ピツィリデス　エリーの幼なじみ。24歳
ニッキ　エリーの幼なじみ。ポールの妹
ヤニー　ニッキのボーイフレンド。ドラッグ・ディーラー
ジェズ　ララのボーイフレンド
ジェームズ・マーテル　エリーの17歳のときのファースト・キスの相手
E・バウアーズ　医師

Virgin《ヴァージン》

1

エリー・コルスタキス
二十一歳
非喫煙者
ヴァージン

ぞっとしてE・バウアーズ医師のコンピューター画面を見つめた。わたしの処女膜の状態ががでかでかと書かれている。

ヴ・ァ・ー・ジ・ン

その文字が不気味に光っている緑のスクリーンのコンピューターときたら、スティーヴ・ジョブズがアップルを思いつくまえに使われていたような代物《しろもの》だ。不鮮明な一九八〇年代の文字が頭に刻みこまれる。不安のかたまりが喉につっかえていて、ほっぺたが熱くなる。吐きそう。

わたしの屈辱的な秘密がカルテにくまなく書かれていて、E・バウアーズ医師に見られようとしている。こっちは彼女の名前の〝E〟がなんの頭文字かも知らないのに、大学で二年半もすごしていながら、ひとりとして――そう、ただのひとりも――わたしの処女を奪いたいと思った男の子が現れなかったことを知られてしまうのだ。二十一歳で、いまだにヴァージンだということを。

「ミズ・コルスタキス」先生が鼻の上で縁《ふち》なしのメガネをあげた。「ユニバーシティ・カレッジ・ロンドンの最終学年で、きょうは登録に来られたんですね？」

わたしは困惑した顔をなんとか笑顔にして、失礼にならないような笑い声を出そうとした。

「はい、どうしてもっと早く来なかったのかわからないんですけど。たぶん、その、新入生が必ずかかるっていう風邪にかからなかったせいだと思います」

先生は無表情でこちらを見ている。

「あの、それで、わたしのことはミス・コルスタキスって呼んでくださっていいです。よければ、エリーでも」

先生はまた用紙を見おろし、眉を寄せながら、ブロック体の大文字で苦労して書いたわたしの汚い字を読んでいた。

ジーンズでてのひらの汗をふいて、落ちつけと自分に言い聞かせる。相手は医者だ。わたしが二十一歳で処女だとわかったからってショックを受けたりしない。それに、先生はコルスタキス家の病歴をききたいだけかもしれない。だとしたら、話せるのは曾祖父のスタヴロスが九歳のときから毎日タバコをひと箱吸っていたことくらいだ。結局肺ガンではなく、アーモンドを喉につまらせて八十九歳で亡くなった。

先生が急に息をのんだ。「あら——これはよくないですね。一週間に二十単位《ユニット》以上のアルコールを摂取しているんですか?」

マズい。わたしがわざと五単位分減らしたのがバレたら、最初のバスでリハビリ・センター送りになってしまう。

E・バウアーズ医師が咳払いした。

「ああ、すみません」ガール・スカウトに入っていたころからやったことのないようなくすくす笑いをする。「いつも二十単位飲んでるわけじゃないんです。授業がある時期だけで。たいてい飲みに出かけるのは木曜日で、あと月曜日も。水曜に出かけることもありますけど、最近のクラブ・ナイトは新入生ばっかりだから、あまり行かなくなっていて」

E・バウアーズ医師は額にしわを寄せて、口をぎゅっと閉じた。キーボードをたたきはじめたので、わたしは不安になって椅子の端にしっかりつかまっていた。コンピューターの画面をじっと見る。あの五文字はもう見えない。先生はその言葉については何も言わずにページを下にスクロールしていった。ほっとして大きく息をつく。

画面の下に文章が現れる——〝週に二十単位以上、大量飲酒者、過度の飲酒〟。

「待って、過度の飲酒なんてしてません! ていうか、大量飲酒者でもないわ。普通の飲酒者です。友だちとくらべたらかわいいものだし」

「ミズ・コルスタキス、週二十単位というのはかなりの量です。減らすことを考えないと、十年後にはここに新しい肝臓をもらいにくることになりますよ」厳しい口調だった。

先生は一九九五年のダイアナ妃っぽい髪を耳の後ろにかけて話を続けた。「性の健康の欄は空白ですね。性経験は豊富ですか？」

やられた。

性経験は豊富ですかって？

友だちにも自分の性経験がいかに貧困かなんてことは話せないのに、E・バウアーズ医師に話せるわけがない。縁なしのメガネをかけてる人に、大学の最終学年でまだセックスをしたことがないっていうのがどれほどつらいかなんてわかるはずがない。この人はきっと、中世の人みたいにシーツにあけた穴越しに処女を失ったにちがいない。こっちの気持ちが読めるかのようにじっと目を見つめられて、冷や汗が出てきた。黒のトップスを着てくればよかった。

椅子の上でもじもじする。「ああ、そうですね。その、実際のところ、そんなに性経験が豊富ってわけでもなくて……わざわざ書かなくてもいいかなって。妊娠はしてませんし、いままでしたこともありませんし、この調子だとこれからもないです！」

先生は口を引きむすんだままで、こちらに向けたつまらなそうな目をしばたたいた。

変なユーモアで先生の気をそらせようなんて思わないこと、と頭のなかにメモし、急いでつけくわえる。「はっきり言って、どんな性感染症にも絶対かかっていません。そんなの不可能ですから」

「ということは、最近クラミジアなどの検査を受けたんですか？」

「いえ……受けてないですけど。クラミジアにかかるはずがないんです。わたしは……その、わたしは……つまり……」声がつまって、言葉が続かなくなった。あの言葉を声に出して言えない。昔からの親友たちはそもそものことを知ってるし、大学で会った人たちにはこの二年半、ずっと隠しとおしてきた。口をあけてみたものの、やっぱり言葉は出てこなかった。

「なんですか？」E・バウアーズ医師がまばたきをして、まっすぐこちらを見ている。「あなたは……？」

「わたしはヴ……ヴァ……」まったく。よりによって、こんなところで言葉につまるなんて。

深呼吸して、またやってみた。今回はすんなりと言葉が出てきた。「いままでセックスをしたことがないから、性感染症になるわけがないんです。それとも性病でしたっけ？　どっちにしてもないです」

先生がまたまばたきした。「でも、性経験は豊富なんですよね？」

うーん。一回フェラチオしようとして失敗したのと、ヴァギナに何本か指を入れられたっていうのを、性経験が豊富って言うんだろうか？

「わかりません」みじめな答え。「というのも、セックスをしたことはないけど、近いところまではいってるので」

先生がため息をついた。「ミズ・コルスタキス、性経験が豊富なんですか、ちがうんですか？ここでの話は誰にも聞かれません。クラミジア検査をしてもらうべきかどうか知る必要があるだけですから」

胃が急降下して五ポンドで買ったスニーカーのなかにまで沈んでしまい、あごもそれについていった。わたしがヴァージンだってことを医者が信じてくれない。「ちがうんです！　本当のことを言ってるんです。セックスをしたことはありません。クラミジア検査は必要ありません」

先生はわたしの顔に性交後のほてりの痕跡を探るような目つきで見ている。「いまつきあっている人はいますか？」

わたしは恥ずかしくて下を向いた。大学生なのに男の子とつきあったこともなくて、お盛んな年頃だっていうのにセックスに関する質問にひとつもまともに答えられないなんて。

「いいえ」小声で言う。

先生は画面に向かい、何も言わずに上のほうにスクロールしていった。画面上にあの五文字が浮かんでくるとパニックになりかけた。両手で顔を覆って、あの言葉を見ないようにする。

先生は画面を二十七秒間見つめたあと、クリックして消し、わたしのほうに向き直った。わたしはゆっくりと両手をほてった顔からおろした。

先生が哀れみのようなものを浮かべてわたしを見た。「わかりました、ミズ・コルスタキス、自宅でできるクラミジア検査のキットをお渡しします。見ればわかると思いますが、綿棒で膣を拭きとって、袋に書いてある住所に送るだけです。結果は二週間以内にわかります。それでいいですか？」

わたしは口をあんぐりとあけて先生を見つめた。「いいって……何がです？　セックスはしたことがないってさっき言いましたよね？　なんで検査しないといけないんですか？」大声を出していた。

「二十一歳以上で、性経験が豊富、あるいは他人の性器に接触したことのある人全員に無料でクラミジア検査をしています」

「でも、本当は性経験が豊富じゃないんです」顔が真っ赤になっている。「いままで一度もないんです。その……挿入は」最後の言葉で口ごもってしまった。

E・バウアーズ医師は目を天井に向けた。「ミズ・コルスタキス、あなたがヴァージンだってことはよくわかりました。でも、この無料検査を受ければクラミジアにかかっていないことがはっきりしますから。まったく可能性がないわけではないんですよ。まあ、めったにないことですけど、別の方法で感染する場合もありますから」

「別の方法って？　指でクラミジアがうつることはないでしょ？」うっかり口走ってしまった。

「ええ、うつりません。でも、挿入はなくても、ペニスがヴァギナに触れただけでもうつる可能性はあります」

どうしてE・バウアーズ医師は、ジェームズ・マーテルのペニスがわたしのあそこに触れはしたけど、なかまでは入らなかったことを知ってるんだろう？　黙って先生を見つめながら、その医学的能力の高さにはじめて感心していた。

先生は検査キットをわたしの手に押しつけながら、わかっているという顔をしている。わたしはそれをつかんで立ちあがった。頭のなかで光っている明るい緑の五文字以外はほとんど何も目に入らず、ぼんやりした状態で待合室に戻った。屈辱のせいで喉がかわいてざらついていたので、ウォーターサーバーのそばで足をとめた。プラスチックのカップに水を入れると、何かが後ろで落ちる音がした。

驚いて振りむくと、部屋のまんなかに段ボールの箱がひっくりかえっていて、小さな銀色の袋が待合室の床じゅう、椅子の下にまで散らばっていた。しまった。バッグで後ろの棚にあった箱を落としてしまったんだ。

恥ずかしさに一瞬目を閉じてから、しゃがみこんで箱を拾いあげる。待合室の患者たちに見られているので、ジーンズを引っぱりあげて、色あせた〈M&S〉の下着が見えないようにした。ひざまずき、セーターを引っぱってパンティー・ラインを隠してから、袋を拾いはじめた。何も考えずに半分ほど段ボール箱に戻したところで気がついた。わたしが人の足もとから拾いあげていたのは、ただのピカピカした銀の袋じゃない。コンドームだ。

あまりの皮肉にわたしは病院から飛びだした。目には熱い涙があふれている。通りに走りでて、最初に目に入ったごみ箱に検査キットの入った茶封筒を押しこんだ。顔を真っ赤にしながら、封筒がマクドナルドの紙袋といっしょに沈んでいくのを見つめる。わたしの尊厳もいっしょに沈みこんでいった。

わたしは二十一歳のヴァージン以外の何者でもない。

2

成人したヴァージンとしての生活は思っているより複雑だ。別に異常じゃないし、そんな人は何千人もいるわけだし、悪いことは何もない。いつセックスするかを選ぶのは完全に個人の自由だし、みんなちがう。結婚まで待つ人もいれば、この人だと思える人が現れるまで守っておきたい人もいる。宗教上の問題でできない人もいれば、ほかのことで成功するために忙しすぎて、性交なんてマイナーなことにまで気がまわらない人もいるだろう。

少なくとも、病院から家に帰った瞬間にグーグルで調べたらそういう答えが出てきた。

そもそもE・バウアーズ医師にわたしがヴァージンだってことすら信じてもらえてないのはわかっている。だって、人並みの容姿で、週に二十単位以上も飲んでいる大学三年生がヴァージンのはずがないから。わたし以外は。

一週間分の食費で買った羽毛の枕に顔をうずめた。キルトをかぶって、頭のなかで点滅しつづけている五文字の言葉を消し去ろうとした。**ヴァージンヴァージンヴァージン**。

いやな言葉。自分がそうだってことと同じくらいその言葉がいやだ。フェアじゃない。体に問題がなく、信心深くもないわたしが、二十一歳になるまで内なる蓮《はす》の花に触れられずにいるなんて。

大きくため息をついて、生理になるたびに考えてしまう「どうしてわたしはまだヴ××××なのか？」という質問に対するいつもの答えを反芻《はんすう》した。

❶親のせい。両親はギリシャからサリー州に移住してきた教育熱心な移民で、わたしを女子校に行かせた。両親の計画では、男の子に会わなければ、ふたりがわたしに望んでいた唯一の目標に向かって集中できると思っていた。その目標とはオックスフォード大学だ。結果？　オックスフォードにも入れなかったし、男の子にも会えなかった。

❷ティーンエイジャーのときは、かなり残念な見た目だったから。自分のことを十人並みの見た目にする方法を発見して、80のDカップの胸を見せびらかせるブラをつけたときにはもう遅すぎた。隣の学校の男子生徒にはみんなもうカノジョがいたし、彼らにとってのわたしは、ちょっとダサくておとなしい女の子だった。ぶかぶかのセーターで隠した胸は大きすぎて、カールしたダークブラウンのロングヘアは、縦というより横に向かって広がっていた。ほかの女の子たちがみんな眉毛をむしりとる方法を見つけて、色目を使っているときに、こっちはブリーチを持ってバスルームにこもり、必死になって口ひげを脱色しようとしてたくらいだから、どうしようもない。大学に入ったときに、男の子とのしゃべりかたを学び忘れていたことに気がついた。わたしが数分無愛想な冗談を言って、自分を卑下すると、たいていは本物の女の子たちと話しにいってしまう。体毛がほとんどなくて、小ぶりの鼻で、社会的に適切なユーモアのセンスを持ってる女の子たちのところに。

❸機能不全の家族のせい。ひとりっ子だと言うと、人からは、甘やかされてぜいたくに育てられ、両親の関心を一身に浴びたいからこれ以上子供をつくらないでほしいと願うようなタイプだと思われがちだけど、現実は、子供のころに両親が同じ部屋にいると、父のことも母のことも避けていた。つまり、成長期のほとんどを庭の奥にあったブランコで想像上の兄と話したり、キルトにくるまって本を読んだりしていたということだ。その結果、学校での読解力の成績はトップになったけど、想像力過多にもなって、ちゃんと機能している友だちの家族に執着するようになった。このことが「どうしてわたしはまだヴァージンなのか」という質問にどうつながるのかよくわからないが、なんらかの心理学的な影響はあったはずだ。最近では、このせいで男性に対する病的な恐れを持つようになったという説に落ちついている。

❹わたしが遅咲きだから。昼休みはいつでも友だちがファースト・キスとかカレシのことをしゃべるのを聞いていて、その子たちの生活は自分からはかけ離れたものだとずっと思っていた。成長するにつれて、みんなはキスからどんどん先に進んでいって、最終的には全員がヴァージンを失ったのに、わたしだけが誰ともキスすらしたことがなかった。高校の最後の二年間、休憩室では社会的に受けいれられる側にすわっていた。イケてる子たちとつきあっていたし、ようやくちゃんとした服を着るようにもなっていた。でも、どういうわけか、十七歳っていう遅すぎる歳になるまでひとりの男の子ともキスしたことがなかった。ようやくキスしたときには、そこで終わりにはしなかった。セックスしてってお願いした。そしたら返事はノーだった。

❺フェラ噛みのせい。それはファースト・キスの相手がわたしの処女を奪うのを拒否する直前

に起こった。わたしがペニスを恐れるようになった理由でもある。軽いタッチ、ヘビーなタッチ、拒絶、歯、そして陰毛。わたしの最悪の思い出だ。

リリーの十八歳の誕生日で、わたしはブラが見えるくらいローネックのワンピースを着ていた。いつものパーティーと変わらなかったけど、このときは男の子がわたしに話しかけてきた。ジェームズ・マーテルだ。マーク・タッカー（男子校十三年生のブラッド・ピット）というわけにはいかなかったし、その鼻はなんとわたしの鼻より大きかったけど、面白かったし、ふわふわのブロンドだった。二階にあるリリーのお兄さんの部屋に連れていかれて、酔った勢いでベッドに押し倒された。

抱きあってキスした。相手が舌でしていることを真似しながら、どうしてこんなにつばが出ることを女友だちの誰も教えてくれなかったんだろうと思っていた。それからジェームズの手がわたしのパンティーのなかに入ってきた。自尊心のある女の子だったら、ファースト・キスの最中にそんなことをされたら、その手をはねのけただろうけど、性的に飢えたエリーはちがった。もっと下までいかせて、あそこを探らせた。舌でジェームズの喉をすごいスピードでなめているうちに、数分後にはわたしの聖なる部分が痛くなってきて、ジェームズが手をとめた。わたしたちは手をつないで下におりて、メールアドレスを交換した。

二週間毎晩パソコンでチャットして、ある土曜日の晩にジェームズが家に来るように誘ってくれた。ものすごく緊張して、行くまえに一時間もトイレにすわって神経をなだめるはめになった。シャワーを二度浴びて、ようやくバスに乗って、ジェームズの家に向かった。

三十分間ぎこちなく黙ったままですわっていたあとで、ジェームズが急にかがんでキスしはじめた。しばらくソファの上で抱きあっていると、彼の手がまたパンティーに入ってきた。今回は心の準備ができていたので、指をもぞもぞ動かされても痛さにひるんだりはしなかった。気がつくとジェームズはワンピースを頭から脱がせていて、わたしはピンクの水玉模様の下着姿になっていた。

ジェームズも服を脱ぎ、わたしのブラをはずして、パンティーを引きおろした。ジェームズがびっくりした顔で見つめていた。数秒間のまったくの沈黙のあと、丸まって死にたくなってきたときに、ジェームズは頭をのけぞらせて大笑いした。

わたしは凍りついた。なんでわたしのヴァギナを見て笑ってるの？　わたしは立ちあがって、屈辱で動けず、相手が何か言うのを待った。

笑い声が静まった。「その、毛がはえてるのはわかってたけど、ここまで完全な茂みだとは思わなかった。下の毛を剃ってない子に会ったのははじめてだよ」

剃ってなかった。どうして剃ってなかったんだろう？　どうして剃らなくちゃいけないことを知らなかったんだろう？

ジェームズはあまり気にしてないみたいで、またキスしてきた。それから自分のボクサーパンツをおろした。裸のペニスがわたしを見つめていた。ペニスを見るのははじめてで、抱きあいながらも何度もチラ見していた。それがそっとわたしの腿を突くのを感じ、ソファで身をよじっているときに、ヴァギナのあたりをこすっているのに気がついた。

手をのばしてさわってみた。不思議な生き物みたいだった。手を離そうとしたら、ジェームズがあえいだので、手でやってあげなければいけないんだと気がついた。学校で女の子たちが言ってたことを思いだそうとして、恐怖を喉もとでおさえて、手を上下させはじめた。

もう一本脚がはえてるみたいで、しなびたキュウリみたいな感触だった。どれくらいの力で握ったらいいのかわからないし、どのくらいの速さで動かしたらいいのかもわからない。下手くそだと思われたらどうしよう？　イカなかったら？　また笑われたら？　パニック状態だった。何も考えずにペニスから手を離し、キスしていた口も離して、ソファの上に膝をついて下に向かった。両手でペニスをつかみ、口に入れた。

顔が熱くなって、頭のなかで考えが駆けめぐった。口をペニスのまわりにぴったりくっつけて頭を前後に動かそうとした。すぐに失敗だったのがわかった。手でやるより簡単だと思ってたけど、とんでもない失敗だ。どうやったらいいのか全然わからない。口を大きくあけてさらに進んだとき、ふいに大きな悲鳴が聞こえた。

わたしは動きをとめて、ショックでペニスを落とした。見あげると、ジェームズは無理に笑顔をつくろうとしている。

「どうしたの？」知りたくなかったけど、きいた。

「いや、その、嚙まれたんだ」

吐き気に見舞われ、部屋の隅で吐いて泣きたくなった。恥ずかしさで肌がチクチクし、甲高い声で笑って言った。「わあ、ごめん」

逃げたかったけど、逃げ道はなかった。走ってその場を去ったら、学校じゅうのみんなに知られてしまう。深呼吸して、またペニスに向かった。さっきみたいにしようとしたけど、今回は歯を唇でおおった。ものすごくやりにくかったから、まちがってたはずだ。もっと下までいこうとして、おえっとなった。吐き気をおさえて、また続けた。どうやったら終わるの？

ペニスから身を起こした。「ジェームズ、セックスしよう」

ジェームズは困ったように笑った。「え、マジ？　ヴァージンだろ」

わたしは真っ赤になった。「だから？　十七歳だし、準備はできてるから」

ジェームズは床を見おろした。「エリー、まだ何回かキスしただけだろ。きみの処女は奪えないよ」

「でも……したいの。お願い」

ジェームズはもじもじした。「できないよ。こんなのはよくない。はじめてなのに、こんなのってダメだよ」

わたしは立ちあがって、ピンクの水玉のパンティーをはき、麻痺《まひ》状態の手でブラのホックをとめた。ジェームズが抗議するのを無視して、部屋を出た。

それからジェームズ・マーテルには一度も会ってない。彼が来るのがわかっているパーティーには行かなかったし、チャットの着信は拒否した。向こうはもう電話してこなかったし、わたしはそれからキス以上のことは誰ともしていない。

病院から戻ると、ベッドに横になり、いつものうんざりした気分に襲われた。ただ今回は、フェラ噛みのせいだけじゃなかった。E・バウアーズ医師のせいでもある。

自分が二十一歳のヴァージンだということにいつも変な気分になっていたけど、カルテであの緑の大文字がでかでかと叫んでいるのを見るまでは本当にはわかっていなかった。クラミジア検査すら受けるに値《あたい》しないのだ。E・バウアーズ医師がわたしに検査キットを渡したのは、ノルマ達成のためか、わたしが信心深くて頭がおかしい女で、最後の一線は越えたくないけど、まわりの男全員にフェラしてると思ったんだろう。そうならいいのに。

ベッドの上で背筋をのばした。いましかない。大学の最終学年だから、これからはいまほどヤりたがっている男に囲まれることはもうないだろう。処女を失う最後のチャンスなんだから、なんとしてもそれをつかまなきゃ。夏に卒業するまでにはヴァージンの称号を返上しなければならない。つまりあと四カ月で、オーガズムが何かと、フェラチオのしかたを学ばなければならないということ。

思いきり息を吸って、将来を思い描いた。

六月には、E・バウアーズ医師のところに戻って、クラミジア検査を受け、カルテの〝ヴァージン〟という言葉を〝性経験が豊富〟に代えてもらう。今度コンドームにさわるときは、病院の棚から落ちたやつじゃなくて、本物のペニスにかぶっているやつだ。そして、今度のペニスはジェームズ・マーテルみたいにわたしのヴァギナのまわりをこするだけじゃなくて、まっすぐあそこに入ってくる。

3

「ねえねえ、みんなお酒は入ってる？　ない人にはウォッカがあるよ」

カーラが言った。ブルネットの美人で、地元では〈トップショップ〉の服を着てたけど、ロンドンに来てからはヴィンテージの服を着てブローグをはくようになった子だ。みんなのグラスにたっぷりウォッカをついでまわっている。

どういうわけか、イースター・ホリデイの直前、ルークの家での学期末のパーティーに呼ばれた。ルークはわたしがとっている英文学コースの〝イケてる〟グループのリーダー格だ。わたしはヴィンテージの服なんて持っていないから、そのグループに入ってるなんて思ったこともなかったし、どうしてこのパーティーに呼ばれたのかもわからない。グループの誰かが、わたしがいつも着ているジーンズとウールのセーターっていう格好をわざとファッションをはずして自己主張してると思ったのかもしれない。みんなはわかってないけど、ワンピースとか毛皮のコートを着ると、わたしはがんばりすぎた女装愛好家みたいになるし、ハイウエストのものを着ると、出産に最適な腰まわりが強調されてしまう。出産なんてできないかもしれないのに。

「もうはじめようよ」ハナが甲高い声を出した。ヴィンテージの白いナイトドレスを年じゅう着ていて、造花の花冠を頭に飾っている。「わたしが最初ね。みんなルールは覚えてる？」誰にも返事する猶予を与えず、ハナはそのまま続けた。「ネバー・ゲームだよ。誰かが『わたしは既婚者とヤッたことはありません』って言って、もし自分がヤッたことがあれば、お酒を飲む。ヤッたことがなければ飲まない。それを言った本人も、ヤッたことがあれば飲まなきゃいけないの」

「ハナ、わかってるから。さっさとはじめようぜ」チャーリーがうんざりして言った。「それに、既婚者とヤッたなんていうのよりいいやつではじめてくれよな。そんなのつまらないから」

ハナはわざとふくれっつらをしてみせた。「そんなこと言うなら自分からはじめなさいよ、チャーリー」

チャーリーはにやりと笑って、両手をこすりあわせた。チャーリーはグループのお笑い担当で、注目されるのが大好きだから、下品なユーモアで文句を言われたり笑われると喜ぶ。待ってましたという感じだ。わたしは息をのんで、これから来ることに身構えた。平気な顔をしてれば、必死で嘘をついているのがバレずにすむ。

「じゃあ、行くぞ。わたしは人前で誰ともヤッたことはありません」誰もまだ飲んでないのに、チャーリーは自分でグラスを持ちあげて、飲みほした。みんなあきれた顔をしてたけど、チャーリーはセクシーな笑顔を見せた。それを見て人前でチャーリーとヤリたくなる女の子がいっぱいいるんだろう。

わたしは飲むかどうか迷った。ちゃんと選ばないと。このゲームのために新しい自分をつくればいいっていうだけじゃない。ほかの子みたいに何年もまえに処女を失ってたら、どんな性的なことをしてたか考えないと。口の上に汗がにじんでくる。いまさら飲むのは遅いから、グラスをおいて、誰が飲んだのかまわりを見まわした。

八人がグラスを持ちあげていて、六人は持ちあげていなかった。ほっとした。六人のうちのひとりならまあ普通だ。寄らば大樹《たいじゅ》の陰。わたしは袖の端で口の上の汗をぬぐった。

ハナは飲んだ組だったけど、両腕を振って言った。「オーケー、わたしの番ね！　わたしは浮気をしたことがありません」

うんざりしたようにため息をついた男の子も何人かいたけど、チャーリーはちがった。たぶん誰が飲むのか知りたかっただけかもしれない。今回は飲むべきなのかどうか迷った。もちろん、浮気をするにはカレシが必要だけど、フェラ嚙み前の二週間、ジェームズ・マーテルとメールのやりとりをしてたとき、パーティーで一度酔っぱらって、勢いで別の子にキスしてしまったことがあった。二・五秒くらいだったし、誰だったのかもわからないけど、確実に浮気だ。

自信を持って、性経験が豊富なんだっていう気になって、ウォッカのコーラ割りを飲んだ。あと三人も飲んだけど、十人は飲まなかった。どうしよう、少数派だ。これは危険だ。誰かがわたしの話を聞きたがるかもしれないし、そうなったらどうやって——

「エリー！　信じられない。浮気したことあるの？　そんなタイプじゃないじゃん！　教えて、誰とつきあってたの？　それで誰とヤッちゃったの？」まさにそのタイミングで、ハナがわたしの思考に入りこんできて、現実に引きもどされた。ビニール盤のレコードが壁にはってあるルークの部屋だ。

ヤル？　浮気ってキスも入るんじゃないの？　なんで、なんでもかんでもセックスしなくちゃいけないわけ？

「ああ、えーと、ずっと昔の話。十七歳で、つきあってたのはジェームズ・マー――」そこでやめた。ふいにジョーのことを思いだしたのだ。部屋にいた男の子のひとりで、ジェームズと同じ高校だった。誰のことかわからないといいけど。だって、あのなんでもないお遊び（お遊びってほどでもない？）の相手を本物のカレシだって言おうとしてたんだから。

「そう、ジェームズとつきあってたんだけど、別の子にナンパされちゃって。酔ってたの、パーティーで。たいした話じゃないし」ぎこちなく笑う。

ハナは眉をつりあげてこっちを見てから、女っぽく鼻先で笑ってそっぽを向き、思いきり髪をなびかせた。あんなの、シャンプーのコマーシャルでしか見たことない。

ベルギー人の元モデルで黒髪のぱっつん前髪のマリーがきいた。「じゃあ、今度はわたしね？」男の子全員がそのアクセントに顔をあげ、賛成の笑顔を見せた。「オーケー、じゃあわたしはアナル・セックスをしたことがあります」

わたしは食べていたプレッツェルをつまらせてむせたけど、誰も気づかなかった。だって、男の子たちはみんなマリーのルックスに見とれてるし、ハナはマリーがルールをまちがえてゲームをだいなしにしたと大騒ぎしてたから。グラスをつかんで大急ぎで飲んだ。喉に引っかかっていたプレッツェルが流れていったのでほっとした。

顔をあげて、誰が飲んだのか確かめようとした。チャーリーは飲んだだろうか？　ハナが小さな目を輝かせてわたしを見て、金切り声を出した。「嘘でしょ――エリーも飲んだ！　てことは男の子四人とマリーとエマとエリーだ。ワオ、エリーってすごいダークホースだね」

全員に見られていた。チャーリーの感心したような顔に欲望らしきものが浮かぶのが見えた。顔から血の気が引くのを感じ、なんとか笑顔のようなものを浮かべる。肩をすくめて明るすぎるにせの笑みを浮かべ、後ろのプレッツェルのボウルに手をのばした。

「それで、誰としたの？」ハナがしつこくきいてくる。殺してやりたい。

ありがたいことに、唯一チャリティ・ショップじゃなくて〈トップショップ〉っぽい服を着てるエマが、助け舟を出してくれた。「ねえ、これってネバー・ゲームでしょ。二十の質問じゃないんだから」

ハナが肩をすくめただけだったので、エマは続けた。「でも、質問がオーケーなら、自分の浮気話をしなさいよ。エリーにはもう話をさせたじゃない」

ハナがとまどったような顔をした。「でもわたし、浮気のときは飲んでないし」

エマが口に手をあてた。「やだ。質問をまちがえたみたい。あれって誰かとつきあってるときに誰かと寝たってことだと思ったんだけど。あんたがトムとヤッたみたいに。いけない、しゃべりすぎちゃった」ハナの顔が青ざめた。

カーラがびっくりして振りむいた。「**トムって、あの、わたしの元カレのトムのこと？**」金切り声をあげる。

エマがわたしに向かってウィンクしたので、思わず笑ってしまった。でも、誰も気がついてない。カーラがハナに向かってキーキー言うのを、みんな夢中になって見ていたからだ。わたしはコートとバッグを持ってこっそりドアに向かった。抜けだす絶好のチャンスだ。外に出ようとしてるときにエマもあとから出てきた。

「ねえ、楽しかった？」エマがにやりと笑った。

「助かった」感謝をこめて答えた。

「あのケバい女からね。だって、がまんできないんだもん」

ぽかんとしてエマを見た。「うそ、本当に？　みんなハナが好きだと思ってた。すごい美人だし、自信たっぷりだし、Tシャツまでショーディッチっぽいし」

エマが明るいブルーの目をぐるりとまわした。「うん。たしかに美人だけど、あのドレス一着しか持ってないみたいだし、あの性格には超イラつくから、一時間以上いっしょにいるなんてムリ」

わたしは笑いだした。びっくりしていた。ハナの造花の花冠を見て、その中身がイケてない人間だとわかる子がいるなんて思わなかった。「信じられない。そう言ってくれてむちゃくちゃうれしい！　あの子を嫌いなのは自分だけだと思ってたから」

エマは口紅をたっぷり塗った赤い唇でにんまり笑った。「信じて。ひとりじゃないよ。それより、カクテルでも飲んでわたしたちのアナル・セックス話をしようよ」

喉がつまったような悲鳴を聞いて、エマが問いかけるように見てきた。どうしよう、嘘をつく、つかない？

半分だけの嘘で妥協した。「うーん。あの部分は実はほんとのことじゃないの。アナル・セックスはしたことない。プレッツェルがつまったから飲んだだけだったんだけど、ちがうって言うのが間にあわなくて」

エマは頭をのけぞらせて、ハスキーな笑い声をあげた。「そうなんだ。待って。じゃあなんでハナに言わなかったの？　うっかり飲んじゃっただけで、肛門でヤラせたって認めたわけじゃないって」

エマのあからさまな言いかたに顔を赤らめた。「そういう……あそこでヤラせるような女になりたかったのかも」そう認めた。一瞬チャーリーにヤリたそうな顔で見られたときはちょっとぞくぞくしたし。

「ねえ、誰だってそんな女にはなれるんだよ。男たちはあそこでヤラせてもらえるんなら、みんな行列をつくるよ」エマがにやりと笑った。

信じられないという顔でエマを見た。「そんなことないよ」

エマは手を振ってそれを否定した。「わかってないな。来週末、いっしょに出かけようよ。メールして」そう言って投げキスをすると、エマはパーティーに戻っていった。十二センチ・ヒールのブーツでさっそうと歩いていく。

エマが去ったあとにはミス ディオール シェリーの香りが残っていて、エマみたいだったらどんな感じだろうと思わずにはいられなかった。二年前にまとめ買いしたストロベリーのボディ・

スプレーじゃなくて、香水をつけてたかも。お気楽なセックス話で、ハナ・フィールディングに立ち向かえたかも。

まだ手に残っていたしけたプレッツェルを見おろした。先は長い。

4

大きなうめき声をあげて目を覚まし、パーティーであったことを思いだした。眠くて目がまだふさがっているので、手さぐりで携帯を捜して、親友のララに電話した。

屈辱的なことがあったときにまず電話する相手だ。男がらみでひどいことがあると、笑い話にしてララに聞かせ、笑い飛ばす。そのおかげでひどく傷ついたことも忘れられた。フェラ噛みはわたしたちのあいだで何年も話のネタになった。

ララは法的に許される年齢より一年も早い十五歳で処女を失った。相手はマークという子で、ギルフォードのわたしたちの女子校の近くの学校に通っていて、セックスしたのは一回だけだ。あれをセックスと呼んでいいのかどうかはいまでもよくわからないと言う。というのも、挿入はたしかにしたけど、二秒しかもたなかったし、完全に入ったわけじゃなかったから。マークは二度と連絡してこなかった。

いまは立ち直って、わたしの両親の夢だったオックスフォードに通っている。フェイスブックの交際ステータスはまだシングルになってるけど、ここ三年はジェズという子とくっついたり離れたりを繰りかえしている。ふたりは大学に入るまえのギャップ・イヤーの最初に知りあって、それから気楽なセックスをする関係になった。わたしもギャップ・イヤーがとりたかったな。

ララは十五回めのコールで電話に出た。「エリー、電話してくれてよかった。大変なの」

わたしはキルトの掛けぶとんを頭の上に引っぱった。「こっちもよ。イケてる子たちとネバー・ゲームをやったんだけど、アナル・セックスをしたって言っちゃった」

「なんでそんなこと――本物のセックスだってしてないのに」

「**言われなくてもわかってます！**」電話に向かって大声をあげた。ララが何も言わなかったので、わたしはがっかりしてため息をついた。「どっちにしても、人生あきらめた。悲惨すぎる。そっちは何が大変なの？　わたしのよりひどいといいけど。気がまぎれるから」

「信じて、マジでひどいから。イースターで帰省してて、ジェズに会いたいんだけど、例のごとく、あいつはろくでなしだからメールの返事をくれないの。だからロンドン中心部に出てきて、返事を待ってるところ。そうすれば今夜会えると思って」

「ちょっと――なんの予定もなくロンドンにいるの？　なんでうちに来ないのよ？」

「実を言うと、まさに向かってるところ」

「はあ？　わたしが家で暇してるって思ったわけ？」

「だって、まさにそうでしょ」

「まあ、そうだけど。それより、ジェズなんか振っちゃってよ。今夜いっしょに出かけない？」

「でも電話が来て会いたいって言われたらどうするの？　出かけられるかどうかは微妙」

「ララ、しっかりしてよ。無視されてるんでしょ。数週間ごとに無視されてるじゃない。言いなりになってちゃだめだよ。内なるフェミニストを受けいれて、ジェズのセフレなんか卒業して、今夜いっしょに出かけて、わたしがヴァージンを失うのを手伝ってよ」

ララは笑いだした。「嘘でしょ？　今夜ヴァージンを失おうとしてるの？　知らない相手に？」

「そう」

「一夜限りの相手に処女を捧げる手伝いなんてしないからね。いままでじゅうぶん待ったんだから、この人っていう相手が現れるまでもうちょっと待ってもいいんじゃない」

「そのセリフにはもううんざり」わたしは言いかえした。「どれだけ多くのサイトに待てってアドバイスされつづけてるか知ってる？　ウィキハウの処女のページ全体にそんなたぐいのハーレ・クリシュナみたいなたわごとが書かれてるんだから」

「ウィキペディアで処女のアドバイスを検索したの？」

「どんなに必死かわかったでしょ？」いちばん効き目のあるめそめそ声を出した。

「もうその声を出さないって約束したら、考えてあげてもいいけど」

「わかった。チョコレート持ってきてくれる？　ゆうべのことを話すにはカロリーの助けが必要なのよ」

「またダイエット中なんだけど」

「ウソでしょ⁉　サイズ8なのに。ダイエットなんかしなくていいよ」

「わかってるけど、ちょっと太った気がするし、今夜ジェズに会うんだったらおデブでいたくなかったし」

「ララ、太った気がするなんて言わないでよ。こっちはこないだサイズ12のジーンズを買いにいったときに試着した跡が、脱いでもまだ脚に残ってるっていうのに。それに、雑誌に出てる拒食症のセレブみたいになりたいの？　あれはみんなエアブラシで修正してあるんだからね。本物の人間があんな――」

ララがうめき声をあげた。ダイエットするって言うたびにわたしが同じ話を持ちだすからだ。ずっとまえにふたりで、セロリだけ食べて日記にカロリー計算を記録してるような女にはならないって決めたのに、ときどきどっちかが横道にそれて、ダイエットをはじめようと決意してしまう。たいていはララだ。

「わかった、わかった、ごめん」ララが言った。「チョコ持って五分後に行くね」

わたしたちはベッドの上に山になった服を疑わしげにながめた。何を着たらいいかわからない。『コスモポリタン』の〝どんなときにどんな服を着ればいいかわかる〟ガイドには二十のサイトが紹介されていたけど、どこにも〝一夜限りの相手にヴァージンを捧げるときに着る服〟のサイトはなかった。

「まず、どこに行くか決めれば、服を決めやすいんじゃない？」ララが言った。

わたしはため息をついて、ベッドに投げだされた服の山にもたれた。「問題は、そのへんの学生には捧げたくないってこと。だってまた会うかもしれないでしょ。だから学生の集まる店には行けないな……」

「じゃあ、ちょっといいところに行く？　メイフェアあたりは？　うちの大学の卒業生があの辺にたくさん行ってるけど」

いつもならそういうクラブに行くと思っただけで、冷や汗が出る。デザイナー・ブランドで身をかためたオックスブリッジの卒業生がうじゃうじゃしてたら、わたしなんてすごい場ちがいだ。でも、もういつもの学生クラブにはうんざりしてたし、どっちみち出会いもなかった。

わたしは肩をすくめた。「そんなの平気だよ。ねえ、わたしは必死なの。高級な店に行こう」

ララが喜んで叫んだので、さらにこう言った。「それに、お酒くらいおごってくれる相手に処女を捧げたいじゃない。そうだ、コネのある人と寝たら、記者のインターンシップに入れるかもしれない」

ララが歓声をとめた。完璧なサイズの鼻にしわを寄せてこっちをじっと見る。「ねえ、本気なの？　この処女膜喪失事業って冗談じゃないの？」

わたしは大きく息を吐いた。「ちょっとおかしいっていうのはわかってる。でも、正直言って、いまとなっては重荷なの。もしこの人っていう相手に会ったとしても、わたしがまだヴァージンだってわかったら、一キロくらい走って逃げちゃうかもしれないでしょ。変な女だと思われるよ。その人のためにとっておいたみたいな。だからONSで捨てたいの。そしたら、うんと自由な気分になれるでしょ？」

「〝ONS〟って一夜限りの相手《ワン・ナイト・スタンド》のこと？」

それは無視した。「後悔しないって約束する。何回も考えたし、それが正しい選択だってわかってるの。この屈辱的な経験をできるだけ早く終わらせたい。だから手助けして」

「わかった。〈マヒキ〉に行こう。ハリー王子も友だちと行った場所だから、少なくとも中絶費用くらい払ってくれる相手が見つかるよ。それに、月曜は学生割引があるの」

数時間後、ジェズからまだメールの返事がなかったので、ララもONSを探してジェズは忘れることにした。差し迫ったわたしの処女喪失に弔意を表して黒を着ていくことにし、わたしのワードローブのなかから二着のミニドレスを選んだ。

「さあ、今夜はいやらしい夜にするって決めたんだから、まず脚を剃らなきゃ」わたしはそこで間をおいて、こう続けた。「それにもっと大事なのは、あそこのヘアをどうするかよ」それからささやき声で言う。「前回のこと覚えてるでしょ」

フェラ噛みのあと、アンダーヘアを剃ろうと決めたのだった。ちょっと質問してみたら、クラスメイトは全員十五歳のときから下の毛を剃っていたのに、誰もわたしに教えてくれなかったことがわかった。下の毛を自然のままにしておいたのはまちがいだったことに気づいた。それ以上のことをきくのは恥ずかしすぎたので、ネットで調べてみた。ハリウッドとブラジリアンのちがいはすぐに学べた。どんなサイトや雑誌を見ても、自然なヴァギナは七〇年代にしか受けいれられなかったと書いてあった。

それで、すぐに茂みをなんとかしなければならないと思った。だって、別の男の子と出会うかもしれないし、それよりもありそうだったのが、車に轢《ひ》かれて病院で手術着を着るはめになることだ。下着をおろされたとたんに物笑いの種になってしまう。

すぐに仕事にとりかかることにした。バスタブにお湯をため、重々しい決意でお湯のなかに入り、ピンクのヴィーナスのカミソリを振りかざした。シェービングクリームはお金がかかりすぎるから、深呼吸してシャワージェルに手をのばした。空っぽだった。よくあるパターンだ。

その横にはコンディショナー入りシャンプーのボトルがあった。コンディショナーって基本的にはシャワージェルと同じでしょ？　これでいいやと思って、下の毛全体にたっぷりかけた。それから、自分が何をやろうとしてるのかよくわからないまま、三角地帯を剃りはじめた。のばしっぱなしだった毛がすぐにカミソリにからまりはじめ、ぐいぐい引っぱられて、痛い。二十分間がんばってから、最初にカットすべきだったと気がついた。爪切りばさみでカットしはじめた。

はさみで切りおわると、またカミソリに戻った。今度はずっと楽になって、ヘアが消えていった。デリケートな部分のまわりは難しかった。きれいに剃るためには皮膚を引っぱらないといけなかった。陰部にたどりつくと、混乱の極みだった。何か大切な部分を切ってしまうんじゃないかと怖くて、クリトリスのわきのヘアは全部残した。手でまわりをなでて、ほかに剃り残しがないか確認したけど、大丈夫だった。

でも、下に向かっていくと、肛門に向かうヘアのラインがあるのに気がついて、恐怖におののいた。ここも剃るべきなのか、まったくわからなかったけど、はじめたことはちゃんと終わらせたほうがいいだろうと考えた。お尻のほっぺたを大きく広げて、お湯のなかで前かがみになり、こんなにバブル・バスを入れなきゃよかったと後悔した。息をとめて、ゆっくりと上に向かって剃っていく。カミソリを肌にそわせたままにしておくのは難しかったけど、なんとかほとんど剃り終えた。もう片方も終え、ほっとして息をついた。ピラティスのクラスでみっちりしごかれたような気分だった。

バスタブから出て、バスローブを着ようとしたところで、リリーが言っていたことを思いだした。口でするとき、あそこにヘアがあるのを男の子はいやがるらしい。わたしに口でしたがってる男の子たちがいるわけじゃなかったけど、毛深いヴァギナだったら、そんなこともしてもらえなくなる。あきらめのため息をついて、わたしはできるだけあそこを広げて、クリトリスからほんの数ミリ離れたところにも毛がはえているのを発見した。

またカミソリを持ち、ゆっくりとデリケート・ゾーンのまわりにすべらせていった。ビキニ・ゾーン用のカミソリを買っておけばよかった。

それから悲鳴をあげた。やっちゃった。本当にクリトリスを切ってしまったのだ。

シャワーヘッドをつかんで、冷水を最大にして出した。ヴァギナの感覚がなくなり、じょじょに悲鳴が自己憐憫《れんびん》の泣き声に変わる。もう一度見てみると、大丈夫そうだった。ほんのちょっと傷がついただけだ。うっかり全部切り落とさなくて、本当によかった。バスタブから出て、そっと体をふいてから、ぐったりしてベッドまで行った。

次の日、カット事件のことはすっかり忘れていた。奇跡的に傷が治ったみたいだったから、朝のあいだはすっかりなめらかになった感触をずっと楽しんでいた。たっぷり二十分間、鏡の前で自分の裸をうっとりながめていたくらいだ。怖いくらいもさもさでセクシーとはほど遠かったへアがすっかりなくなっている。剃ったあとは新しい女に生まれ変わったような気分だった。

数時間後、すべてが変わった。おしっこのためにトイレにすわって、苦痛の叫びをあげた。尿が切り傷にしみて、いままで経験したことがないくらい痛かった。おしっこのたびに泣いた。最悪だった。

唯一の解決策は、水分をとらないでおしっこをしないことだ。その後数日、最悪の状態で学校をうろうろしていた。ダンテの『神曲』に出てくる暴力者の地獄なんて、わたしの剃ったあとの生活にくらべたらたいしたことない。喉はカラカラだし、フラフラするし、マスカラも使えなかった。だって、おしっこするたびに泣いてたから。

最悪なのは、ヘアがもうはえだしていて、無精ひげみたいになっていたことだ。死ぬほどかゆくて、かくのをやめられなかった。人前では隅に隠れてヴァギナをかかなければならず、大陰唇《だいいんしん》がこすれるたびにびくっとした。鏡で見ると、思っていたよりひどかった。無精ひげのせいで、わたしの気の毒なレディの部分が中年オヤジのあごみたいになっていた。

傷が癒《い》えるまでに四日かかり、そのあいだずっと毎晩日記に「こんな人生もういや」と五色のサインペンで書きなぐっていた。ようやく勇気を出してララに何があったか告白すると、大笑いして涙まで流していた。

四年たってからまたその話をしたら、今度も笑われた。

「やだ、すっかり忘れてた」と、ララはくすくす笑った。

「笑いごとじゃないよ」わたしは言いかえした。「ものすごく痛かったんだから、もう二度とカミソリをあそこに近づけるつもりはないから」そこで言葉を切った。「じゃあ、どうすればいい？」

「クリームを使ったら？」

わたしは眉をひそめた。「クリームでうまくいくとは思えない。すごく毛深いから」

「そんなことない、大丈夫だって。除毛クリームはどんなタイプのヘアにも効くようにつくられているんだから。まずカットしたら？　スーパーに行ってクリームを買ってきてあげようか？」

「わかった。でもうまくいかなかったら、ララの責任だからね」そう言って、自分の財布をララに投げると、バスルームに入って準備をはじめた。アンダーヘアをカットするのは嫌いだ。どこまでカットしていいかわからないし、ララは役に立たない。だって、ララはすごく色白で、体全体に毛がほとんどない。どんな脱毛方法がいいのか悩んだことなんてないんじゃないかと思う。だって、全然ないんだから。七年生のとき、水泳の時間に着替えてて、それに気がついた。

ヘアをひとつかみつかんで引っぱり、ちょっとずつカットしていくことにした。内なるヘアスタイリストと会話しながら、指のあいだに毛をはさんで、毛先をカットしていく。できるだけ切り、あそこの近くでもがんばった。ヘアは便器に落ちていき、やがて、かなりまっすぐ整えられたヴァギナの持ち主になっていた。前かがみになって、脚のあいだに頭をはさんでいたら、ドアがあいた。

「ちょっと、エリー、何してるのよ？」

あわてて頭をあげて、ワンピースをもとに戻した。「ノックしてよね。切り忘れた毛がないかチェックしてたんだけど、もうあきらめた」

「これを使えばいいよ」ララは勝ち誇ったように除毛クリームのチューブとM&Mの袋を振ってみせた。チョコレートのほうに手をのばすと、クリームを投げつけられた。

「この作業には追加のチョコが必要だと思って。クリームが除毛してくれてるあいだに食べよう」

あきれた顔をしながらも、わたしは従順にスカートの裾をあげた。ララがうめき声をあげる。

「ちょっとエリー、ひとこと言ってから服を脱いでよ」

「なんで？　女子校に行ってたのに」

「同じ学校だって」

「でしょ。じゃあ、大丈夫。これ、どれくらい塗るの？」

ララが容器を調べた。「わかった。すべてのヘアが隠れるようにしないといけないんだって。わたしだったら、たっぷりつけるね。それから十分待つって書いてあるけど、十五分のほうがいいかも。だって、硬めのヘアには二分余分に待つようにって書いてあるから」

「十二分じゃないの？」

「そのヴァギナ丸出しでわたしの前に立ってるんだよ。十五分は必要だって」

わたしは白いクリームをたっぷり塗った。心配になるほどケミカルなにおいがアンダーヘアから立ちのぼってくる。それから便器の上にすわった。脚を大きく広げて、腿に擦れてクリームがはがれないようにしながら。ララは空っぽのバスタブに横になって、M&Mをパスしてきた。

「どうしてクリームがヘアをもぎとるワックスと同じように効果があるのかわからない。なんでこれで同じことができるの？」わたしがきいた。

「エリーの脚のあいだから出てるきついにおいから判断すると、毛を焼ききるくらいの量の化学物質が入ってるんだね」

「だったら、あんまり長いこと待ってたら、体も焼けちゃう？」

「そんなことはないでしょ。説明書をチェックしようか？」

手をのばしてララにチューブを投げようとしたけど、便器から立たないと無理だった。それで手を広げて、もっとM&Mをちょうだいというしぐさをした。

「あと何分？」

ララは自分のiPhoneを見て言った。「きっかり四十五秒後には洗い流していいよ」

うれしくて飛びあがり、ララにバスタブから出るように手で合図した。

おそるおそるシャワーの栓をひねり、声に出さずに祈る。シャワーヘッドを下に向けて、ヘアが洗い流されるのを待った。

二分後、まだ待っていた。パニックになってこすり落としたが、数本手についただけだ。それ以外はそのまま残っていたので、もっと強くこすった。もう数本とれたけど、それから五分間半狂乱でこすった結果、ところどころに毛の残ったヴァギナが現れた。悲しげな、皮をむかれた芽の出たじゃがいもみたいだった。

5

　二時間かけて、ワインのボトルを一本あけて自分を落ちつかせた。部屋からよろめきながら出たころには、ふたりともげらげら笑っていた。

「ミスター・ポテトヘッドのおもちゃみたいだったね」ララがくすくす笑った。「おでこが後退してるやつ」

「〈マヒキ〉のラッキーな男がまばらなアンダーヘア好きだといいけど」

「そうだね、いるかもよ。フェチの人がね」ララが笑いながら言う。

「かわいそうなヴァギナ」ハイヒールでバス停までよろよろ歩く。寒かったのでコートは着たけれど、セックス・アピールのために脚はむきだしだ。体をあたためるためにアルコールに頼らなければよかった。

「お金があったらタクシーに乗れるのにね」ララがそう言って、ようやくグリーン・パーク行きの390番のバスに乗った。

「でもタクシーだったら、ウォッカ・レモネードを飲めないでしょ」

「公共交通機関でもアルコールは飲んじゃだめなんだよ、エリー」

「ほんと?」

「そうだよ、バカね」ララがあきれた顔をしたので、水のペットボトルにウォッカとちょっとだけレモネードを入れておいたものをララに手渡した。ララはそれをゴクリと飲んで、息をつまらせた。わたしも同じことを繰りかえした。こんな調子でクラブに着いたときには、フラフラだった。学生証を見せると、ひとり五ポンドしかとられなかった。

「すごい、エリー、こんなにいっぱいブランド物の服を見たことある? アバクロのカタログのなかに入ったみたい」ララはまわりを見まわして、ブロンドの人間ばかりなのにうんざりしていた。

「わかってる。じっくり考えたら絶対摂食障害になる。こんなに近親交配でできたような人間ばかりいるところで、どうやって処女を奪ってくれる人を探せっていうのよ?」

「アルコールの力で?」

クラブのなかはオックスブリッジの卒業生であふれていた。みなサントロペへの週末旅行で日焼けしている。バーに行くと、数秒でふたりの男がおごってくれた。ふたりともオヤジで、ちょっとハゲかけてて、ズボンにちょっとだけシャツをたくしこみすぎていたけど、お金を気前よく払ってくれたから、ベルトに乗った二段腹には目をつぶった。なんでも好きなものをおごってくれたけど、二十ポンドのピニャコラーダはダメだった。本物のパイナップルが入ってるやつだ。ララとわたしはそれから数時間、あきれた顔をしながら、さらに酔っぱらい、そのあいだに男たちはおしゃべりを続け、用心深く家族の話題を避けていた。

「ねえ、エリー」とふたりのうちの太ったほうがぼんやりしていたわたしの気をひいた。「踊りたい？」

ララに向かって目をむいて、「助けて」と口だけで言おうとしたけど、そのまえにララに腕をぐいっと引っぱられた。「ちょっとお手洗いに」ララががっかりしたふたりの男ににっこり笑ってみせた。

「ああ、もうやだ。これ以上あいつらの相手は無理」わたしはうめいてトイレのなかのアームチェアに倒れこんだ。

「ほんと。シャツからおなかの毛が透けてたの見た？　それに、マイクの汗じみ。襟が見えるまでシャツがグレイなんだと思ってた」

わたしはぽかんとしてララを見た。「どっちがマイク？」

「ウソでしょ？　さっきダンスに誘われた相手じゃない、エリー」

「ああ、デブのほうね。はえぎわが後退したほうはなんて名前？」

「アンディ」ララはまつげにさらにマスカラをつけている。「何も聞いてなかったの？」

「うーん、不動産会社で働いてるのは聞いた。あれ、金融関係だっけ。たぶんふたりとも家にうつ気味の奥さんがいるね」

「うえー、悲惨だね。もう一杯だけおごってもらってから、踊ろうよ。ＢＭＷのＺ４ロードスターのことをあとひと言でもアンディがしゃべったら、ウォッカ・レモネードで溺れ死ぬから」

「そうだね、わたし、テレビゲームになんて全然興味ないし」

一瞬沈黙があって、ララがこっちを見た。「あれ、車のことだよ」

「うそ。プレステ4かなんかの話だと思ってた」

ララは鼻で笑って、わたしの腕をとり、首を振った。「今夜はひどいね。どうでもいいや、一杯飲んで、本物のイケメンを探しにいこう。いい？」

わたしはしかたなくうなずいて、ララのあとから、ハゲかけてる四十男たちのもとに戻った。

「お嬢さんたち、帰ってきたね」デブ男が大声を出した。「もう一杯買っといたよ。それにテキーラのショットもね」

ララとわたしは顔を見あわせて肩をすくめた。「わたしたちに乾杯」ララがそう言って、みんなでグラスを飲みほした。レモンをとって、齧《かじ》っているとき、誰かに見られているのに気がついた。チノパンにブルーのデニム・シャツ、それに見たことがないくらい左右対称の顔をしている男の人だ。レモンにむせた。処女を捧げる完璧な相手を見つけた。

髪をふくらませて、目の下についてるかもしれないマスカラをぬぐい、最高の笑顔を浮かべた。向こうも笑いかえしてきたので、テーブルの端をつかんで体を支えないといけなかった。ララに向かって興奮を伝えようとしたけど、そのとき、ゆっくりとわたしの笑顔が消えていき、ララも彼に向かってほほえんでいることに気づいた。やだ、彼が笑いかけてたのはララだったんだ、わたしじゃなくて。

胃が落胆と拒絶で沈みこみ、ハゲかけた男たちとウォッカ・レモネードに向き直った。お酒を全部飲み終わったころには、ララとその超イケメンはピニャコラーダ・パイナップルを飲みながら、おたがいに寄りかかっていた。ララと目が合うと、「ごめん」という口の形をしてたけど、それでも満面の笑みを浮かべていた。

アンディだかマイクだかがわたしをつついて、4Pが3Pになったなんていうしけたジョークを言ってきた。ここから出なきゃ。ふたりに背を向けて、トイレに行きたいとかなんとか言って、外に出た。

冷たいレンガの壁にもたれた。みじめすぎたし、酔っぱらいすぎてて、寒さも感じなかった。何もかもバカげてた。心の底では、最初からわかってた。でも、キュートな男の子が見つかって、お持ち帰りしてくれて、朝には朝食をおごってくれて、わたしに恋してくれることを、ひそかに願っていた。だけど、どう考えても、理想の相手を見つけたのは、かわいくて、ブロンドで、頭のいいララだった。しかも、見つける必要なんてないのに。

まわりの人はみんな笑っていて、楽しそうにおしゃべりしながらタバコを吸って、肺ガンへの道を進んでいた。すごく孤独だった。誰からも求められないヴァージンにとって最悪の事態だ。それでもっとさびしくなった。ララは何年もまえからヴァージンじゃないし、高校の友だちのなかでセックスしたことがないのはわたしだけだ。誰かの二十一歳の誕生日パーティーに行くと、みんなカレシのことや最悪の一夜の相手の話をする。大学生活ではあたりまえのことだけど、わたしはそのなかに一度も入れなかった。みんなわたしを同情の目で見る。〝あれ、まだヴァージンなの、エリー?〟っていう目で。わたしは自虐的なジョークで本当の気持ちを隠す。本当はみんなみたいになりたいのに。

「ねえ、大丈夫?」

驚いて振りむいた。男の子が立っていて、わたしに笑顔を向けている。酔った目がわずかにはっきりして、光に慣れると、ちゃんと見ることができた。グレイのパーカーを着てて、毛先が広がったエモ系の髪型で、唇にピアスをしている。このクラブで唯一、ヨットから降りてきたばかりに見えない人だった。しかも、バーテンだって彼よりはちゃんとした格好をしてる。それに、自分からわたしに話しかけてきた唯一の人でもあった。

「ちょっと寒い」自分の顔をかわいげなふくれっつらにしようとする。

「タバコいる?」

「うん」そう言って、彼が差しだしてきたタバコを受けとった。

二十一年の人生で三本めのタバコに火をつけ、思いきり吸って、むせた。それも盛大に。相手が驚いた顔でこっちを見たので、がらがら声で言った。「喉が痛くて」

「じゃあ、きっと風邪だな」そう言ってにっこり笑う。「ぼくもしょっちゅう風邪ひいてる」

もう一度吸って、喉にあがってきた咳をのみこみ、なにげなくタバコの先の灰を地面に落とした。

相手は面白がっているようだ。

「それで、ここには……来たことあるの?」わたしがきいた。

「ここによく来るかって? 独創的な会話だね」にやにや笑っている。

「声かけてきたのはそっちでしょ」釘をさした。

「たしかにそうだ。いや、ここには来たことがない。この格好見ればわかるだろ。きみは？」

「わたしもよ」そう言いながら、唇にピアスしてる人とキスするのはどんな感じだろうと考えていた。邪魔になるものなの？

「なかに戻りたい？」相手がきいてきた。

肩をすくめてタバコを地面に投げ、彼のあとについて階段をおりた。バーに行って、何か飲むかきいてくれるのを待った。何も言ってくれなかったので、自分で十ポンドのウォッカ・レモネードを買い、デビットカードを渡すときにもいやな顔をしないようにつとめた。彼はビールを注文し、わたしたちはクラブの中央にある水槽にもたれた。

「ここにはひとりで来たの？」彼がきいた。

「友だちとよ。あなたは？」

「ああ、同じだ。だけど、そいつが女の子といっしょにいるから、ひとりになったんだ」

「いいね、ていうか……友だちにとってはよかったね」うなずきながら、いつまでこの変わりばえのしない会話をがまんしなきゃならないんだろうと思っていた。彼はしゃべるのをやめてわたしの目を見てきた。

二秒間じっと見つめられてから、やさしく唇にキスされた。悪くはなかったけど、舌を動かして口のなかに入れてきた。どうしていいかわからない、いつものパニックに襲われたけど、なんとか落ちつきを保とうとした。

ジェームズ・マーテルとのファースト・キスのときでも、どうしていいのかよくわからなかった。子供のころ、手にキスして練習してたときは、心のなかでは、本当にそうなったときには魔法のようにどうしたらいいかわかると思っていた。ハリウッド映画のヒロインみたいに。

でも、魔法は起こらなかった。唇ピアス男は舌をわたしの舌にこすりつけてきた。ピアスの金属が歯茎にあたるのを感じた。それを舌でなめたくなったけど、それはやめて、相手の動きを真似するという絶対確実な方法にしておいた。いつものように、それはうまくいかず、わたしのちょっと大きすぎる鼻が相手の鼻にぶつかった。おたがいに顔を反対側に傾けて、また舌を突きだした。

まえにユーチューブで見たアドバイスを思いだそうとした。相手の舌を自分の舌でマッサージする。上から円を描くようにまわりこむんだっけ？　それとも横から行くんだった？　終わったら舌を自分の口に引っこめるの？

目を閉じて、うまくいくように願った。数分後、相手はわたしが舌でのキスが得意じゃないとわかったみたいで、唇のキスに戻った。舌が終わったことにほっとして息をついた。

「エリー！」ララが後ろから忍び寄ってきた。思いきりにやにや笑っていて、サラサラヘアが乱れている。妙に女の子っぽくて不自然な感じのきんきん声で言った。「アンガスよ。彼もオックスフォードに行ってて、共通の友だちがいっぱいいるってわかったの！」

どこから見てもアンガスはオックスフォードの学生だった。わたしは彼に向かって最高のつくり笑いを浮かべてから、ララのほうを向いて、「なんで急に上流階級の男が好きになったのよ？」と目できいた。

ララはわたしの目つきを無視して、「それで、この人は？　紹介してくれないの？」と言ってきた。

わたしは唇ピアス男を引き寄せた。「彼は、ええと……」相手を見ると、ぼんやりした顔で見かえしてくる。数秒間、社交的に決まりの悪い思いをしたあと、相手をにらみつけた。「ねえ、名前を言ってくれない？」

相手はびっくりしたような顔をして、口ごもりながらこう言った。「ああ、そうだね、クリスだよ」

ララはクリスとエアキスをすると、アンガスに向き直った。ふたりがバーに行ったので、わたしはクリスと残された。下を見ると彼がコンバースをはいてるのが見えた。アンガスはすてきなスエードのローファーをはいていた。ため息をついたけど、クリスはにっこり笑ってわたしを引き寄せた。またキスをはじめたので、両腕を彼にまわし、楽しもうとした。このクラブの唯一のはみだし者かもしれないけど、少なくともわたしを気にいってくれているはみだし者だ。

明るいぎらぎらした光に邪魔された。クリスがわたしから離れた。「しまった、閉店の時間だ。友だちを見つけて帰らなきゃ」

「ほんとだ。わたしもよ。ララを見つけなきゃ」

「じゃあ、またね」クリスはそう言って去っていった。

わたしはショックで口をぽかんとあけた。春に結婚しようと言われるとは思ってなかったけど、電話番号をきかれもしなかったし、さよならのキスもなかった。自尊心に与えられた短い喜びが消え、その夜のはじまりより十倍もブサイクになった気分だった。家でララと準備していたときのほうが、この相手探しの場所での出来事より楽しかった。

ふいに、自分がクラブで会った男に処女を捧げようとしていたことが信じられなくなった。それも、よりによって唇にピアスをした相手に。そのうえ、相手はわたしを欲しがってもいなかった。左目から涙が流れるのを感じ、断固としてそれを振りはらった。さえないエモのために泣くなんてまっぴらだ。

そしたらまた涙が出てきた。クラブの暗い隅にある革のソファにすわった。あしたにはララといっしょに笑い飛ばせるとわかってたけど、いまは面白くもなんともない。自信喪失が確かなものになっただけだ。十年生のときに口ひげといっしょに消し去ろうと努力した自信喪失。それ以上の何を期待してたんだろう?

外出した夜はいつもこうだった。大学に入ってからずっと。男はただ去っていくか、電話番号をきいて、また飲みにいこうと約束しても、実現したためしがないかのどっちかだ。びっくりするようなことじゃない。慣れている。目を閉じて、ひとりですわっていたら、泣きたい気持ちがおさまってきたので、立ちあがってララを見つけにいった。

ララは外でアンガスとキスしていた。そこに立ったまま、ララがお休みのキスを終えるのを待っていた。警備員がわたしを上から下まで見て、ウィンクしてきた。「ひとりで帰るのかい? そんなことしなくていいよ」

そうだよね。わたしを家に連れてかえりたいと思ってくれる唯一の人は、年寄りの、太りすぎの警備員だ。いやらしい目でわたしのドレスを見おろしているので、コートの襟を引きあわせて、背を向けた。酔っていた気分が急激にシラフ・モードに切り替わり、わたしはバス停に向かって歩いた。ララとアンガスがついてくる。アンガスの手がマニキュアをしたララの手を握っている。

6

翌朝目が覚めると、ダブルベッドに大の字になっていた。思いきりあくびをして、大量の枕の上で腕を広げた。それから体を起こした。ベッドのまんなかにいる。ララといっしょに寝てたはずなのに。どこに行っちゃったの？

サイドテーブルから銀縁のメガネをつかんだ。ベッドルームにひとりでいるときにしかかけないメガネだ。それから窓までよろよろ行って、厚いカーテンをあけようとした。

「**うううううう、踏まないで！**」

床の上から聞き慣れない男の声がしたのにびっくりして、その人を飛び越えて窓に行った。カーテンをあけると、一気に明るくなったので目をしばたたいた。目がだんだん慣れてくると、床の上のぼんやりした男のかたまりが、体を丸めたララとゆうべのアンガスだとわかった。さっきわたしが踏んづけたアンガスの顔は赤くなっていて、怒ったように目をこすっている。ララはアンガスのほうを向いて横になっていて、黒いブラ以外何もつけていない。ふたりはわたしの毛布をかけていたけど、アンガスの男の部分を半分隠しているだけだった。

黙ってふたりを眺めているうちに頭が働きはじめた。ゆっくりとたずねる。「なんでふたりともわたしのベッドルームの床にいるの？」

ララがうめいて仰向けになった。毛布を自分の体のほうに引っぱったので、アンガスの体がすっかりむきだしになった。手入れされたブロンドの陰毛がうねりながら腹筋に向かってのびている。思わず見いってしまいそうになるのをおさえる。ララが音をたててあくびをして言った。

「この床すごく寝心地が悪かったよ。わたしたちにベッドを譲ってくれたらよかったのに」

何もかも思いだした。ゆうべバス停で、ララがアンガスをうちに連れていってと頼んだんだった。ロンドンではアンガスは友だちの家に泊まってるから、そこには行けないのだと言う。わたしはあまりにもゆううつで酔ってたから、ＯＫはしたけど、その代わりわたしのベッドには寝ないでという条件をつけたのだった。ふたりはその条件をのんだようだ。

言葉もなくふたりを見つめてから、自分の姿を見おろして、自分も半裸だということに気がついた。サイズの大きいＴシャツとゆうべの黒いパンティー姿だ。何も言わずにふたりをまたいで、バスルームに入り、ドアを閉めた。

頭がずきずきしていた。親友がわたしの小さなベッドルームの床に、わたしが気にいっていた男の子と裸で横になっているのを見たところだ。二日酔いと嫉妬といわれのない怒りにかられていた。

シャワーでこの気持ちとゆうべの汗を流さなければ、いつもの、親友のためにうれしいと思える人間にはなれない。Ｔシャツとパンティーを脱いで、バスタブのなかに入った。

あとから入れた足がバスタブの底についたときにすべって、どさりと背中から転んだ。痛くて叫び声をあげて、出せる限りの声で悪態をついた。

痛む背中をさすりながら起きあがって手を見た。手には何か白いものがついていて、きっときのうの除毛クリームだろうと思った。洗い流すのに何時間もかかったやつだ。

そのときぞっとするような考えが浮かんだ。白くてねばねばしたものはほかにもある。わたしの除毛クリームとはなんの関係もないセックスがらみのものだ。**マジでマジでありえない!!** ラとアンガスがここに来て、わたしが隣の部屋で寝てるあいだにバスタブでセックスしたってこと?

白いものをよく見てみたけど、いままで精液を見たことがないし、しかも乾いた状態だから、なおさらわからなかった。バスルームを見わたして、ほかの証拠を見つけようとした。ララのレースのカルバン・クラインがバスマットの上でしわくちゃになっている。最悪の恐怖が確かなものになった。

出せる限りの声で叫び声をあげて、やがてその声がヒステリカルな泣き声になった。バスタブの横で手をふいた。ララがバスルームのドアをたたいて、出てくるように言っているのが聞こえたけど、それを無視してシャワーの栓をひねった。

永遠とも思える時間そこに立ったままで、熱いお湯で二日酔いと屈辱を洗い流していた。ララは何も悪いことをしていない。わたしのバスルームのなかで最後までセックスしたこと以外は。でもこのなりゆき全体で、ものすごく……拒絶された気分になった。ララといっしょに楽しんで、いい男を見つけようとしてたけど、本当に男を連れてかえりたかったのはわたしのほうだ。

それなのに実際は、完璧な鼻とブロンドのロングヘアでオックスフォードの教育を受けているララが男を連れてかえった。実質的にはまだジェズとつきあってるくせに。自分よりかわいくて出来のいい親友がいることにうまく対処できないムカつく女みたいになってるのはわかってたけど、そう考えるともっと泣けてきた。

四十五分後、バスローブにくるまってバスルームを出た。ララはすっかり服を着てわたしのベッドにすわっている。ひとりだ。部屋に入っていくと、申しわけなさそうにわたしを見た。黙ってすわったまま、わたしが何か言うのを待っている。

降参してたずねた。「それで、アンガスは帰ったの？」

「うん。エリー、ほんとにごめん。ここに連れてくるべきじゃなかったね。ほんとにバカだった」

「そんなことない。それはいいよ」

「よくないよ。わたしたち――その、エリーに言わないといけないことがあるの」

「じゃあ言って」

ララはベッドの上でぎこちなく動き、髪をいじっていた。髪はまだつやつやしている。それから大きく息を吸った。「セックスしたの。バスルームで」

数分間ララを苦しめておいてから、落ちついた声で言った。「わかってる。証拠を見つけたから」

ララが困惑したように顔をしかめ、それからその顔がショックでしわくちゃになった。口に手をあてて、うめいた。「うそ、だから叫んでたの？　やだ、エリー、ほんとにごめん！　ものすごく恥ずかしい。どうしよう。ただ、すごく酔ってて、ほんとにセックスしたかったんだけど、ほかに行くとこがなくて……」

わたしはため息をついた。「いいよ、ほんとに。わたしだって、おんなじことをしたかもしれないもん。ただ、終わってからバスタブを洗い流したと思うけどね」

ララは恥ずかしさにまた顔を伏せた。「そうだね。わたしが悪いよ。ごめん。借りができたね」

ベッドのララの隣にすわって、自分がもうララを許していることがわかった。「ともかく、もう忘れよう。アンガスとはどうだった？」

ララは顔を輝かせてうれしそうにほほえんだ。「すごくいい人だった。番号を交換して、来週お茶することにしたの。いま修士課程だから、わたしより二歳年上だけど、すごくちゃんとした人みたいだった」

「ジェズよりいい？」

ララは鼻先で笑った。「ちょっと、ゆうべのエリーのエモだってジェズよりましだよ。ところで、あれなんだったの？」

「ああ……ララが冷たくわたしを見捨ててから、自分でなんとかしなきゃならなかったし、酔ったエリーじゃ、あれよりマシなやつは見つけられないと思って、それでああなったの」

「じゃあ、ミッションは失敗ね？」

わたしはうなずいて、顔をくしゃくしゃにした。「あれでよかったのかも。あんな感じで処女を失うわけにはいかないし。全然知らない人に奪われても平気だけど、ゆうべはちょっと調子が悪くて……」

「そうだね。それに、エリーがあきらめなかったの、えらいと思うよ。あのエモ男なら簡単に家に連れてかえれたのに、そうしなかったんでしょ。ちゃんと耐えたんだもん」

「まあね」わたしはぎこちなく答えた。本当はクリスが誘ってくれなかったことを認める必要はない。お酒をおごってくれなかったことも。

「本当だよ、エリー。わけのわからない人にヴァージンを捧げなくてよかったよ。みんなセックスしてるから、そうなったら自分もちがう気分になれると思ってるんだろうけど、人とちがうのって悪いことじゃないよ」そこでララは言葉を切って、こうつけくわえた。「それに、親友のバスタブでセックスするよりヴァージンでいるほうがいいよ。わたしがしたみたいなことするよりはね」

　肌がチクチクするような感じがして、腕を組んだ。ララが人とちがうのはいいことだと言うのはいいけど、いままでネバー・ゲームで嘘を言う必要なんかなかっただろうし、学校の友だちが変なセックス話をしてくすくす笑ってるあいだ、じっと黙ってなきゃならなかったことだってなかったはず。だって、ジェズと変なセックスもしてるはずだし、明らかにアンガスともだ。

「人とちがうのがどういいの？」わたしはきいた。

「わかんないけど」ララがため息をつく。「そうだな……わたしは処女をあのどうしようもない男に捧げなければよかったって思ってるし、エリーはそうじゃないから。だから、人とはちがうんだよ。モラルがあるの。それはいいことでしょ」

「しかたなかっただけ。知ってるでしょ？　わたしは処女を捧げようとした男に断られたんだから」

ララがあきれた顔をした。「エリー、それって、四年前の話だよね。もうジェームズ・マーテルなんて忘れなよ」

わたしはびくっとした。

ジェームズ・マーテルなんて？

「ねえ、ララ、わたしにとってどんなにひどい経験だったか知ってるでしょ。フェラ嚙みが恐ろしい経験だったこと、ララも認めるよね。それに完全に拒否された。そんなの簡単に忘れられない」

「ジェームズはちゃんとした人だったよ、エリー」ララの口調はちょっと怒り気味だった。「また会うのをあんなに怖がらなければ、ちゃんとつきあって、いずれはすごくいい感じでジェームズに処女を捧げられたかもしれない。それなのに、あのことですっかりおかしくなっちゃった」

「どういう意味よ？」ちょっと押し殺したような声になった。いい答えが返ってこないのはわかっている。

ララはため息をついた。「悪くとらないでほしいけど、エリーは怖がってるんだと思う」

「怖がってる⁉　なんでそんなこと言うの？」傷ついていた。「ララにはたいしたことじゃないよね。こんなこと全然心配しなくてもよかったんだから。それに、たしかにジェズはひどいやつかもしれないけど、ふたりが好きあってるのははっきりしてるし、もう何年もくっついたり離れたりしてるじゃない。わたしはちがうの。わかりっこないよ。まわりのみんなが誰かとつきあってて、シングル・ライフを送ってたとしても、それを思いきり楽しんで、大学じゅうの男と寝たりしてるのに、ただひとりでいるっていうのがどんなにつらいか」

「でも、ひとりじゃないでしょ。友だちもいるし、大学でもちゃんとやってるじゃない。エリーは誰かを見つけてヴァージンを失うことにこだわりすぎてる。一瞬でもそれを忘れたら、最終学年を楽しんで、いつでも怖がらなくてよくなると思うよ」

目の奥が涙でチクチクしてきたのを感じた。「わたしがそうしようとがんばってるって考えたことないの？　ヴァージンを失うのが大事なのは、そうなったらようやく溶けこめるからなの。ララは何もしなくても溶けこめるよ。なんで自分がヴァージンなのかわからない。わたしたちの知り合いで、ヴァージンを失うことで悩んでる子なんてほかにいない。それより、変な男に捧げちゃったことを後悔してる子のほうが多いくらい。ララはマークとそういうチャンスがあったけど、わたしにはジェームズ・マーテルとのチャンスしかなかったの。わたしはそれをだいなしにしちゃった。あのフェラ嚙み以来、ジェームズに会うのが怖くなったのはたしかだけど、まだ十七歳だったんだよ。あれから誰もわたしに興味を持ってくれなかったから、もう一回やってみる機会もなかったし。ララ、わたしは男の子と知りあおうと必死でやってきた。それなのに、誰もキス以上のことはしてくれなかった。ゆうべみたいにね。ララはクラブに行っただけでかっこいい男の子に言い寄られてたけど。わたしはオヤジとエモ男につきまとわれて、そのうえ親友が知らない男とバスルームでセックスしてて。なんでわたしが孤独を感じてるのかわからないの？」

「ああもう、なんでバスルームのことばかり言うかな？」ララの声が金切り声になってきている。「アンガスがエリーよりわたしを選んだのは悪いと思ってる。でもそれって、わたしが自暴自棄じゃなかったからかもしれないよ」

顔を殴られたような気がした。「自暴自棄？　ほんとに、マジで、わたしが自暴自棄だと思ってるの？　なんでそんなこと言うわけ？」

ララはうしろめたそうな顔をしたけど、わたしが期待した謝罪の言葉は聞けなかった。「その、ちょっとエリーが……わかんないけど、このことにとりつかれすぎてると思ったの。クラブで会った男にヴァージンを捧げようとしてたんだよ」

「だから!?　わたしの勝手でしょ」泣かないように必死だった。「ララはわたしの立場になったことないんだから、批判なんてできない」目をきつく閉じて、すぐに後悔するようなことを言ってしまった。「なんで急にそのことを気にするようになったのよ？　いままでは気にもしてなかったくせに」

ララが口をあんぐりあけた。「悪いけど、エリー、わたしが気にしてなかったって思うわけ？いてほしいときにはいつでも来たでしょ。いつだってエリーが大変なときには何もかも振り捨てて来てたよ。それも一日おきってくらいにね」

傷ついた気持ちが怒りに変わった。「それが何？　親友だし、そんなのあたりまえじゃない。わかった。わたしは大変なときだらけだったけど、深刻なものじゃなかった。わたしは……ふさぎこんだりしてない」

ララが信じられないというように大声を出した。「やめてよ、エリー。すごい自己憐憫にひたってる。それに知ってる？　エリーって、すごくわがままにもなるんだよ」

「わたしがわがまま？　誰のセリフよ？　一日おきにジェズの話を何時間もして、メールを分析して、オックスフォードの最新ニュースについて際限なく話してるのはそっちでしょ。わたしは通ってもいないし、オックスフォードの人のことなんてどうでもいいのに」

「たしかに」ララが吐き捨てるように言った。「エリーはわたしのまわりの人のことなんてどうでもいいんだよね。だけど、エリーだって地下鉄で誰かに笑いかけられたり、英文学コースの誰が嫌いだっていうような話は聞いてほしがるくせに。わたしに嫉妬してるみたいだよ」

わたしたちはにらみあい、言葉が部屋のなかで響きあってるような状態だった。はじめてのけんかだ。自分たちがどれくらい本気で言ってるのかわからなかった。ほんとのことなの？　わたしってわがままなの？　沈黙は耐えがたかった。このときはじめて、重苦しい緊張感という言葉の意味がわかった。この部屋に満ちている。

ララが急に立ちあがった。「どうでもいい。帰る」バッグとコートをつかむと、部屋から出ていって、ドアをぴしゃりと閉めた。

ララが帰ってすぐに、思いきり泣き、怒りが全部傷心と後悔に変わっていった。ララの言ったことは正しい。わたしは自己憐憫にひたってて、ふさぎこんでて、わがままだ。でもみんなそうじゃないの？　それになんであんなふうに言われなきゃならないの？　いままでどんな男の子にされたより傷ついてるのに、ララはそれも気にしてないの？

ベッドの上で丸くなって、静かに泣きはじめた。濡れた髪でバスローブも濡れてたけど、どうでもよかった。ララはわたしが自暴自棄だと思ってたんだ。

7

ララはまだ電話をしてこない。水曜で、カムデンの自分の部屋にいるべきか、ギルフォードの実家に戻るべきか迷っていた。ララもギルフォードにいるだろう。それか、わたしから離れたくて、もうオックスフォードに戻ってるかも。いままで仲たがいなんてしたことなかったのに。

昼間の冷たい明るさのなかで、ちょっとした怒りが戻ってきた。ララに言われたことですごく傷ついたし、すごく……本当のことだった。わたしの気持ちなんて気にせずにぶちまけられたから、そのぶんひどい気分だった。ララに向きあうなんて無理だし、謝るなんて考えることもできない。火曜日はずっと泣いてすごし、思いきり食べ、映画で気をまぎらせた。いまはアイスクリームで二日酔い状態で、もうこれ以上ひとりでいるのには耐えられなかった。

唯一の選択肢は荷物をまとめてイースター・ホリデイを実家ですごすことだったが、ギルフォードで何もすることがないと思うとがまんできなかった。実家に帰る唯一の理由は、夜にララといっしょに映画を観たり公園でのんびりしたいからだ。まだ帰る気にはなれない。少なくともロンドンにいれば、まわりに人がいる。気をまぎらさないとだめだ。誰か別の人といっしょにすごして、ララとのことを忘れなくちゃ。

ふいにエマのことを思いだした。まだこっちにいるなら、約束したように飲みにいけるかも。気が変わらないうちに、携帯に手をのばして暇かたずねるメールを打っていた。電話をおく間もなく返事がきた。

暇だよ！　メールしてくれてほんとにうれしい。パブで遅めのランチにして、それからすぐに飲みはじめない？　女子カクテル会みたいな？

いいね。どこで会う？

三時に〈ザ・ロケット〉は？

了解‼ x

自分から誘って、行動を起こしたなんてえらいと思って、すぐにシャワーを浴びて、パブまで三十分歩いていくことにした。きのうのカロリーを減らさなきゃ。無理やりお気にいりの黒のスキニー・ジーンズをはいたけど、はきおわるまでに『フレンズ』の一話分が半分終わるくらい時間がかかった。それでもようやくセルライトが隠れて、さっそうと歩く気になった。iPodをフリックして〈みんなくたばれ〉プレイリストを見つけた。十代の悩み多き日々の遺物だけど、人生をまた受けいれなくちゃならない。ザ・キラーズで踊るのがいちばん簡単だ。

　四十五分後、パブに着いてぐったりと座席に倒れこんだ。水道水を頼んだところにエマが入ってきた。ハグされると、花のような香水の香りと長い羽根のようなイヤリングとふぞろいにカットしたブロンドに包まれた。お気にいりのジーンズとスタッドつきの黒いスエードのブーツをはいてきてよかった。そうじゃなかったら、どう考えても釣りあわなかったから。エマはシフォンのクリーム色のシャツを黒いブラの上に着ていて、それに合わせたジーンズとヒールのブーツ、ファーっぽいヒョウ柄のコート姿だ。

「もう注文した？」エマがきいた。「フィッシュ・アンド・チップスとマッシーピーズに、ちゃんとしたスティッキー・トフィー・プディングが食べたい」

「すごくおいしそう。だけどゆうべ、ベン＆ジェリーズをまるごと食べちゃったんだ」

　エマは気の毒そうにわたしを見た。「うそ、ひどいことした男は誰？」

「男ならいいんだけど」とため息をつく。「要するに、その子は昔からの親友で、というか親友だったんだけど、わたしのことで何年もひそかに嫌ってた部分を全部ぶちまけられたの。だしぬけにね。それも、わたしがいいなと思ってた子とわたしのバスルームでセックスしたあとに。わたしが隣の部屋で寝てるあいだにね」

「うわあ、ひどい数日だったみたいね……。その男って誰？　やせてた？　だって、それならバスタブでのセックスも言い訳できるんじゃない？」

「まあ、そうかな。ていうのも、初対面の相手だったんだよ。クラブで会ったばかりで、いいなと思って、それで向こうが選ばれたってわけ」

「それでエリーの部屋に帰って、友だちがバスタブでヤッたってこと？　やるね」感心したような笑顔で首を振っている。「ねえ、その子がやったことは悪いと思うけど、親友に男を全部とられちゃうっていう、昔ながらの失敗をエリーはやってると思うよ。そこから抜けだして、新しい親友を見つけなきゃ。自分よりブスな子がいいね」

わたしは鼻で笑ったけど、エマはにやりと笑って話を続けた。

「まあ、それは言いすぎかもしれないけど、考えてもみてよ。そういう女の子は山ほどいるんだから。指一本あげずに男たち全部をかっさらっていくかわいい子たちが、それを友だちに見せつけるなんて、ひどい話だよね」

わたしは笑い声をあげた。「わかった。もうわたしの友だちの話じゃなくなってきてるね。そういう経験あるの、エマ・マシューズさん？」

エマがあきれた顔をした。「経験があるかって？　高校時代はいつも二番手で、アレックスの下だったの。アレックスはわたしよりもっとブロンドだったし、胸も大きかった。ポーツマスの男たちが気にするのはそれだけなんだ。エリーのために文化的背景を言っとくとね。エリーならもてるよ」エマはそう言って、襟ぐりの狭いトップスで隠そうとしている谷間を見おろしたので、わたしは赤面した。「でもともかく、そのあいだずっと拒絶されて二番手の立場にいたことで、いろいろ学んだわけ。いまでは、あのとき拒絶されたことなんてどうでもよくなってるし、相手に何を言いかえされるかなんて気にせずに男の子を誘えるようになったしね」

純粋に尊敬の目でエマを見た。「じゃあ、エマから男の子を誘ってるの？」

「有名だよ。それに、何人かには断られたけど、何十人もＯＫしてくれたし、そのおかげで人生でも最高の夜を何度か経験できたんだから、そのかいがあったってもの」

「はっきり言って感動した。わたしが誰かを誘ったっていうのにいちばん近いことといえば、ジェームズっていう子に十七歳のときにヴァージンを奪ってって頼んで、断られたことだけだもん」

エマが吹きだした。「すごい、そんな拒絶には勝てないよ。十七歳？　ヴァージンを失うにはちょっと遅いよね。みんな十五歳になるまえにはなくしてるし、うちの学校の女の子の半分は大学入学資格をとるＡレベルを受けるまえに妊娠しちゃってたからね。だから、わたしたちが世界を代表するような経験をしてるとは思わないけど」

みんな十五歳でヴァージンをなくしてるの？　どうしよう、わたしはサーカスの見せもの《フリーク》だ。ケーブルテレビでドキュメンタリー番組ができるかも。タイトルは〈二十一歳の処女〉。

わたしは無理やり笑顔を浮かべた。「ふうん、うちの学校では、医者や弁護士とちゃっかり結婚するまでは誰も妊娠してなかったな。だけど、一九八四年のモリー・ハンソンは別。六年生のときに先生に妊娠させられて、ふたりで駆け落ちしたの。以来、うちの学校では四十歳未満の男性教師はゲイじゃないかぎり採用されなくなったの。生徒がまた駆け落ちするんじゃないかって怖がってね」

「わかる。ブランソン先生から言われたら、わたしも駆け落ちしてた。先生がすごくイケメンってだけで、がんばって物理でAをとれたんだから。それはともかく、いつヴァージンを失ったの？　その大いなる拒絶のあとに」〝大いなる拒絶〟っていう言葉のまえにドラマチックな間をおいていた。

わたしは赤くなった。エマがこんなに正直にしゃべってくれているのに嘘はつきたくない。でも、ヴァージンだとは言えない……。どう考えても、中等教育を終えたヴァージンがいるなんて思ってもいないみたいだし。だけど、わたしの決定的な特徴を知らないままでちゃんとした友情が築けるだろうか？

勇気が消えるまえに大急ぎで本当のことを打ちあけた。「実は失ってないの」わたしがそう認めると、エマは困惑したように顔をゆがめ、わたしの言ったことを理解しようとしているようだった。批判される。どうしよう。怖くなって、あわててこう言った。「その、数カ月後に酔っぱらうまではってこと」

エマはにやりと笑った。「ああ、よくある酔っぱらっての初体験ってわけね。みんなそうよ」わたしは明るい笑顔を浮かべながら、本当のことをちゃんと言えない自分がいやになっていた。「そ！　でも、同じことを何度もやったわけじゃないから、これからエマみたいな体験をしていかないといけないってわけだけど」

「うう、そうだね。最近は男不足だよ。英文学コースにはいいなと思ってる人いないの？　チャーリーとか？」わけ知り顔できいてくる。

わたしはうんざりした顔をした。「やだよ！　あのエロいユーモアのセンスにはついていけない」

「たしかにそう！　あれって……何をごまかそうとしてるんだろう？　あいつの話すことって全部、何か自分の小さい秘密を隠すためだと思うんだよね。それも、ものすごく小さいやつ」

「アレが小さいってこと？　なんで知ってるの？」びっくりしてきいた。

エマは笑い声をあげて、鼻の横をたたいた。「情報源があるの。マリーがフィオナに何か言ってたのを聞いたとだけ言っとくわ」

「マリーがチャーリーと？　ウソでしょ」

「マリーは誰とでもヤッてるし、あの子はヤリマンだよ。わたしが言ってるんだから、ほんとだって」

フィッシュ・アンド・チップスを注文して、ゴシップに花を咲かせながら、スティッキー・トフィー・プディングと二杯めのモヒートも注文した。いままで会ったことがないくらいオープンな子の前で嘘をついてることがうしろめたかったけど、誰かと寝ることを想像して、嘘が本当になるかもしれないし、そうなったら、半分嘘を言ったことなんて打ちあける必要はなくなると考えた。

「それより」エマは皿から最後のカラメル・ソースをスプーンですくってから、意気揚々とスプーンを投げ捨てた。「すっかり話がそれちゃって忘れてたけど、友だちとのけんかの話を聞かなきゃね。実際、何があったの？」

わたしはうめいた。「思いだすとゆううつになる」

「思いだして」

わたしは大きく息を吸った。「わかった。でも覚えといて……そっちがきいたんだからね」

「免責事項は了解。しゃべっちゃって」

「うん、月曜の夜に〈マヒキ〉に行ったの。わたしは男に飢えてたし、あっちはつきあってる人がいたから、わたしの相手を探すつもりだった。うんざりするオヤジふたり組がお酒をおごってくれたから、ありがたくいただいた。それからふたりで完璧な男の子を見つけたんだ。でももちろん、ブロンドの魅力的なアンガスはブロンドの魅力的なララのほうが好きで、それでふたりがくっついちゃったってわけ。わたしのほうはブサイクなエモ男のチビに気をとられてて、キスしてた。その子だけがデザイナー・ブランドを着てなかったんだけどね」

「あらら、ちょっと、ブロンドになんか文句あるの、ミス・コルスタキス？　それに〈マヒキ〉でエモを見つけたなんて信じられない」そう言って笑った。「すごい才能」

わたしはエマに向かって怒った顔をした。「才能？　あんなの呪いみたいなもんだよ」

「そうかな……いかにもオックスフォードですみたいな連中よりちょっと個性的な子のほうがいいと思うけど」

わたしはちょっと考えてみた。アンガスといっしょにいて楽しめただろうか？　顔を踏んづけたときはずいぶん態度が悪かった。「どうかな。男はあきらめた。そのあとでアンガスをララといっしょにわたしのちっぽけなバスルームつきの部屋に泊めるのをOKしちゃった。それで目が覚めてから、アンガスの顔を踏んじゃって、ふたりが裸なのに気がついて……それからシャワーを浴びようと思ったら、足がすべって、最初は除毛クリームだと思ったの。でも、バスタブのなかでひっくりかえって、痛くて叫んでるときに、すべったのがアンガスの精液だったって気づいたの」

エマはお酒を吹きだして、げらげら笑いだした。わたしの屈辱をそんなに笑わないでよと文句を言ったが、効きめはなく、しかたなくいっしょになって笑っているうちに、ふたりとも涙を流していた。

「それって……マジ……笑える」エマが息を切らしながら言った。「なんでそんな目にあうの？ＵＣＬの英文学クラス全員に、アナルでなんてしたことがないのに、大好きだってうっかり言っちゃたっていうのもあったけど」

「大好きだなんて言ってないよ……」

「そうだね、ごめん。ちょっとちがう噂が広まってるから」

凍りついた。「お願いだから冗談だって言って」

「やだ、そんなにひどい噂じゃないよ。チャーリーだっていまはエリーを見直してるよ。いまじゃ男の子たちはみんなエリーとヤリたがってるんだから」

「エロいセックス・マニアだと思われて、みんなにヤリたがられてるって聞いて、喜べって言うの？」

「お言葉ですけど」エマがテーブルに勢いよくグラスをおいた。「経験してないのにアナル・セックスを悪く言わないでくれる？」それから声を落とした。「とはいえ、あとがちょっと大変だけどね」

エマを見つめて、エマと知らない男がうんちまみれになってるのを想像した。「何が？」びっくりしてきいた。

「さっき言ったアレックスって子のこと覚えてる？　最初にアレックスがアナルをやったとき、男の家だったんだけど、お父さんが入ってきたんだって。相手はビビってすぐに引きぬいたんだけど、アレックスもパニックで締まっちゃって、それで……直腸がいっしょに出ちゃったんだって。お父さんがふたりを車で病院に連れていくはめになったんだよ」

わたしはむせて、けっしてアナル・セックスはしないと心に誓った。

「それって……ひどいね」そうささやいて、頭に浮かんだ思いきり強烈なイメージを振りはらおうとした。

エマはゆっくりうなずいた。「アレックスに起こったことじゃなかったら、絶対信じなかった。だって都市伝説っぽいじゃない。だけどあいにくアレックスだったから、本当の話。報《むく》いを受けたんだって言う人もいたけどね」

わたしはショックを受けて笑い声を出した。

「ともかく」とエマは言った。「いっしょに出かけられてすごくうれしい。エリーって、うちのクラスで会ったなかでいちばんまともだもん」

「わたしだって」エマに向かってにっこり笑い、それが本当だと気がついた。「ほめ言葉にはなってないけどね」わたしが冗談を言うと、エマはまたあきれた顔をした。「だけど、正直言って、ほかの人とは距離を感じることがある。みんな楽しいけど、共通点がほとんどないし」

「わかる」エマが大きな声で言った。「なんでいつも赤ワインを飲んで、ポップ・ミュージックが嫌いなふりをしなきゃいけないんだろう？　ときどき自分の内なる主流派を受けいれたくなるの。それどころか」エマはグラスを上にあげた。「〝クールじゃなくたって平気〟に乾杯」

わたしたちはグラスを合わせて笑いあい、エマがウェイターを呼んでカクテルの追加を注文した。ウェイターが若くてキュートだったから、いちばんのお誘い笑顔を向けてみたけど、気づかれもしなかった。エマのほうは、さりげないなんてもんじゃない笑顔を浮かべて、アイ・コンタクトをとっていた。おおっぴらに誘いかけ、二時間後にお勘定をしたときには伝票に自分の番号を書いて渡していた。店を出るときに、エマがウェイターにウィンクすると、相手もにっこり笑いかえした。

「信じられない。エマってすごく勇気あるね」パブを出てから、まわらない舌で言った。

エマは笑った。「すごくキュートだったからしかたないよ。彼に対する内なる劣情がおさえきれなかったから、欲望に屈しただけ。電話してくれるかも……」

「してくれなかったら気にする？」

「するわけないじゃん！　バーのウェイターだよ。ロンドンじゅうに何百人もいるんだよ。そのうちのひとりに寝たいと思われないからってどうってことないよ。もうカノジョがいるのかもしれないし、ゲイかもしれないし。でも、ゲイを見分けるのは得意だけどね。それか、ブロンド嫌いかもしれない」

「エマはわたしの新しい神だよ」わたしはそう言って、石畳の角につまずいた。

「よーし、わかった、姫よ。それを聞いてうれしいぞ。でも、新しい神に向かって吐かないうちに家に連れてかえらないとね」

「そんなに酔ってないよ」エマはわたしをタクシーに押しこんで、運転手に住所を告げたけど、それはうちの住所じゃなかった。わたしはエマのふわふわのヒョウ柄のコートに頭をのせて、目を閉じた。

8

頭痛とともに目覚めると、目の前に光が点滅しているのが見えた。数回まばたきをして、それが豆電球だと気づいた。いろいろな色の豆電球が紙の星に包まれていて、等身大のリアーナのポスターを照らすようにきれいに飾ってある。見おろすと、下着姿で半裸の状態で、ゼブラ柄のキルトをかけられているのがわかった。

「エマ?」大きな声を出すと、何日も出していなかったみたいに甲高い声になった。

ドアが音をたててひらき、エマが入ってきた。ショッキングピンクのバスローブ姿で、花柄のマグカップをふたつ持っている。「おはよ! お茶持ってきたよ」

喜んでマグカップを受けとって、肘をつくと、頭がずきずきした。「きのうは泊めてくれてほんとにありがと」

「いいって。あの状態で家に帰すわけにはいかなかったからね。ところで、その気があるかどうかわからないけど、今夜パーティーがあるから、絶対おいでよ」

「冗談でしょ。死にそうな気分なのに」

「イースター・ホリデイなんだよ! 授業はないし、ゆうべ百万回も言ってたみたいに、ギルフォードに帰ってもすることないんでしょ。だったら、パーティーに行かない理由なんてないじゃない」

わたしはうめいた。「エマ、わたし精神的に参ってるの。親友がもうわたしのことなんかどうでもいいと思ってて、暇な時間はずっとひとりでアイスクリーム食べてて、誰かを誘って外出したら、そういうこと全部黙ってられなくて。なんでそんなわたしをパーティーに連れていきたいの？」

「自己憐憫はおやめ、エリー・コルスタキス」エマは母親っぽい口調で言って、カップをおいてわたしの目を見た。「自分の人生がくだらないって嘆《なげ》いてないときのエリーはむちゃくちゃ面白いんだよ。だから、シャワーを浴びて、いっしょにソファにすわって、みんなが夢中になってる新番組を観て、それからおしゃれしてパーティーに行こう。どう？」

「家に帰って荷物をまとめて実家に行くより、ずっと心惹かれる」

「でしょ。あしたには実家に帰れるし、ひとりにしてあげる。でもいまは、これキャッチして」タオルとジャージの下を投げてきた。「さあ、シャワー浴びてきて。今夜わたしの服を着せてあげるのが待ちきれない。すごくセクシーになるよ」

わたしはエマに向かってあきれた顔をして、下着姿の体をタオルで隠しながら部屋を出た。後ろからエマが言う。「右側のドアね。ルームメイトはイースターで帰省してるから、シャワー中には誰も入ってこないから安心して。シャワーヘッドは好きなように使っていいから、ベイビー！」

エマのからかいは無視して、ごく普通にシャワーを浴びた。その日はずっと、テレビでテロリストとCIAが出てくる新番組を観ながら、にんじんスティックとホムスを食べてすごした。エマの冷蔵庫を見たら、自然食品売り場みたいで、彼女がサイズ6でわたしがそうじゃない理由がわかった。きのうのフィッシュ・アンド・チップスは体重管理のお休みの日向けメニューだったんだろう。

夜になると、エマはわたしを自分の部屋に連れていって、ドレスを着せようとしたけど、どれもお尻から上にはあがってくれなかった。

「エマ、もうやめてよ。わたしは80のDカップで、ヒップはサイズ12になることもあるの。だからエマの服は無理だって。ねえ、もうあきらめよう？」

「わたしよりちょっと大きいだけじゃない。絶対何か見つかるって。もう、エリーのお尻がうらやましい。そんなお尻だったらなあ。わたしのはぺたんこだもん」

「なぐさめの言葉はいらないから、エマ」

「ううん、ほんとだよ！　ビヨンセがわたしの理想。あの曲線にあこがれてるんだ。だから、それを証明させて」エマはふいに引きだしのなかを探りだした。数分後、勝ち誇ったように大きなパンティーを引っぱりだした。「あった！」

「それスパンクス？　脂肪を押さえこんでくれるやつ？」

「ちがうよー！　見て。パッド入りのパンツなの。後ろにパッドが入っているから、お尻の形をきれいに見せてくれるの」そう言って、自分の小さなお尻を振ってみせた。

わたしが大笑いしていると、エマは自分の黒いTバックの上にそのパンティーをはいて、話題になっているビヨンセの新しいミュージック・ビデオみたいに踊ってみせた。

「わかった。証明になった。エマのむちゃくちゃおしゃれなドレスを無理やり着てあげる。エマがそのパンツをはくんならね」

「エリー、ごまかさなきゃいけないときにはもう何回もはいてるの。そうだ、ひらめいた。超クールなシフォンっぽいドレスがどこかにあったはず。エリーが着られるだけじゃなくて、すごく似合うと思う！」

十五分捜して、キラキラのドレスが山ほど出てきたあとに、ようやくそのドレスを見つけたので、着てみた。

姿見に映った自分の姿をじっくり見た。予想していたのは、太いストラップのついた、おしゃれとはほど遠いブラをつけた胸に、そのドレスが不格好にひっかかっている姿だった。ところが、そうじゃなくて、女らしい曲線が現れている。黒のシフォンのノースリーブで、脚まですらりとして見える。濃い藍《あい》色のクジャク柄でおおわれていて、エマはそれに自分の十二センチ・ヒールの黒いアンクル・ブーツを合わせるように言った。そのうえ、長いシルバーのイヤリングまでつけるように言う。大きなクジャクの羽根を耳からぶらさげるのを断ったので、しかたなくそれを受けいれることにした。わたしのダークブラウンのロングヘアはまだ言うことを聞いてくれなかったし、目立つまっすぐな鼻はどうしようもなかったけど、ドレスのおかげで顔の中心から注意をそらすことができる。

「すてきだよ、エリー」わたしの体をじっくり見て、エマが言った。

「こんなに見栄えがよくなることなんて、この先ないかも」わたしもそう認めると、エマはあきれた顔をした。

「もっと自信持ちなよ。セクシーな体をありがたく思って、その曲線をいかさなきゃ」そう言うと、必死で引きだしのなかを探りだした。

わたしは眉をあげた。わたしの体がセクシー？　エマは黒いベルベットでヒールじゅうにカラフルな小さな石がついているプラットフォーム・ヒールをはいてて、ぴったりしたコットン・ドレスをノーブラでタイツもはかずに着て、わたしが拒否したクジャクのイヤリングをしている。その隣に立ったら、わたしなんて尼僧みたいな気分だった。でも、ふたりでパーティーが開かれているエマの友だちのアメリアの家に入っていったら、地味なほうの格好で来たことにほっとした。来ている人はほとんどが普通のヒップスターっぽい格好だった。男の子たちはチェックのシャツにスキニー・ジーンズ、女の子たちは大きめのセーターの下に花柄の小さなワンピースとブーツという感じだ。内なるギリシャの母の忠告を聞いて、黒の厚めのタイツをはいてきてよかった。

エマだけがソーホーのクラブから抜けだしてきたばかりみたいな格好だったけど、そんなことはまったく気にしてないようで、アメリアに向かって走っていった。アメリアはわたしたちが入っていくと、「よく来たね！　いらっしゃい！」と叫んだ。

アメリアは黒のショートヘアが妖精みたいな顔に似合っていて、耳たぶじゅうにピアスをして、男物のデニム・シャツに、ダメージ・タイツを合わせていた。アメリアとエマは別の世界から来たみたいだった。少なくとも正反対の社会から出てきたみたいだったけど、何年もまえからの友だちみたいに抱きあって、部屋じゅうの人たちが見るくらいの大声で近況を伝えあっている。

エマがわたしを紹介するのを思いだしたので、にっこり笑って、ふたりが話をしているあいだ、手持ちぶさたな友人として後ろにぼーっと立っていなくていいように、ちょっとのあいだ消えることにした。コートをおいてトイレに行ってくるとエマに言って、仲間を探しにいった。それが無理なら、隠れ場所を探そう。

コートを腕にかけてうろうろしながら、集まっている人を見て、誰か知ってる人がいないか捜した。来ているのはみなUCLの三年生だったけど、知り合いがひとりもいなくて、何かききたそうな雰囲気の人には、〝友だちを捜してるだけで、ちゃんとなじんでます〟っていう顔をしておいた。その顔を十回してから、あきらめることにした。ベッドルームのカーキ・ジャケットの山の上にコートを放り投げ、バスルームに逃げた。

パーティーで無理やり知らない人に話しかけるのは大の苦手だ。別の人格になったり、知らない人ばかりの部屋に入った瞬間に、十代のころの不安な気持ちがいっぺんによみがえってくる。トイレのカバーをおろしてその上に腰かけた。エマが明るく言ってくれたもっと自信を持てという言葉がよみがえってきた。信じられないくらい魅力的な女の子たちと、わたしと寝たいなんて思ったこともないそのカレシたちに囲まれていた女子校時代に、ずっとつきまとっていた低い自己評価から抜けだせるかと思ったけど、そうじゃなかった。出かける準備をしていた二時間のあとでも、自分がすてきに見えるとは思えなかった。

気持ちを落ちつかせないと、人生が通りすぎていってしまう。うじうじして誰かにセックスしてもらいたいと思っているあいだに、ほかのみんなはどんどん先に進んで、いまを楽しんでいる。ララの言うことが正しくて、自分がヴァージンなのがすべての元凶だと思うのをやめるべきなのかもしれない。背筋をのばした。エマを見習って、十代のくだらないことを乗り越えなくちゃ。

立ちあがって、鏡の前に行き、顔をじっくり観察した。量の多い髪は思ってたほどひどい状態じゃないし、まずまずのウェーブで肩にかかっている。エマのつけまつげは断ったけど、エマがフルセットつけるのを見てから、短いまつげにマスカラをつけることで埋めあわせた。その結果、まつげは長くなり、満足のいく髪型で、すてきな服を着ている。自分に向かって小さくほほえみ、いつものスピーチをはじめた。十三歳のときに雑誌の『ジャスト・セブンティーン』で見てからずっとやっているスピーチだ。

「わたし、エリー・コルスタキスは、すごくすてき。きれいで、自信があって、欲しいものはなんでも手に入る。下に行って、すてきに、勇敢にふるまう。わたしはすばらしい人間だ」

スピーチを終えると、思わずにっこり笑ってしまった。これはいつでもうまくいく。時代遅れだし、陳腐《ちんぷ》だし、ロマコメっぽいけど気にしない。この自分を励ます言葉の効果は絶大だ。成功率が高いから、これを使わない手はない。鏡のなかの自分に向かってウィンクしたり、唇を突きだしたりして、ようやくバカバカしくなってきたので、急いでトイレから出た。ドアを閉めたとたん、いままで会ったなかで最高の人物と直面した。

「やだ、エリーじゃない」ハナ・フィールディングだ。頭に巻いていた花冠をリボン結びのヘアバンドに変えている。「ここで会うなんて信じられない。ミーリーのパーティーでは会ったことなかったよね」

「うん、そうね。アメリアのことはよく知らないから。エマといっしょに来たの。ていうか、エマを捜さなきゃ。長いこと入ってたから」

「そうだよ、ずっと待ってたんだから。なかで誰かと話してたでしょ」

わたしは肩をすくめて、そっと携帯電話を持ちあげた。「なかに入ってるときに電話がかかってきちゃって。ともかく、会えてよかった。また会えると思うけど」

わたしは振りかえって、ハナが何か言うまえに階段を駆けおりた。両手に顔をうずめて、部屋の隅で丸まっていたかったけど、そのときエマが目に入った。わたしはまだ階段の途中だったから、向こうからはわたしが見えなかったけど、こっちからは、エマがすごくかっこいい男の子に近づいていって話しかけるのが見えた。最初、その子はうれしそうに驚いていただけだったけど、数秒でそのしぐさから興味を持っているのがわかった。なるほど。手すりにエマを押しつけていますぐにでもヤリたいっていう雰囲気だ。

なんでエマはこんなに簡単に見つけられたの？　ハナみたいな人に邪魔されることもなく。わたしはとぼとぼと階段をおり、あのモチベーション・スピーチの効力がゆっくりと消えていくのを感じた。自分でウォッカをついで、そこに数滴のオレンジ・ジュースをたらした。

ひと口飲んでむせたときに、部屋の隅にひとりで腕を組んで立っている男の人が見えた。そんなにかっこよくはない。顔はちょっとぺしゃんこな感じで、すごく色白でそばかすだらけだ。そのうえ、怒ってるみたいだった。ダーク・レッドのジッパーつきのパーカーを着てて、そのポケットから本が突きだしている。

うぬぼれたバカみたいに見える。わたしの自信に満ちた新しい人格を練習するのには完璧な相手だ。

考えてしまうまえに、近づいて声をかけようと思った。体のなかの小さな酵素と細胞にそうさせられた気がした。〝がんばれ、エリー、あなたなら大丈夫〟そう叫んでる。〝だって、別に好きな相手でもないでしょ。失うものなんてないじゃない〟たしかにそうだ。

目を閉じて、おじけづいてしまうまえに急いで歩いていった。血管で血がどくどくしている状態でその人に近づいた。

にっこり笑う。「こんばんは、エリーよ」

相手は疑いの目でこちらを見あげた。「やあ、ジャックだ」

「ハイ！　アメリアとはどういう知り合い？」

「アメリアって？」

「ああ、その、ここに住んでる、パーティーの主催者よ。友だちかと思って」

「いや、友だちといっしょに来ただけなんだ。エリックだよ」

「そうなんだ。その人は知らないけど」

「ああ、ここに誘った女の子とつきあっててね。ハナ・フィールディングっていうんだけど」

もちろんデートの相手はハナだ。わかりきってる。「ああ、ハナなら知ってる。英文学のクラスでいっしょなの。エリックとはどういう知り合い？」

「仕事仲間さ」ジャックは肩をすくめた。

にっこり笑う。「ああ、いいわね。どんな仕事？」

「グラフィックデザインだ」

たじろいだ。相手は〝ほっといてくれ〟という強烈な雰囲気を漂わせている。ひと言だけしか返ってこない返事からして、わたしにいてほしくなさそうだ。拒絶しようとしているのがわかる。〝がんばれエリー！　あなたはきれいで勇敢なんだから〟心のなかで自分にエールを送り、最後だと思ってこう言った。

「グラフィックデザイナーなんだ、かっこいいね。どんなデザインをしてるの？」気楽にたずねた。

「商業的な仕事はしたくなかったんで、ショーディッチの小さな新規事業向けの仕事をしてるんだ」

典型的。退屈きわまりない男だと思って、撤退しようとした。そのとき新しいマントラが頭に飛びこんできた。〝エマならどうする？〟

口をあけるといっぺんに言葉が出てきた。「なるほど、それでアングラ音楽が好きで、つけまつげとつけ爪の女の子が嫌いで、ひそかに大金持ちになりたいと思ってるくせに、資本主義は嫌いだとか言っていい気分になってるんでしょ」

相手は黙ってちょっと口をあけたままわたしを見つめていた。困惑した金魚みたいだ。もう、なんであんなこと言っちゃったの？　バカだ。エマなら絶対あんなこと言わない。

ダメージを修復しようとした。「ちがうの、待って。そんなつもりじゃなかったのに。ごめんなさい。調子に乗っちゃった。そんな人じゃないのはわかってる。ここにいる人のなかにはそういう人もいるっていう意味で、あなたもそうかもって思ったけど、バカなのはわたしのほうね。無視して、ほんとに」

なんでこんなに言葉を垂れ流してしまうんだろう？　言ってしまったことに縮みあがって、おかしな女だと思われないようにと願った。自分の言ったことを説明しようとしたけど、最後の瞬間に相手の顔にちょっと笑みが浮かんだ。わたしはほっとして息をついた。

「ああ、そうだね。ぼくはちょっとうぬぼれてたよ。自分が大金持ちだったら、資本主義も商業主義もサイコーだろうな。もちろん大金持ちじゃないし、きょう財布を盗まれたばかりだから、それでひどい気分だったんだ。ごめん。いつもはパーティーに行っても、隅にひとりで立ってぶっきらぼうな態度をとったりはしないんだけど」

なるほど。ということは自分がぶっきらぼうだったってわかってるってことだし、いつも五語以下の言葉で返事するわけでもないんだ。いいニュースだった。わたしを拒否してるわけじゃなさそうだから、何があったかきいてみた。そしたら、十分かけて、ペンジ行きの１７６番のバスでスリにあった話をしてくれた。ふたりでソファにすわって、もっとおしゃべりした。ジャックは二十六歳で、もともとはノッティンガム出身だけど、いまはサウス・ロンドンに住んでいて、哲学と芸術が好きで、わたしが好きな音楽は全部嫌いで、実際、わたしが思ってたような典型的なショーディッチ・タイプっぽかった。それでも何時間もふたりでしゃべって、ジャックはわたしのジョークすべてに笑ってくれたし、わたしが冗談を言ったつもりじゃなかったことにも笑ってくれた。

「何か飲む？」ふいにジャックがきいた。

「うん、もう一杯……その、ウォッカのオレンジ割り？」わたしはそう言って、グラスに残った色の薄いものを疑わしげに見た。

「それがそう？」ジャックは分別ありげにあごをしゃくった。「うわ、学生が飲んでるひどいものを忘れてたよ。ラッキーなことに、財布を盗まれるまえにボジョレーを一本買ってたんだ。代わりにそれを入れようか？」

「ええ、お願い」キャンバス地のバッグから出てきた高級な赤いボトルに感動した。

ジャックがふたつのグラスにワインをついでくれているときにエマがやってきた。手にカップを持っている。「わたしにも一杯お願い。どうもありがとう」

ジャックはちょっとびっくりしたみたいだったけど、ワインをついだ。するとエマがわたしをぎゅっと抱きしめた。「それで、楽しんでる、エリー？　あのね、最高の人に会ったの。きのうのウェイターよりずっとかっこいいよ。あいつはまだメールもくれないけどね。ヤなやつ。ともかく、そのマイクっていう新しい人は、すっごくすてきだよ」

「見たよ」わたしはあきれた顔をしてエマを見た。「あそこでおおっぴらにいちゃついてたじゃない」

「あそこだけじゃないでしょ」エマがにやりと笑ってジャックのほうに視線を向けた。

わたしは赤くなって急いで言った。「まあそうだけど。ジャック、こちらはエマ。エマ、ジャックよ」

エマは振りかえってジャックに面と向かい、百ワットの満面の笑みを浮かべた。「エリーがこのパーティーで唯一知り合いになろうとしてる人がちゃんとした飲み物を持ってきてる人でよかった」

「まあ、誰かが持ってこないとね」ジャックも笑みを返した。

おなじみのララに対するような嫉妬がおなかにわきあがってきて、ふたりがおたがいに気を引こうとしているのに気がついた。ジャックが気にいってるわけでもないけど、またフラれたお邪魔虫にはなりたくない。でも、エマはララじゃないことを忘れてた。ジャックがワインをつぎおわると、エマはわたしにウィンクして、ジャックには投げキスをして、手にワインを持ったまま消えてくれた。

「あれがエマよ！」わたしは明るく言って、一時的に消えていた自尊心をとりもどし、心のなかで二度とエマを疑っちゃダメと言い聞かせた。

「楽しそうな子だね」

「そうなの。ねえ、ミステリアスなエリックってどんな人?」

「ミステリアスでもなんでもないよ、ほら」そう言うと、部屋の後ろでハナに腕をまわしている背の高い黒髪の人を示した。エリックはすごくハンサムで、少なくとも百八十センチはあって、無精ひげをはやしている。首のまわりにヘッドフォンがプリントされているTシャツを着てて、退屈そうだった。ハナにぴったりだ。

「それで、ハナのことはよく知ってるの?」ジャックがきいた。

「うーん」わたしは言葉を切った。「この数年は同じクラスをたくさんとってたし、共通の友だちもいっぱいいるから、よく知ってるって言えるんだろうけど。でも、ふたりで出かけるってことはない。一度もね」

ジャックは笑った。「なるほど。友だちっていうより知り合いだな。正直言って、あの子とはあまり気が合わないんだ」

うれしくて顔が輝いたけど、すぐに心配顔をつくった。「え、どうして?」

ジャックはにやりとした。「知らないふりするなよ。きみがあの子を嫌ってるのはわかるよ。顔じゅうに書いてある」

そうだったの。「ていうか、あまり共通のことがないっていうだけよ。まあ……わたしはいい人だけど向こうはちがうっていうか」

「うわっ! なんでそう思うの?」

「ほんとにそんなこと言うつもりじゃなかったの」持っていた空のグラスを差しだした。「言っちゃったのはワインのせいだと思う」

「じゃあ、もう一杯つがないとね。面白くなってきた」

「なってきた？　ちょっと何それ？」わたしはあきれた顔をした。やだ、わたし、気を引こうとしてる。エマのドレスのせいで、すっかりそんな気になってしまった。調子が出てきた。

「ほんとだ」ジャックは笑ってわたしを見た。「ずっと面白かったね。ていうか、そうだ、また会おうか？」

うそっ、デートに誘われた。本物のちゃんとした男性にデートに誘われたんだ。二十六歳の、しかもちゃんと仕事をしてる人に。わたしは唇を噛んで必死で心のなかの高揚を隠そうとし、何げなくこう答えた。「いいけど」

ジャックが笑みを返してきた。「よかった。じゃあ、電話番号教えてくれる？」

わたしが自分の番号を読みあげると、わたしの名前を入力しようとしたジャックが手をとめた。うまくいきすぎると思ってた。こんなに短いわたしの名前を忘れるなんて。

ジャックが顔をあげた。「あの、名前のスペルをもう一度教えてくれる？」

ため息をついた。「エリーよ。E‐L‐L‐I‐E。それ以外のスペルはないと思うけど。忘れるなんて信じられない」

ジャックが赤くなった。「ごめん。これもボジョレーのせいにしていいかな？」

心のなかで、このワインをグーグルで調べることとメモし、ついでにほかのワインのことも調べようと思った。そうすればデートのときにもうちょっと洗練された女に見えるだろう。やだ、デートだって。顔を輝かせてジャックの番号を受けとった。

「じゃあ、もうエマを捜さなきゃ」ようやくわたしはそう言った。

「ああ、もう――わあ、一時だよ」腕時計を見ながらジャックが言った。「三時間もしゃべってたんだ」

「やだ、エマが怒ってるかも」そう言いながらも、心のなかではうれしくて踊っていた。わたしだけと三時間もしゃべってくれた人が、そのうえデートにまで誘ってくれたんだ。

「それはどうかな。あの男に飛びついてるのがそうじゃない？」

ジャックが指さすほうを見て、吹きだした。「あの子すごい。自分がどれだけラッキーか、彼がわかってるといいんだけど」

ジャックが不審そうな笑顔を見せたので、急いでつけくわえた。「ともかく」わたしは立ちあがった。「あそこの邪魔してくる。だって疲れたからもう家に帰らなきゃ」

ジャックも立ちあがってわたしにほほえみかけた。「うまくいくといいね。会えて楽しかった」

ジャックが右手を差しだしたので、わたしがハグしようと近づくと、その手でこぶしをつくった。なんでこぶしをつくってるの？　わたしにパンチするつもり？

びっくりして後ろにさがると、ジャックがこぶしをあげた。わたしのほうに手をのばして、右手にぶつけてきた。わたしの右手は体の横にたらしていた。これがさよならのあいさつ？　さよならのキスのイメージがゆっくりと消えていった。

「ああ、オーケー」わたしはゆっくり言った。「じゃあ、行くね。バイバイ」期待をこめて相手を見て、キスする最後のチャンスを与えた。少なくとも、ぎゅっとハグしてくれるチャンスを。

ジャックは眉をあげてにっこりすると、振りかえって、別のソファの上でキスしているエリックとハナのところに向かった。自分の右手を見てため息をつく。ロマンチックな別れかたたか。

9

四日後、わたしは母と家にいて、地獄にいるような状態だった。ジャックからはまだメールがない。あまり考えすぎないようにしていたけど、電話が鳴るたびに飛びあがって、ジャックからじゃないメールを読むたびに興奮した気持ちをおさえなければならなかった。

自分はメールももらえない女じゃないかと思いはじめていた。一日めは期待でいっぱいだったけど、メールはなかった。それからこう考えた――〝きっと積極的すぎると思われたくないんだ〟。それで二日めは、土曜日だったからその晩に出かけようと言ってくると思っていた。三日め、どんなデート・マニュアルにも三日待てと書いてあったのを思いだした。だからきっとジャックが〝三日ルール〟を守ってるんだと思ってメールを待った。

でも……メールはなかった。それで四日めになったけど、四日ルールなんて聞いたことがない。ジャックからメールが来るっていう望みはどうも捨てたほうがよさそうだ。

がっかりして、『ダーティ・ダンシング』を観ようと、バスローブ姿で丸くなった。エンディング近くで母が心配そうな顔で入ってきた。

「エレナ、どうしたの？　発作でも起こしそうな顔してるじゃない」

わたしは両腕を広げて片脚をのばした状態で凍りついた。リビングのまんなかでベイビーのダンスを真似しようとしてぐらついているところだった。振りむいて母を見ると、腕を組んでいる。

「何よ？　なんでじっと見てるのよ、ママ。『ダーティ・ダンシング』を観てただけなのに」

「エレナ、部屋のまんなかで映画といっしょに踊りながら泣いてたでしょ。週末のあいだずっとひとりじゃない。イースター・ホリデイでしょ。なんで友だちと出かけないの？」

「もう、わたしが出かけると出かけすぎだって言うくせに、家にいると家にいすぎなの？」

「バランスの問題よ。この休みのあいだしてることと言ったら映画を観るのと泣くことだけで。ニッキ・ピツィリデスと出かけたら？　いい子じゃない？」

「カレシがいるから忙しいの。それに、言っとくけど、そんなにいい子じゃないよ。カレシは完全にヤク中だしね」

母は哀れみの目でわたしを見た。「エレナ、あんたもカレシをつくらないと」母は背中を向けて、ため息をついて首を横に振り、ギリシャ語で何かつぶやきながらリビングから出ていった。

わたしは凍りついた。ショック状態だった。それから廊下に走りでて、母に向かって叫んだ。

「ママ、わたしはニッキのカレシが完全な薬物依存だって言ったの。それなのに、わたしもカレシをつくれって言うだけなの？　わたしが二十五歳で無職のカレシといっしょにMDMAを部屋に持ちこんでないことを喜んでくれないの？　どういう母親よ。カレシをつくれって言うなんて。わたしは大学に行ってて、ヘロインだって打ってない。**誇りに思うべきよ。わたしは夢のよ**

うな娘で普通の親ならわたしみたいな娘がいて喜ぶのに」

二階からは何も聞こえなかった。ピラティス・ボールを蹴って欲求不満を解消した。ネットで買ったけど、一度も使ってないやつだ。

母がカレシをつくれと言って、その人が薬物依存でも気にしないんなら、事態はかなり悪化していると認めなければならない。重い足どりでキッチンまで行き、冷蔵庫をあけた。スプーンとピーナツバター・アイスクリームをとりだした。アイスを持ってリビングにすわり、がつがつ食べた。

メールするつもりがないんなら、なんでジャックはわざわざ番号をきいたんだろう？　パトリック・スウェイジがジェニファー・グレイを欲しがったみたいにわたしを欲しがってくれる人はいないの？

ララに電話したかったけど、まだ話をしてなかった。けんかして一週間以上たっている。いままでこんなに長く話をしなかったことはないし、そのことを考えるたびに心のなかにブラックホールがあるような気になって、そこが痛かった。ララがメールや電話やツイッターですら連絡してこないという事実をどうしていいかわからなかった。まあ、わたしだって簡単にメッセージを送れるのにしてないのは同じだけど、それはララがまだ怒ってるのが怖いからだ。それに、アンガスとラブラブになってて、しゃべる時間もないのかもしれない。

アイスのカップ半分くらい平らげたときに電話が鳴った。急いで手にとって見ると、メルマガだったのでがっかりした。ＵＣＬの学生向けのメルマガだ。興味もなく目を通していたら、次の行を見て背筋がのびた。

『Pｉマガジン』の新しいコラムニストを募集中。トライアルを受けてみませんか。前コラムニストのウィルが思いがけず退学することになったので、急きょ新しい人を探しています。書くのが好きな人、いろいろなトピックについて言いたいことがある人、考えていることを興味深くユーモラスに書ける人なら、チャンスです。

〝アナーキー〟というテーマで四百ワードのコラムを今週末までに送ってください。合格者にはこちらから連絡して、新しい『Pｉマガジン』のコラムニストになっていただきます。よろしくお願いします。

『Pｉ』チーム一同

すごい。学生のコラムニスト……なれたら最高だ。プロのライターにはずっとなりたいと思ってたけど、チャンスがなかった。それに勇気も。入学したてのころに学生マガジンに応募しようかと思ったことがあったけど、怖くてできなかった。編集チーム全員の前で一分間スピーチをしなくちゃならなくて、それだけでおじけづくのにはじゅうぶんだった。コラムをひとつ送るだけならずっといい。

真剣にそのことを考えていたら心拍数があがってきた。書くのは大好きだ。ジャーナリズムの世界に入って、『セックス・アンド・ザ・シティ』ふうのコラムを書く（もちろん自分でちゃんとセックスをしてからだけど）のがわたしの夢だった。そんな夢はかないっこないと思ってたけど、いいスタート地点ができた気がする。

考えすぎる時間を与えないように、ノートパソコンをつかんだ。わたしならできる。わたしには意見がある。アナーキーについてきっと何か書ける。えーと、セックス・ピストルズ？ パンク？ モヒカン？

アナーキーについてのコラム応募原稿――エリー・コルスタキス

セックス・ピストルズがイギリスにアナーキーを持ちこんだが、別のかたちですでにあったことはわかっている。デイジーを持ってラリったヒッピーとか、十八世紀後半にアナーキーをまったく新しいレベルにしてしまったフランス人もそうだ。ケーキが欲しかっただけの気の毒なマリー・アントワネットをギロチンにかけ……

わたしは背もたれにもたれて満足の笑みを浮かべた。つかみはばっちりだ。さあ、これから……えっと、三百五十六ワード書けばいい。タイトルも入れてだけど。そんなの三十分くらいでできるだろうから、終わったらオールナイトで『ダウントン・アビー』を観まくろう。完璧だ。

三時間たって、緑茶を四杯飲んだあと、入力した四百二ワードを見直して、ミスがないかチェックした。完成し、推敲し、申し分ないできばえになった。〝送信〟ボタンを押すときには緊張で脈が速くなったけど、アドレナリンのおかげでいい気分だった。向こうが期待してたものかどうかはともかく、やるだけはやった。メールもしたくない女でいるのにもいいことがあるのかも。デートがないってことはその分書く時間が増えるってことだ。

翌朝、元気になった気分で目を覚ました。コラムの応募原稿を送ってしまったら、当面の卒業プランはヴァージンを失うことだけだ。でも、純潔を失うことは仕事ではない。そう思ったらふとインスピレーションがわいてきて、またパソコンを出して、〈モチベーション〉プレイリストをかけた。マスコミ関係二十社のインターンシップに応募して、それから疲れはてて意識を失った。

いまは一生懸命やったあとのポジティブな気分のままだ。さあ、きょうは五日めで、ジャックはまだメールしてこない。その理由は山ほどあるし、ここにすわったままメールが来るか待っている必要はない。わたしは現代の自立した女だ。ビヨンセのように。だから、男の人を誘うこともできる。簡単なことだ。

イースト・ロンドンに向かう地下鉄にすわって、頭がおかしくなったような気分になっていた。普通の人みたいにジャックに飲みにいくかきく代わりに、オールド・ストリート駅にあるジャックの会社の近くに行く理由を考えついて、いま向かっているところ。ストーカーになって前科がつく一歩手前まで来ている。

地下鉄に乗るまえに書いたメールに気持ちが戻っていった。

ジャック、エリーよ。きょうコーヒーでも飲みにいかない？　オールド・ストリートにいるから、このあたりでどう？

やだ、また気持ち悪くなってきた。地下鉄が駅にとまる。重くなる胃をかかえて、エスカレーターで上に向かっていると、電話のアンテナ・バーがあがってきた。鳴った。ジャックからの返事だ。

いいよ。三時に〈ショーディッチ・グラインド〉は？

一瞬なんともいえない幸福感に包まれた。それから気がついた。これからジャックとコーヒーを飲むんだ。ふたりだけで。緊張感が襲ってきて、吐きそうになった。いまは二時半だから、あと三十分ある。駅の向こうのそのおしゃれなコーヒー・ショップを見て、なかですわって待つことにした。

カプチーノのラージを注文した。はじめてブラウニーを注文する誘惑と闘わなくてすんだ。それからすわって、人生でいちばん長い三十分をすごした。

ようやくジャックがドアをあけて入ってきて、店内を見まわした。「ここよ！」妙に甲高い声で叫んでしまった。

「やあ、エリー、元気？」近づきながら言って、ハグしてくれた。よかった。またグータッチされるんじゃないかと恐れていたのだ。それともデートの最後にはまたあれが待ってるの？

「元気よ。あなたは？」

「ああ、まあまあだ。飲み物買ってくるよ。何かいる？」

「ううん、大丈夫、ありがとう。カプチーノを注文したばかりだから」そう言ってカップを指さした。底に冷めたコーヒーがちょっと残っているだけだった。ジャックはそれを見て、眉をあげてわたしを見た。

「ほんとに？」

「ああ、そうね、じゃあ紅茶にしようかな。アールグレイで」

ジャックがバリスタのところに行ったので、急にパニックになった。紅茶のお金を払うべきだった？　デートだとしたら、向こうが払うべきよね？　自分を落ちつかせて、財布をとりだした。ララがわたしの飲み物を買いにいってくれたら、その分のお金を払う。それとどうちがうっていうの、と自分を納得させた。

飲み物を持ってジャックが戻ってきたときには、わたしは財布を手にして待っていた。「ありがとう、ジャック。いくらだった？」

「一ポンド九十」一瞬の間もなく言われた。

「オーケー、じゃあ、これ二ポンドね」そう言って、二ポンド硬貨を渡し、払うと言ってよかったとほっとした。どう考えても当然と思われていたみたいだし。ジャックはその硬貨を受けとって、ポケットから十ペンスをとりだした。何も言わずにそれを受けとって、これが普通なんだろうかと思った。ジャックがすわったので、わたしはほほえみかけ、彼が五日前とまったく同じ服を着ているのに気がついた。

「それで、どうしてた？」そうきかれたので、わたしは急いで服から目をそらして顔を見た。

「まあまあよ。休暇で帰省してたから、この五日間は気難しいティーンエイジャーみたいにふるまって、母にどなられてた」

「そっか。なんて言ってどなられたの？」

「うーん、何もかもかな。ギリシャ人の親ってみんなそうなの」母がわたしのことをカレシもいない人生で体重ばかりが増えて絶望的だと思ってることは言わないでおこう。「ともかく、そっちはどうだったの？」

「ああ、よかったよ。仕事は変わりないけど、時間があるときはかなり執筆してて、出版したいと思ってるんだ。もうオンライン・マガジンには書いてるから、うまくいってるよ」

「本当？　わたしも学生マガジンのコラムニストに応募したところ！」

「嘘だろ。すごいじゃないか。どんなものを書いたの？」

「テーマがアナーキーだったから、いまのアナーキーの意味と、そのほとんどの意味がどうやって消えてしまったかについて書いたの。パン・オ・ショコラを盗むことと比較してね」

ジャックは笑った。「すごい、そう来るとは思わなかったけど、読みたいな。メールで送ってよ」

わたしはびっくりして目を見開いた。「ほんとに読みたいの？」

「ああ、読みたいよ。すごく面白そうだ。きみもものを書いてるなんてかっこいいね」

わたしは赤くなった。「ありがとう。送るね。それで、そっちはどんなもの書いてるの？」

「ぼくのはもうちょっと政治的な風刺だ。ぼくたちの存在の無益さと人間がつくった政治システムの脆弱さについて」

「てことは、わたしが書いたのとかなり近いかも？」と冗談を言った。

ジャックはまた笑った。「ああ、かなりね。どんな政党も基本的には同じくらい歪んでるから、労働党に入れようが、保守党に入れようが関係なくて、どっちも同じことを求めてるってことなんだ」

わたしはゆっくりまばたきして、いまジャックが言ったことを理解しようとした。「つまり、あなたが言いたいのは、政治家はみんな愚かで、何も変わらないっていうことね」

「ああ、まあそうだね。でも、ぼくが書こうとしてるのは、もっと重層的に政治家がみな同じだってことを言いたいんだ」

「なるほど、それってとても、気がきいてるわね」うわべだけでそう言って、お願いだからもう政治的なことはこれ以上言わないでほしいと祈った。

「正直言うと、ぼくは社会主義者なんだ。労働者階級の社会主義者だ」こっちの目をまっすぐ見て話を続けてきたので、わたしは何も言わずに目を合わせた。いったい何を言えばいいの？

「あなたって……労働者階級なの？　でもグラフィックデザインをやってるんでしょ。それに芸術の学位を持ってるって言わなかったっけ？」

「そうだけど、親は北部の鉱山労働者だ。それがぼくのバックグラウンドでルーツなんだ」そう言いながら両腕を派手に動かしている。

わたしはとまどった。「わかったけど、それであなたが労働者階級ってことにはならないでしょ。だって、ちゃんとした教育を受けてるし、労働者階級とはいえない職業についてるもの」ジャックはバカを見るような目でわたしを見ている。ちゃんと脳みそがあるってことを見せなければ退屈されてしまう。背筋をのばして、気のきいたことを言おうとした。「そういう階級区別ってかなり時代遅れだと思うけど」

「いや、そうは思わないな」ジャックが強い調子で言った。「階級制度は社会のなかで表に出ないかたちで行きわたってるんだ。イギリスでは、それに西洋の国のほとんどでは、それが文明の基礎となってる」

どうしよう。会話がすごくヘビーになってきて、これ以上自分の深みなんて見せられない。最後の抵抗で冗談を言ってみた。「ふうん。あなたの言ってることを翻訳するには辞書がいるね」

どうもそれが正解だったみたいで、ジャックが笑いだした。「ああ、そうだな。ついやっちゃうんだ。ごめん。つまり、階級制度っていうのはいまだにぼくたちの社会の基本として残っていると本当に思ってるけど、そうじゃなくなることを願ってるし、だから社会主義者なんだ」

やだ、まだ続けてる。それにもう意味不明になってる。わたしは困惑で顔をしかめてきいた。

「でも……さっき政治的信条なんてどれも同じだって言ってたでしょ。それなのにどうして政治的信条があるの？」

二十秒間の沈黙があり、それからジャックはまた笑みを浮かべて、緑の目をキラキラさせてわたしをまっすぐ見てきた。「くだらないことしゃべりすぎたね？」

ようやくわかってくれた。わたしはほっとして笑い、肩をすくめた。「みんなそうだと思うよ。でも、本当にその才能があるね」とからかった。

「きみはまばたきひとつせずに物事の核心を突く才能があるよ。たくさんの女の子とデートしてきたけど、ほとんどの子はいつまでたっても話が先に進まないインテリばかりだった。でもきみは……ちょっとちがうね」

うそ、これがデートってこと？　待って、わたしがインテリじゃないって思ってるってこと？

「うーん、お礼を言うべき？」自信なくきいた。

ジャックは笑った。「いや、いいことだよ。きみともっと政治の話がしたいな。きみはどう見ても鋭い洞察力を持ってるし、コーヒー・デートのあいだじゅう、『Xファクター』の話ばかり三時間もしてるような子とはちがうから」

ああもう、まったくわたしのことをわかってない。「もちろんちがうよ。あんなクズ番組、誰が観るっていうの？」わたしは神経質に笑った。

「だよな。元カノのルームメイトたちはみんな、あの番組に夢中だったんだ。結局、〈ザ・リッツィ〉で全財産をはたいて、ふたりでちゃんとした映画を観て、あの番組で受けたダメージを修復しなきゃならないはめになったよ」

「〈ザ・リッツィ〉って何?」元カノの話をされたので急に声が小さくなってしまった。

「ああ、ブリクストンにある映画館だよ。ぼくの家の近所だ。いいところだよ。またいっしょに行こう」ジャックは笑みを浮かべて言った。

わたしもほほえみかえした。「うん、いいね」

ジャックが咳払いした。「ところで、きょうはこのへんで何してたの?」

「ああ」わたしはちょっと笑いながら言った。「ちょっとした用事があって、買い物とかね。サリーの退屈と期末試験のための勉強から逃れるためっていうのがほんとのところ」

「なるほど。でも、このへんに来てくれてよかったよ。メールしなくてごめん。この一週間すごく忙しかったから、週末まで待って、もっと時間のあるときに会えるかどうか確かめようとしてたんだ」

体のなかにあたたかい光がともるのを感じ、五日間狂乱状態だった自分を責めた。どんな反応をしていいかわからなかったので、にっこり笑って、そのまま話を続けてくれるように願った。ラッキーなことにそうしてくれた。「それで、金曜日には何か予定ある?」

ないと言いかけたときに、金曜はエマが旅行から帰ってくるので会う約束をしていたことを思いだした。イースター・ホリデイで唯一予定が入ってる日に限ってデートに誘われるなんて、いかにもわたしらしい。

「ごめん」わたしはうつむいた。「無理なの。でも、ほかの日なら大丈夫よ」やだ、これじゃ必死みたい。「つまり、ほとんどの日はね。いつなら都合がいい?」

「ああ、大丈夫だよ。じゃあ、土曜の夜は?」

「オーケー、土曜なら大丈夫。ていうか、『ゴシップ・ガール』を観逃すことになるけど、なんとか耐えるわ」

ジャックが目を細めた。「あのクズ番組を観てるの?」

しまった。「うん、まあね。幅広い人間になるのは大事なことでしょ? 特にジャーナリストをめざす者はね。『ニュースナイト』だけ観てるわけにはいかないもの。大衆文化にも触れておかないとね。きれいな人たちがびっくりするような服を着て楽しんでて、うらやましい生活を描いた、中毒性があるドラマを観るのはつらいけど」

ジャックが笑った。「くだらない話をするのはぼくだけじゃなさそうだ。きみはあの番組が大好きで、中毒になってるアメリカのドラマはあれだけじゃないって気がしてきたよ」

うそ、なんでわかったの? わたしが『ニュースナイト』を一回も観たことがないことには気づかれませんように。「わかった。わたしはクズ番組が大好きよ」と白状した。

『ザ・シンプソンズ』と『サウスパーク』は観るよ。あれもクズ番組に入る?」

「あたりまえよ」笑いながら言った。思ってたより共通点があるかも。

ジャックが腕時計を見てため息をついた。「ちぇっ、ずっとここできみと風刺アニメの話をしていたいけど、仕事に戻らなきゃ。でも楽しかったよ」

「うん、わたしも用事をすませなきゃ」コートをとって、ふたりで外に出た。期待と不安でドキドキしながら右手をぶつけられる準備をしつつ、ハグみたいにもっと普通のことをしてくれるのを祈った。

寒い外に立って、気まずい沈黙のなかで見つめあった。「楽しかったよ、エリー」ようやくジャックがそう言った。

次に気づいたときには色白の顔がわたしに向かって傾いていた。すべてのそばかすとすべての毛穴が見えたと思ったら、急にそのピンクの唇がわたしの口に触れた。びっくりしてかたまったままでいると、唇が押しつけられた。キスされているうちに、われに返って、わたしもゆっくりとキスを返した。ふたりとも冷めたコーヒーの味がしているという事実は考えないようにした。唇を動かすと、ジャックが舌を入れようとしてきた。わたしがそれを露骨に無視したので、結局引っこめた。

数分後、キスをやめ、体を離した。ジャックの緑の目を見た。目尻をしわくちゃにしてわたしにまっすぐほほえみかけている。わたしのなかの何かがとろけていくのを感じた。アップで見るとジャックはすごくすてき。わたしのことを本当に好きなんだ。

「メールするよ」その言葉に現実に引きもどされて飛びあがった。「土曜日に会おう」

「うん、楽しみにしてる」そう言ってほほえむと、ジャックはわたしをハグしてから、手をあげて去っていった。

わたしは振りかえって地下鉄に向かった。にやけ顔のままだ。キスしてくれた! それにはじめてのちゃんとしたデートが待っている。家に帰るまでの一時間半、ずっとにやけた顔をもとに戻せなかった。ふたりとも書くことが好きだなんて信じられない。それに、まあ、向こうの言ったことはちゃんと理解はできなかったけど、すごいインテリっぽかった。しかもアニメ好きだ。この調子だと、いつか本当にカレシになるかもしれない。

小さくジャンプして家の前に走っていった。家に入って母にハグしたもんだから、母はもうちょっとで卒倒しそうになった。〝くたばれ、ニッキ・ピツィリデス。あんたの薬物依存で無職のカレシもね。わたしはグラフィックデザイナーとデートするの。しかもその人はわたしのことを賢くて面白いと思ってくれてるんだから〟

処女を奪ってくれる人が見つかったんだ。

10

エマの腕に飛びこんで、喜びいっぱいでハグした。「すごいの、いっぱい話すことがある！」金切り声で言う。

「わたしもよ！」エマも同じくらいの力でハグを返してきた。「スペインの男はきれいだった、それにすごいの、テクニックが」

わたしが笑い、ソーホーにオープンしたばかりのフレンチ・カフェのベルベットの長椅子にふたりですわった。「全部話して」エマが言った。「あの人に会ったんでしょ？」

「かもね」わたしはにんまりした。「急にいっしょにコーヒーを飲むことになったんだけど、別れ際にはキスしてくれたの！　それからデートに誘ってくれた。あなたの目の前にいるのは、あしたの夜本物のデートをする予定の女性よ」

「**きゃーーーーー！**」エマがいきなり大声をあげたので、静かなカフェにいた客全員に見られた。「すっごくうれしい。わくわくするね。どんな人だった？　どこに行くの？　キスはどんな感じ？」

「すごくよかった」大げさに言った。それからちょっと考えた。「ただ……ときどきもったいぶった感じなんだ。政治の話をされたけどあんまりわからなかった」

エマがうなずいて賢者のように両手を組んだ。「わたしの知恵を授けるわ。それは、〝ディズニーに与えられた非現実的な期待〟っていう古典的なケースよ」

「なんのこと？」

「いい？」エマが両手を広げた。「ディズニー映画を観て育ったでしょ？」

「当然。『アラジン』のジャスミンにあこがれてたし」

「そうだよね。たいていの女の子がそうよ。みんなディズニーのお姫さまにあこがれてて、王子さまが魔法のじゅうたんかなんかに乗ってやってくると思ってる。でも残念ながら、ウォルト・ディズニーは、自立した女がそこそこの人に会ったとたん、その相手がアラジンになってくれるように神に祈る世代をつくったんだよ。しかもそうはならない。だって、アニメみたいに生きてくれる男なんていないもの」

わたしはサテンのクッションにもたれて、そのことを考えた。

「なるほど、わかった」おそるおそる言った。「男がわたしたちが望むほどすてきになってくれないのは、わたしたちだってお姫さまみたいじゃないからだよね。でも、いつかは信じられないような人に出会うでしょ？」

「もちろん、むちゃくちゃそうであってほしいと思ってるよ。でも、信じられないってどれくらい？　そんなのわからない。それに、わたしに関して言えば、二十代をずっとそんなふうにすごすつもりはないしね。だって、いちばんセクシーな年頃に、いるかいないかもわからないような男を待ってるつもりはないってこと。それよりできるだけ楽しむし、そこそこの人を見つけたらデートする。そういう男には欠点もあるってことは覚えておかないといけないけど、いい人そうで、魅力を感じたら、ほかのことはどうでもいい。エリーはまだ二十一歳なんだよ。すごく若いじゃない。それにくらべたらわたしなんかおばあちゃんだよ。でもギャップ・イヤーのあの二年間はすごく価値があった」そして物思いにふけったようにつけくわえた。「ともかく、結局のところは、楽しめるうちに楽しんで、その人がいい人だったら、アタックすればいいよ。最近はいい人なんてめったにいないんだから」

激励の言葉を終えると、エマはソファに倒れこんだ。「ああ、疲れた。エマおばさんの知恵をどう思う?」

わたしはため息をついて、頭をクッション性のある壁にもたれさせた。「わかんない。そのとおりかも。あの人はまちがいなく頭がいいし、すごく面白いよ。笑顔が好き。インテリっぽい話をされると、どれくらい共通のものがあるかわからないけど」

「男はくだらない話が好きだから。みんなそうだよ。しばらくつきあって、向こうがそんな話をするたびに中断するか話題を変えるかすれば、そのうちエリーがそんな話は聞きたくないんだってわかるよ」

さっきよりいい気分だった。エマの言うとおりだ。わたしの期待が高すぎたし、ジャックはいい人なんだから、それだけでじゅうぶんだ。「わかった。アドバイス了解。ちゃんとしたデートができるってことを楽しむね。それより、マルベーリャの話をして!」

エマはにやりと笑って、こっちを向いた。「まず何を聞きたい？」

エマの話が日常生活からわたしを日光に満ちたゴージャスな世界に連れていってくれた。セクシーな三十代の男が二十四歳の女を誘って飲みにいく。一週間の休暇で、両親と兄もいっしょだったのに、エマはふたりの男と二回のデートに成功し、どちらとも寝ていた。どうしてそんなことが可能なのか全然わからなかったので、エマの言うことを全部、感嘆と驚きの気持ちで聞いた。エマがやったことといったらビーチで男たちにほほえみかけただけなのに、男たちはやってきて、言い寄って、デートに誘ったのだ。

エマには才能がある。スペイン人のアントニオとヨークシャーから来ていたカールの話をして楽しませてくれ、わたしもエマになったような気分にしてくれた。ちょっと年上なだけなのに、エマの人生はすごく楽しそうで、エキサイティングに思える。テレビの世界か、キャリー・ブラッドショーのコラムから出てきたみたいだ。

「ともかく」アントニオの才能あふれる舌についての話をすっかり聞いたところでエマが言った。「スペインのゴシップで死ぬほど退屈させるのはもうおしまい。ジャックとのデート・プランを教えて」

「あしたなんだけど、ディナーをどこに食べにいくのかはまだ教えてもらってないの」

「ふうん、ディナーか。わざわざディナーに連れていくんなら、あわよくばって考えてるよ。もし誘われたら向こうの家に行く？　念のために脱毛する？」

「ううん、やめとく。その、ひどい経験があるから」そう言って目をそらした。「ヴァギナにはうまくカミソリが使えなくて」

エマが笑いだしたので、理由をきくように見あげたら、こう言われた。「やあねえ、脚のことだよ」

「ああ」きまり悪かった。「脚はなんとかなると思う。でも正直言って、エマ、あそこを脱毛するのはわたしにとっては悪夢なの。剃るのは下手だし、除毛クリームは役に立たないから、どうしようもないの」

「じゃあ、サロンに行って毎月ワックスしてもらえばいいよ。ちょっと高くつくから避けてたんだろうけど、それをのぞけば完璧な方法。ベッドに横になって、脚をあげてれば、面倒なことは全部やってくれるんだから」

「高いってどれくらい？」

「わたしが行ってるサロンだと、ブラジリアンが三十ポンドだから高いけど、すごくいいシュガーワックスを使ってるし、何週間ももつよ」

「三十ポンド？　ワンピースが四着は買えるよ」あきれて口があいてしまう。それから言われたことが頭に入ってきて、わたしは目をあげて困ったようにエマを見た。「待って、ブラジリアンなの？　なんでハリウッドじゃないの？」

エマは肩をすくめた。「個人的に好きってことかな。全部脱毛するのはあまりにもむきだしな感じがするし、毛がはえるまえに戻ったみたいな気分になるから。ちょっと気持ち悪くない？　ロリコンの相手をしてるみたいでしょ。法に反しているような気にもなるし。それも悪い意味でね」

　わたしの顔から血の気が引いていって、いま聞いたことを考えた。下の毛についてはもうあきらめようかと思った。なんでこんないまいましいくらい複雑なの？　エマはわたしが困惑してるのを見て、腕に触れた。「心配いらないよ。ハリウッドをやってる女の子はいっぱいいるから。普通だよ」

「でも、ほんとにしてるの？　ほかの子たちが何をしてるか全然知らないの。それが問題なのよ。もう下の毛のことはどうしていいかわからない。雑誌にはブラジリアンとハリウッドのことが載ってるけど、でもみんなが実際はどうしてるのか教えてくれないし。豊胸手術とかヘアカットだったらわかるけど、ヴァギナは見れないし、人口の半分のあそこがどうなってるのかはわからないってことよ。**なんで誰も下の毛のヘアスタイルの話はしてくれないの？**」

　わたしの声が苦しげなクレッシェンドに達してしまったので、カフェじゅうの人に見られたけど、ほとんど気づきもしなかった。

　エマは背筋をのばして、考えこむような表情を浮かべた。「うん、そうだね。そんなことあまり考えたことなかったけど——自然のままにはしておけないってだけでブラジリアンにしてるだけだし、ハリウッドはちょっと気持ち悪いと思うから、中間くらいの気持ちかな。それに、ポルノ女優はみんなやってるし、男の人はそれが好きだし、ビキニなんかを着るときには便利だし。でも、そうだよね。なんで雑誌はそういう記事を載せてくれないんだろう？　ほかの人があそこをどうしてるか、すごく読みたいのに」

わたしは熱烈にうなずいた。「ほんとにそう。雑誌は偽善的だよ。女性問題にとりくもうとはしてるけど、アンダーヘアを剃るのがどんなに大変かってことは全然書いてくれないもの。ビキニ・ゾーンに最適な除毛剤のランクづけもやってくれないし。脚とかわきのことばっかり書いてて、いやになっちゃう」

エマの目が興奮して輝いた。「それだよ。これを世界に知らしめなきゃ。ふたりで悩める十代の子たちの新しいおばさんになって、自分のアンダーヘアをどうしていいか悩んでる十三歳の子たちみんなを助けるのよ」

エマの興奮がうつってきて、わたしもそのアイデアがうまくいくと思いはじめた。「それいい。そのとおりだよ。ブログのなかにはヴァギナやセックスやそういう、国民医療サービスでは質問しようとも思わないような、ききにくい質問に答えてくれるものもあるし」

「ああ……ほかのサイトのことは忘れてたわ。そういうのって基本的にはみな同じことしてるよね？　自分たちのアイデアがすでに存在してるってすごくイヤ」

「聞いて、エマ。こういうことに関してはわたしの専門だよ。わたしは調べたいものはなんでもググるけど、わたしの質問の半分にだってまともに答えてくれるサイトはない。まあ、過去の質問だけど。ほとんどは過去のね。ともかく、いつでもいける信頼できるサイトがあれば、毎回あちこちのサイトにいかなくていいから、すごくいいと思う」

エマが納得したようにうなずいた。「うん、そうだね。やろう。てことは、ブログだよね。そうだな……ヴァギナの苦しみのブログで、全部わたしたちの経験にもとづいてるの。ヴログ？

それか、えーと……」

「それ、すごい！　だって……ヴァージンのヴログでもあるよ。みんなセックスのブログは書いてるけど、誰もヴァージンだっていうブログは書かないでしょ」

「ヴァージン？」エマがとまどったようにきいた。

わたしの顔から表情が消えて真っ青になった。「その、つまり、ヴァージンだってことにする？」

エマがわたしを見る。

こんなごまかしかたしかできないなんて最低だ。

恥ずかしさで顔が熱くなった。ふたりとも何も言わず、わたしは下唇を噛んだ。どうしよう、嘘ついてたことを認めなきゃ。ヴァージンってだけじゃなくて、そのことで嘘をついてたヴァージンだ。もう友情はおしまいだ。エマが口をあけてしゃべろうとしたので、わたしがさえぎった。ちゃんと言わなきゃ。エマには本当のことを知ってもらわなきゃ。

「嘘ついてたの、エマ」自分のカプチーノを見ながら、気持ち悪くなってきた。目を閉じる。

「わたし、ヴァージンなの」

エマは何も言わなかった。わたしはおそるおそる片目をあけて、ちらりと見た。エマはそこにすわったまま、わたしを見ている。ああ、どうしよう。体が緊張してきたと思ったら、ようやくエマが口を開いた。

「だけど、どうして言ってくれなかったの？」その声はいままできいたなかでもいちばんやさしかった。「まさかわたしが……それで非難すると思ったの？」

「ちがう！」怖かった。「もちろんちがう。完全にわたしだけの問題で、エマは全然関係ないの。わたしがちょっとおかしくて、恥ずかしいと思ってて、エマに言えなかったのは、わたしのそばにいると気をつかうんじゃないかと思って……それに、わたしのそばでセックスの話ができないと思ってほしくなかったの」それから小さな声で、変態っぽく聞こえないようにつけくわえた。「それにエマの話を聞くのは好きだし」

頬が熱くなってきて、顔が紫色のベルベットの長椅子にぶつかりそうだったけど、話すのはやめられなかった。「すごく恥ずかしかっただけなの、エマ」そう言って、気持ち悪さを飲みこもうとした。

エマはまっすぐわたしの目を見て、居心地悪そうに体の位置を変えた。わたしのこと嫌いになったんだ。これでわたしたちの友情もおしまいだ。

「ほんとにバカね」エマが大声で言って、わたしを抱きしめた。息することも動くこともできなかったけど、ほっとして気持ちが軽くなった。目を閉じて、ミス ディオール シェリーの香りを吸いこんだ。うんと気分がよくなった。

エマが体を離し、やさしい目でわたしを見た。うっすらと涙まで浮かんでいる。「エリーって、ときどきほんとに変だよね。ヴァージンだってわかったからってわたしが気にするわけないじゃない。なんでそう思うのよ？」

わたしは両手を見おろして、はがれかけたネイルをつまんだ。「わかんない」肩をすくめる。

「ただ、十六歳以上でヴァージンの人なんてひとりも知らないだろうと思って」

「まあね、とんでもなくふしだらな学校に行ってたから。でも、世間には年上のヴァージンがいくらでもいるよ。すぐにしたくないっていうのもその人が決めることだし、わたしはそれを尊重する。もちろんそうするよ」

「うん、でも……」わたしはため息をついた。「ヴァージンでいたくはないの。この人だって思う人のためにとっておくような立派な人間じゃないし。もちろん、ちゃんとしたカレシとそうなればいいと思うけど、現実的に言って、いままでそんなことは起こらなかったんだから、これからもあるとは思えない。現時点では、どんな申し出も受けるつもり。まあ、ほとんどはね」最後につけくわえた。

エマは困惑したようにわたしを見ている。「待って。よくわからない。何か理由があって待ってるの？　酔った勢いとかでそうなりかけたことはないの？」

またため息。自分だってどうしてなのかはよくわからない。それは――なんて答えていいのかわからない大きな疑問だ。ララはわたしが怖がってるからだと言った。わたしは、あのフェラ嚙みで傷ついたからだと思ってるけど、本当はただ運が悪くて、チャンスがなかっただけにも思える。

「……たぶん、女子校に行ってたから？　奥手だったし、そんなにチャンスもなくて」とわたしは説明した。

「でも大学では？　フレッシャーズ・ウィークのときは？」

「何人かとキスはしたけど、お持ち帰りはしてもらえなかったから」

「エリーがシャイなのを感じたんじゃない？」

わたしは顔をあげた。新しい意見だ。「待って、そんなことある？」知りたかった。

「大ありよ！　つまり、男ってね、お持ち帰りできるタイプの子かどうかわかるんだよ。だからたぶん……エリーがヴァージンだからっていうことじゃなくて、言ってみれば、そんなにお手軽な子じゃないって感じたんだよ。それっていいことなんじゃない、エリー」はげますようにエマが言う。

「はあ。そうかな。ララはわたしから必死な女のオーラが出てるって言ってた。けんかの原因はそれなんだけどね。それにあの夜の外出？　ララに頼んでわたしのヴァージンを捧げる相手を見つけるためにいっしょに出かけてもらったの。卒業までにヴァージンを捨てて、普通の人みたいにクラミジアの検査を受けるんだって誓っちゃったから」

エマが鼻を鳴らして笑った。「はぁ？　クラミジアにかかりたいの？」

今度はこっちがおかしいんじゃないのという顔で相手を見る番だった。「そんなわけないでしょ。あの検査を受けられる立場になりたいってだけ」

エマがとまどったようにこっちを見た。「説明して」

わたしは椅子のなかで居心地悪くもじもじした。誰にも自分がなぜそんなにヴァージンを失いたいのかちゃんと説明したことはなかった。高校時代の女友だちはある時点まではみんな同じ立場だったから、まあ理解してくれてる。かなりまえの話だとはいえ。

「そうね、つまり……十六歳になったときから、ううん、友だちのリリーが十三歳になったときから、みんながヴァージンを失いはじめたの。それって、わかんないけど、競争みたいな感じだった。それから会話が全部セックスがらみになって、わたしはそのなかに入れなかった。すごく……場ちがいな感じだった。いまはみんなひと晩だけの関係を持ってて、それで友だちとうまくやってる。それでまた、わたしだけがそこに入れない。さびしいし……正直言って、そこに入りたいの」

「エリー」エマが心配したようにわたしの腕に触れた。「本当に悪いと思ってる。あんなふうにセックスの話ばっかりして、そんな気持ちにさせてたなんて」

「ちがうの」わたしは大声で言って、エマの腕をたたいた。「エマは友だちだし、セックスの話を聞くのは大好きなの。わたしが知らないことを教えてくれるし、これから先の人生を見せてくれるもの」わたしはにんまりした。

エマは心配そうな顔をした。「でも……話に聞くほどいつでもすてきってわけじゃないよ。わたしみたいな子が中絶したのも知ってるし、実際にクラミジアにかかって、それも発見が遅れたせいで、子供ができなくなっちゃった子もいるよ。まじめな話、なんで、そんなにクラミジアの検査を受けたいのよ？」

「象徴なの。クラミジアの検査って、普通はセックスしないと受けられないものでしょ？　大学の学生の大半はセックスをしてるし、それってわたしにはずっとなかったものだし、だからわたしにとっては、みんなと同じになって、友だちとつながるためには、セックスとあの検査を受けなきゃだめなの。夢なのよ」

「クラミジアが？」

「ちがうよ、セックスが。すごくいいものだって聞いてるし」わたしはにこっとして、無頓着を装って肩をすくめた。

エマが声をあげて笑った。「なるほど、わかった。チャレンジは好きだから、わたしのところに来たのは大正解。エリーがヴァージンを失うのを手助けするし、そのことをいっしょにヴログに書こう」

わたしはびっくりして目を見開いた。「でも、自分がヴァージンだってことを世間に知らせたくないけど」

「なんで？」エマが説得にかかる。「自分みたいな人を助けたいんでしょ。ひとりじゃないって思いたい二十一歳のヴァージンは山のようにいると思うよ。アンダーヘアのことだって書けるし……」

「そうだ、アンダーヘア」わたしはうめいた。「忘れてた。まずわたしのヘアをどうするか決めなきゃ。自分がヴァージンだってことと、ヴァギナのことを世間にヴログで知らせるのはそのあとだよ」

「そうだね。とりあえず、ブラジリアン・ワックスをやってみたら？ それがいちばん簡単な選択肢だし、まんなかにはちょっと大きめのヘアのかたまりが残るし、だから子供になったような気分にもならないよ」

「でも、ちょっと痛そう」わたしはエステティシャンがあそこの毛を抜くのを思い浮かべて、たじろいだ。

「痛みなくして得るものなし、エリー。で、わたしたちのヴログのことだけど……」

11

エマのゼブラ柄のベッドにすわって、『コスモポリタン』とエマが病院からごっそりもらってきたセックスに関する教育的パンフレットに囲まれていた。わたしはあの病院のなかに入るのを断り、茶封筒を突っこんだごみ箱の横で待っていた。

「じゃあ、ただヴログっていう名前にする?」エマがメモ帳から顔をあげて言った。「ヴログ・ドット・コムとか?」

わたしは肩をすくめた。「そうね。いいんじゃない。ヴァギナとヴァージンに関するブログだから。ヴログ。SEOワードは多くないけどね。ヴログって言葉は誰もグーグルで検索しそうにないし。チェコ語で変な意味だったら別だけど」

「SEO?」エマがぽかんとしてきいた。

「サーチエンジン最適化のこと。つまり、サイトじゅうにググられそうな言葉をちりばめておけば、それを検索したときに見つけてもらえるってこと」

「なんでそんなこと知ってるの?」

わたしはちょっと赤面した。「なんでって? みんな知ってるよ。わたしは別にコンピューター・オタクってわけじゃないからね」

「まあ、もしそうだったら、すごく感心するけど。それにわたしたちのうちのひとりにウェブサイト設定の知識があるのはすごく助かる。それで、ヴログは何をテーマにする？」

わたしはクッションの山にもたれてため息をついた。「そうだな。必要なのは、大人向けの、現代的で、使いやすくて、すごく生き生きとしたヴァージョンの、十代向け雑誌のお悩みコーナーにしなきゃだめってこと」

「ああ、あの廃刊になった雑誌のこと？」エマが興奮してきいた。「あれ大好きだったの。『ミズ』とか『シュガー』とか『ジャスト・セブンティーン』とか」

「わたしも。学校の昼休みに声に出して読んでたよ。おばさんが回答してくれるのとか、〝告白〟のシリーズが最高だった。書かれているお悩みを声に出して読んで、変なのって笑ってたけど、いつでもおばさんがそれは正常だって言ってくれるから心のなかでは喜んでた。でも、ひそかにそう思ってたのってわたしだけだったのかも」ふと考えてつけくわえた。「エマもそうだった？」

エマは笑った。「もちろん、そうだよ。わたしはいつでも魔女の袖を持ってると思ってたもん」

「何それ？」

「それって、バケツ・ヴァギナみたいな？」エマはわたしがぽかんとしているのを見てため息をついた。「つまり、ヴァギナがゆるくて、きつくないってこと。それにあそこが長すぎるとも思ってた」

「うそ。そんなこと考えたこともなかった」

「わたしもだよ。でも、地元の男の子たちがそういう言葉を悪口で使いはじめて、ルーシー・パーマーは魔女の袖だとか言いまわってたの。そしたら怖くなって、自分もそうだっていう気になって。それに正直言って、わたしのは実際たいていの人より大きいかもって思ってる」

「エマ、それってぴったりだよ」わたしは大声で言った。

「そんなことないよ。小さいほうがいいでしょ」

「ちがーう。わたしが言いたいのは、ブログのテーマにぴったりだってこと。ちがう、ヴログだったね、ごめん。セックスのことで悩んでるヴァージンのためのブログだけにはしたくないでしょ。ヴァギナのブログにしたいの。自分のヴァギナの状態とか、それに関係することでパニックになった人だったら誰でも対象よ。形とかね。みんなにそれは正常で、悩んでるのはひとりじゃないって教えたいの」

エマの目が輝いた。「うん、まさにそうだね。それにいま言ったヴァギナのことでパニックになったっていうのを、わたしたちのキャッチフレーズにしよう」

「わあ、それ、〈わたしたちについて〉に載せられるね」

「そうだよ！　でも、はっきりしときたいけど、ヴァージンについての話も載せるんだよね？世間の二十一歳のヴァージンみんなに自分がひとりじゃないってことを知らせなきゃいけないと思うよ」エマの顔が一瞬心配そうにくもった。「二十代後半のヴァージンが無視されてるようには感じさせないよね？」

「もちろん、わたしたちのアドバイスは万人向けでしょ？　だって、ヴァギナの形の話だったら、年齢は関係ないもん」

「オーケー、じゃあ、やるってことだよね？　自分がヴァージンだってこともヴログに書く？」

わたしは乾いた笑い声をあげた。「わたしがヴァージンだってことがこんなに需要のあるものになるなんてね。でも、いいよ。ヴァージンの記事も書く。アンダーヘアのことも入れる？　それと変な体毛のことも？」

「アンダーヘアのことを入れたいなんて驚き」エマがにやにやしている。「でも、もちろんいいよ。面白いし、わたしはいつもブラジリアンをやってもらってるけど、エリーに会うまでそれについて深く考えてなかったもん。でも、エリーの言うとおりだよ。たとえば、なんでわたしがブラジリアンにしてるのかとか？　自然にこう考えたのかな。ヴァギナ全体にワックスをかけて、まんなかに筋を残せばいいって？　でも、それって自然じゃないよね？　それって……ちょっとポルノ女優っぽい」

わたしは力強くうなずいた。「そうでしょ。ポルノのせいでこんな危機に陥ってるんだよ。茂みがあるのが普通だった七〇年代みたいにどうしてなれないんだろう？　しょっちゅうワックスかけるのってすごく高くつくでしょ」

「うん、それに男たちはわたしたちがどんなに痛い思いをしてるか全然知らないからね」エマが暗い声で言う。「これってほんとにポルノの責任が大きいし、あとはハリウッド産業だね。だって、映画に出てくるきれいな人はみんな陰毛ゼロのヴァギナだもんね」

「まさにそう」わたしが大声で言った。「それにもっと悪いのは、下着の広告。いつでもレースの下着をはいた女の人の写真が載ってるけど、その下には肌しか見えてないし。十三歳のとき、普通の大人の女の人はみんなそんなだと思ってて、だから毛がはえてきたときは自分は完全に異常だと思ったんだよ」

エマが笑った。「ウソでしょ！　わたしも最初にポルノ映画を観たときまったくおんなじこと考えてた。でも、公平に言うと、それでポルノを責める気持ちもあるけど、それと同じくらい八年生にとっては役立つものでもあったのよ」

「どういうことで？」好奇心からきいた。

「ペニスがどんなか知るためにね」エマが冷静に言う。「観なかったの？　みんな観ると思ってたけど。つまり、調査しなかったら、どうやってフェラチオしたらいいかわからないでしょ？」

わたしはフェラ嚙みのことを思いだしてうなずいた。「その気持ちすごくわかる。わたしもポルノを観ることを思いついたらよかった。最初にやったとき大失敗したもの」

「聞いて。エリーだけじゃないよ」エマがなぐさめた。

「エマも嚙んだの？」うっかり口走ってしまった。

エマが大笑いする。「すごいね。それ絶対ヴログに載せよう。わたしは嚙みはしなかったけど、やってるあいだは両手でタマを持つものだって聞いてて、ちょっとその力が強すぎたんだと思う。ていうか、ぎゅっと握りしめちゃったから、相手はほとんど失神しそうになって、あっという間に萎《な》えちゃったの」

わたしは笑ったけど、頭のなかにタマを持つときは注意、とメモしていた。

「たしかに……十三歳のわたしはすごく恥ずかしいよ」エマが言った。「それどころか、もっと若かったときに、みんながフェラチオの話をしてたのを覚えてるんだけど、それがなんだかまったくわからなかった。フェラチオ《ブロウ・ジョブ》っていうから、男の人のペニスを実際に吹《ブロウ》いて、大きくするんだと思ってたの」

エマは十三歳のときに最初のフェラチオをしたの？　わたしより四歳も若いし、それも一度じゃないってことだ。わたしって、ほんとに奥手だったんだ。

「その、いつものように恥ずかしいことにかけてはわたしのほうが上をいってるよ。わたしが最初にフェラチオのことを聞いたときには、男の人の陰毛をドライヤーでブロウするんだと思ってたもの」

エマがげらげら笑って、わたしの隣のクッションに倒れこんだ。「エリー、それって……それってすごく……なんでそんなこと考えたの？」

「誰もなんなのか教えてくれなかったからよ。文字どおりに解釈したの。ほとんどの性的な言葉は同じように考えてた。ロマコメとかからじゃ得られない知識でしょ」

「ロマコメなんてくそくらえよ」エマがあまりにも力をこめて言ったので、わたしは飲んでいた緑茶にむせてしまった。「あんなのみんな嘘っぱちだし、あのシナリオにはうんざり。かわいい女の子が男にひどい目にあわされて、それから性格を変えて、変身して、自信を持つ。すると男がぺこぺこしてもどってくるんだよ。そんなのありえない」

わたしは思いきりうなずいた。「そうだよ！　拒絶と屈辱はどこにあるの？　そういうのなら共感できるけど、どこからともなく出てきた、ハリウッド向けに書かれたひどい脚本はダメ。最近の女性向けの本だってひどいよ」

「だよね」エマの返事にも熱がこもっている。「まあ、『ブリジット・ジョーンズの日記』を読むのはわたしだって好きだし、『レベッカのお買いもの日記』シリーズは大好きだったけど、うんざりするようなハッピーエンドはどうかと思う。それにあの完璧な男たち。いったいどこにいるっていうのよ？」

「そうそう、それにYAは読んだことある？　キスしたり、はじめてカレシができたりっていうやつ……つまり、ちゃんとしたカレシね。出てくる女の子は男にどうすればいいかちゃんと知ってるの。唯一のジレンマはヴァージンを失うかどうかなんだよ。それに相手はよりどりみどりだしね。つまり、わたしと友だちはどうやって手でヤッてあげたらいいか細かいことを話しあってるっていうのに、小説の女の子たちは魔法のようにちゃんとやりかたがわかってるんだよ」

エマが笑った。「ほんとにそう。これもみんなヴログのいいネタになる。仕事っていう感じもしないし。とはいえ、履歴書に書いたらかなりアピールできるね。匿名でやるべきかもしれないけど。どう思う？」

「履歴書には絶対書けない」わたしは断固として言った。「絶対匿名じゃなきゃ無理」

「イニシャルを使うのはどう？　エリーはEKで、わたしがEM」

「いいね」わたしはうなずいた。「それなら大丈夫」

「オーケー、じゃあ、CEOワードに戻る?」

わたしは首を振った。「SEOワードだよ。シンプルにしよう。セットアップして、レイアウトは普通のテンプレートにしようと思う。それから、いつでも投稿して、どんどん書きくわえていけばいいよ。どう?」

「完璧」エマがにっこり笑った。

ヴァージン・エントリー

わたしたちのヴログにようこそ。

〈わたしたちについて〉をクリックしてくれたら、このヴログがヴァギナがある人、そしてそれについて読みたい人みんなのためのブログだということがわかるはず。でも、ヴァギナについて深く掘りさげるまえに、自己紹介をします。わたしたちが匿名なのは、自分たちのセックスライフ(あるいはその欠如)について議論するからだけど、書いているのはEKとEMのふたり。

EKは二十一歳のヴァージンで、なぜ自分がまだ処女を失っていないのかよくわからず、なんとか失いたいと思っている。信心深いわけでもないし、結婚まで待とうと思ってるわけでもないし、運命の人が現れるのを待ってるわけでもないし、処女を失ったらすぐにプロポーズされるのを期待しているわけでもないし、怖がってもいない。ただ、アンラッキーだっただけ。

EMは二十四歳でヴァージンとは真逆。自分のことは誇りを持って尻軽《スラット》だと言うし、そのSワードからネガティヴな意味をなくして、ユニセックスにしようというキャンペーン中だ。「すごい。あの人たちすごいスラットだね。クール」っていう感じ。

わかったでしょ。ひとりはヴァージンでひとりはスラット。ふたりはおたがいを受けいれているし、その経験のちがいにもかかわらず、セックスやヴァージンやヴァギナについて同じ意見を持っている。結局のところ、ふたりとも『コスモポリタン』や『ヴォーグ』やテレビやフェイスブックやロマコメで育った二十一世紀の女だ。メディアにはさんざん振りまわされてるけど、ママやおばあちゃんたちよりずっとチャンスを与えられた世代でもある。

なので、このヴログはヴァギナに関することで一時的にパニックになったことのある人全員のためのもの。ウェブサイトでもあり、フォーラムでもあり、SNSでもあるので、どんな雑誌もあえて書こうとはしないようなタブーについて語っていく。言わなければならないことを言うのを恐れてはいない。それもできるかぎりわかりやすく書いていくつもり。

ちょっとでも性的なことで困ったり、イラついたり、ストレスになったり、怒ったり、心配したことのある人は、わたしたちにまかせて。どんな気持ちだったとしても、わたしたちの経験したことのある人の経験したことのほうがひどいから。

12

ベッドの上に横になって、十一歳のときに天井にはったピーター・アンドレのポスターをながめながら、ジャックとのデートのことを考えた。あしたの予定をメールしてくれていた。安いスシ・レストランで食事をしてから、飲みにいく。エマによると、これはジャックがあわよくばと思っているということだから、ワサビはやめといたほうがいいらしい。日本のニンニクみたいなものだから。もしあしたの夜、セックスをする可能性があるのなら、心構えと下の毛をなんとかする必要がある。

うんざりしてうめき声が出た。ワックスは考えるだけで痛そうだし、勇気を出して除毛クリームをまた使うとしても今度は二倍の時間をかけなくちゃならないだろう。呪われた運命を受けいれてまたカミソリに戻るか。

それから、次々とトラウマがよみがえってきた。切ってしまったクリトリス、かゆかった無精ひげ状態と、剃ってないあそこを見て大笑いしたジェームズ・マーテル。ワックスにしなくちゃ。学生ローンを一時間の激痛のために使いたくないっていうだけの理由で、ジャックとのことをだいなしにしたくない。

エマは自分が行っている一回三十ポンドの店をすすめたけど、もうちょっと安くワックスをしてもらえる店があるはずだ。パソコンを開いて検索をはじめた。ようやくブルームズベリーにブラジリアンを十八ポンドでやってくれる店を見つけた。エマの店の半額近くだし、大英博物館の近くだから、あやしげな裏通りってわけじゃない。

やりくり上手の自分をほめ、勇気がなくなるまえに電話して、午後の予約をとった。そうすれば、デートの直前に行けるし、ジャックのために完璧ですべすべのヴァギナを用意できる。いまやらないといけないのは、いまいましい毛のカットだ。

翌日、おそるおそるサロンに行き、ピンクのドアを押しあけて、ドアじゅうに突っこんである安っぽいパンフレットは見ないようにしていた。そこは一階にある美容院で、受付には誰もいなくて、脱色したブロンドの女の人が向こう側で男の人の髪を切ってるだけだった。

「あら、いらっしゃい。ちょっと待ってね」美容師がわたしに向かって言った。「どんなご用件？」

「あの、ワックスなんですけど」店がここで合ってることを祈った。

「ハリウッドね？」大声できかれる。

わたしは真っ赤になって黙って首を振って、そんな大声でワックスの話をしないでと祈った。わたしの気持ちがわかったようで、ハサミをおいてこちらに来てくれた。椅子にすわっていた男がこちらを向く。東ヨーロッパ人っぽい中年で、面白がっている顔でながめている。最高だ。

「そうじゃなくて、ブラジリアンです」わたしがひそひそ声で言うと、近づいてきた美容師がA4のノートをめくりはじめた。

「ああ、ブラジリアンね！　そう言ってくれればよかったのに」その声はさっきと同じくらい大きい。「あら待って、これって普通のブラジリアン、それともプレイボーイ・ブラジリアン？」

「プレイボーイ・ブラジリアン？」いったいなんのこと？　ヴァギナにプレイボーイ・バニーの絵でも描かれてるとか？

「そうよ、プレイボーイ・ワックス。ブラジリアン・ワックスなんだけど、太いラインを残す代わりに、もっと残す部分が少ないの。正直言って、プレイボーイが絶対おすすめよ。大流行してるし、カレシもきっと好きだと思うよ」わたしにウィンクしてから、頭をのけぞらせて大笑いした。「そうでしょ、スタン？」椅子の男に向かって言う。男はわたしを上から下まで見てにんまり笑い、歯並びの悪い黄色い歯を見せ、ゆっくりとうなずいた。

そのいやらしい視線に赤面し、急いで言った。「いいわ、そうします。どこに行けばいいの？」

「ああ、その階段の下よ。下に着いたらヤスミンが面倒を見てくれるわ。右側の二番めのドアよ」そう言って、ショッキング・ピンクの爪を木の階段のほうに向けた。

わたしは礼も言わずに階段を走りおりて、そのプレイボーイがエマがすすめたものでありますようにと祈った。名前からしてエマが好きそうだし、残す部分が少ないというのもよさそうだ。それに、上にいるのはもう耐えられなかったから、なんでもいいという気になっていた。あそこにバニー型のヘアが残されるとしても。

「すみません」わたしは右側のふたつめのドアをあけながら言った。

「いらっしゃい」若くて浅黒い女の子が言った。黒いカーリーヘアだ。「ヤスミンよ。入って」

わたしはほっとして息をついた。ヤスミンの肌が浅黒いっていうことは、下の毛も濃いだろう。だから、わたしのを見てもなんとも思わないはずだ。ヤスミンは安心させるようにほほえんでいる。「じゃあ、服を脱いで、ベッドに寝てくれる？　数分後に戻るから」

わたしは黙ってうなずいたけど、ヤスミンが出ていってドアが閉まったとたん、言われたことを考えた。服を脱いでベッドに寝るっていうのはとてもシンプルだけど、〝服を脱ぐ〟ってどういうことだろう？　靴とソックスを脱ぐのはあたりまえだからそうして、ジーンズも脱いだ。でもそれから、黒いパンティーと水玉模様のセーター姿で、どこまで脱ぐべきなのか迷った。上半身は脱がなくてもいいだろう。そっちをさわる必要はないから。でもパンティーは？　まわりから進んでいって、横にずらすんだろうか？　それとも、脱いでしまって、半裸の状態でベッドに横になるべきなんだろうか？

ノックの音がして、「入ってもいい？」という声が聞こえた。

ああ、どうしよう。「ちょっと待って」そう返事して、一瞬で心を決め、パンティーを脱いだ。ベッドに飛びのり、横になる。「いいわ！」声がパニックで甲高くならないようにがんばった。

ヤスミンがドアをあけて入ってきて、わたしにほほえみかけた。「オーケー、いいわよ。ロキシーが言ってたけど、プレイボーイが希望ね？」

「ええ、そう思う。それってブラジリアンの一種なんでしょ？　おすすめ？」

「うん、わかんないけど」ヤスミンはちょっと笑って言った。「プレイボーイがいいと思うよ。じゃあ、脚をできるだけ広げてくれたらはじめるね」

ものすごく恥ずかしかったけど、できるだけ脚を広げて、ヴァギナの内部構造をさらけだした。ヤスミンは瓶に入ったワックスを持って、木のへらで熱くて青いワックスをわたしの肌に塗っていった。わたしの脚のあいだにかがんで作業しているので、におっていませんようにと神に祈った。できるだけ必死に洗ってきたけど、母にあそこには石鹸を使っちゃだめだと言われていたから、水だけじゃちゃんときれいになっていないのではないかと心配だった。つまり、体じゅうにボディソープを使わないと、ほかの人を不快にさせるんだったら、あそこに使わないのも同じことじゃないだろうか?

突然、強烈な痛さが体に走り、考えごとから引きもどされ、悲鳴をあげた。

「ごめん、痛かった? そんなに痛くないはずなんだけど。肌をできるだけきつく引っぱって。そうしたら痛みがやわらぐから」

見おろすと脚のあいだに毛のない肌の部分があった。青白くて、すでに小さな赤い斑点《はんてん》がついている。小さくうめきながら、わたしは次のワックスの場所の肌をきつく引っぱり、大きく息を吸って、次の痛みに身構えた。思ったとおり、次の苦痛が体じゅうに広がり、ムチで皮膚を裂かれたようだった。あそこの神経の先端がすりきれてしまった気がして、また痛さに悲鳴をあげずにいられなかった。目を閉じて落ちつかせてくれることを考えようとした。そのあいだに両手をヴァギナのまわりで機械的に動かし、次の苦痛にそなえて肌を引っぱった。

しばらくするとヤスミンが言った。「さあ、今度はあそこを開くように引っぱって。そうしたらそのわきのヘアを抜くから。片方の膝をそうやってあげて、それから……そうそう。膝をうんと開いておいてね」

膝は曲げて開かれ、両手は大陰唇を引っぱって開いていて、体がすごくねじれていたので、紙をかぶせたベッドの上でヨガの中級クラスを受けているような気になった。

「これで、その、合ってる？」そのポーズを保つために全エネルギーを集中していた。

「完璧よ」わたしのいちばんデリケートな場所にワックスを塗りながら甲高い声で言う。目を大きく見開いて、白い紙が弱々しそうな肌に貼られるのを見ていたら、いきなりはがされた。わたしは痛さにうなり声をあげ、目尻には涙がにじんでいた。

「ごめん」ちっとも悪そうな顔はしていない。「ここのヘアはずいぶん濃いから、ちょっと痛いけど、全部とるようにがんばるね」

がんばる!?　ちゃんとしたエステティシャンでしょ。少なくともそうであってほしいと願った。どんなに濃いヘアだって慣れてるはず。ヴァギナの上にまだらに陰毛を残すわけにはいかない。

「ほとんどとれた」わたしの気の毒な毛から五回紙をはがしたあとでヤスミンが言った。「今度は下を向いて、手と膝をついて」

そのままむきだしの肌をなでたいという誘惑に抵抗し、言われたとおりに下を向いた。それから両手と両膝をついて、ベッドの上でピラティスのテーブルのポーズをした。

「片手を使ってお尻のほっぺたを横に引っぱってくれない？」ヤスミンが軽く言う。

わたしは言われたようにおそるおそる左手で左のお尻を引っぱり、右手だけでちょっとぐらつきながら支えた。お尻の割れ目にワックスが塗られたので、痛みに備えて息をゆっくり吸った。

「ここはカットしなかったのね」イラついたように舌打ちする。「毛を抜かないと。今度はTバックの部分は全部カットしてきてね」

ワックスがはがされたけど、思っていたより痛くなかった。クレンジングのような感じだったから、そこの肌はきっと強いんだろう。もう片方もやったけど、左手で支えて、右のお尻を引っぱったときはそんなにぐらつかなかった。自分ではけっして見ることができないであろう自分の体の部分をじっくり見られているという事実は考えないようにしていた。

「さあできた。今度はうつ伏せになって。残った毛を抜いちゃうから」

ヤスミンは毛抜きを出してきて、短い毛を抜きはじめた。わたしは好奇心で首をのばして見たけど、あそこの毛を抜くなんて思いもつかなかった。

「ちゃんと寝て」ぴしゃりとそう言って、わたしの頭をしわくちゃになったティッシュペーパーの上に押しつける。冷たい革の感触を肌に感じた。

「オーケー」ようやくジャスミンが言った。「これでアロエ・クリームを塗ったらおしまいよ」

びっくりするくらい冷たい液体が肌に塗られ、全体にこすりつけられた。あそこの上までこすってきたので緊張し、これってセクハラになるんだろうかと考えた。脱毛レディに痴漢されてるの？

「完璧よ。服を着たら上のレジで会いましょう」

ヤスミンが部屋を出たとたん、体を起こして、しあがりをチェックした。ヴァギナ全体がむきだしになっていて、小さな赤い斑点が青白い肌全体に浮かんでいる。羽をむしられた鶏みたいで、まんなかに細く黒いラインが小さく残っている。これって何に見せようとしてるの？　エマはあそこには太いラインがあるべきだってほのめかしてたけど、わたしのはちっちゃな長方形だ。

というより、頭をかしげて見ると、わたしのヴァギナに小さな口ひげが生えてるように見える。ヒトラーの口ひげだ。

「じゃあ、……プレイボーイが二十四ポンドでTバックゾーンを追加したからもう十ポンドね」脱色女がピンクの爪で電卓をたたいて言った。

わたしはびっくりして彼女を見つめた。「ええ？　ちがうわ。十八ポンドだと思うけど」

「あら、それは普通のブラジリアンの値段よ。わかったと思うけど、プレイボーイ・ブラジリアンは脱毛する部分が多いから、二十四ポンドなの。フル・ハリウッドだったら二十六ポンドよ。それに後ろの毛も全部抜いたから、追加で十ポンド」と説明された。

わたしは黙ってデビットカードを渡し、ヒトラーの口ひげに三十四ポンド払った。それ以上何も言わず、ヤスミンに「さよなら」とだけぼそっと言って、店を出た。チラシだらけのドアが勝手に閉まった。バッグから携帯を出し、すぐにエマに電話した。

「ハーイ」エマが出た。「大事なデートの準備は万端?」

「緊急事態よ。サロンに行って、プレイボーイ・ブラジリアン・ワックスをしてもらったら、ヴァギナのまんなかに小さなヒトラーの口ひげができちゃったの。ほかの部分はひどい水ぼうそうみたいになってる。これが普通だって言って!」

「なーるほど。水ぼうそうみたいになってるっていうのはまちがいなく正しいよ。わたしもその直後はいつもひどい状態だけど、赤い斑点はすぐに消えるよ。でも、ヒトラーのひげ? いったいなんのこと? 普通のブラジリアンにするはずじゃなかった?」

「まちがったの。プレイボーイがブラジリアンのいちばんいいタイプだって言われたのよ。それにものすごく痛かったし、ものすごく変なんだ」

「わかった。落ちついて。思ってるほどひどくはないはずよ。あと少し抜いて、ハリウッドにしちゃったら?」

わたしは足をとめた。「うーん、どうかな。そうかもね。でも戻れないよ。それは無理。すごく恥ずかしかったし、ひどかったし」

「どこに行ったの?」

「ブルームズベリーにあるしけた店で、すごく寒かったし、三十四ポンドもかかった」

「わたしのサロンに行けばよかったのに! そっちの方が安いし、すごく親切だし、そうだ、エステティシャンはシュガー・ワックスを使った?」

「シュガー・ワックスって何?」

「それを全体に重ねて塗って、最後にはがすの。紙を使わないから、痛みがずっーと少ないんだよ」

「紙を使ってたよ」わたしはうめいた。

「そっか。でも、大丈夫よ。これから彼に会うの？」

わたしはカシオの腕時計を見た。「うん、まだ早いけどね。こんなに早く行ったら、むちゃくちゃ会いたがってたと思われるね」

「トイレで時間をつぶして、いまよりもっときれいに見えるようにしなさいよ」

「わかった。ありがとう」

「きっとすてきになるよ。がんばって！」

マイ・ヘア・レディ

誰でも女性に陰毛やすね毛やわき毛があるのは知っている。でもわたしたちはみんなが無視しているしいたげられた体毛に焦点をあてようと思う。なんて呼ぶのかわからないような部分にはえてくる毛のことだ。必死でググって調べると、正常なんだとわかる。わたしたちの体には著《いちじる》しく毛がはえてくる場所があるということだ。

ＥＭはブロンドなので、黒髪で親が地中海沿岸出身のＥＫほど、この部分のつらさについてはけっして理解できない。しかし、ＥＭはたとえブロンドでも毛は多いし長いと主張している。

腕の毛。みんな腕に毛ははえているし、それが問題ではない。しかしどういうわけか、サロンでは腕のワックスをすすめるのが普通になっているし、モデルはみなエアブラシで腕の毛を隠している。ＥＭの母親は、親族の結婚式でもっと〝フェミニン〟に見えるようにと、娘のやわらかい腕の毛をワックスで脱毛させようとしたが、ＥＭは断った。

乳首の毛。これは問題。わたしたちはふたりとも、立派な、まあそう立派でもないかもしれないけど、〝毛〟が乳輪（外側の輪はこういう名前）にはえている。これがはえている生物学的な理由は調べていないが、ちゃんと理由があるんだろうとポジティブに考えている。

へそ毛。これは正常。自然だし、みんなある。ほかの毛と同じようにこの毛の問題も解決できるのなら、わたしたちはすごくうらやましいし、感心する。

足と手の指毛。『デンジャラス・ビューティー』のなかに、サンドラ・ブロックが指の毛をワックスで脱毛して、ミスコンで優勝できるように変身するシーンがあった。あんなの最低だ。わたしたちはあれよりも『リトル・ミス・サンシャイン』が好み。

口ひげ。わたしたちはどちらも上唇の上に毛がはえている。ＥＫは以前は脱色していたけど、そうすると脱色されてブロンドになったやわらかい毛が顔に残って、それでも目立つので、いまはＥＭと同じようにワックスで脱毛している。

割れ目の毛。そう、これはわたしたちが発見したばかりの問題だ。遅れた思春期かもしれないが（はい、ふたりとも二十代前半です）、ふたりともいま割れ目のあたりにはほんのわずかの毛しかない。びっくりだよね？

13

ソーホーにいたけど、ジャックとの待ち合わせ時間にはまだ三十分もあった。近くにパブがあったので、なかに入ってトイレを借りることにした。二階に駆けあがり、ビールの染みこんだカーペットの匂いに顔をしかめ、トイレの個室にこもった。パンツと下着をおろすと、いちばん上等な黒いレースのパンティーがヴァギナにくっついているのに気づいて凍りついた。引っぱって、肌からはがす。レースは大丈夫だったし、破れてもいなかったけど、ヴァギナには青みがかった三つの斑点があって、そこに黒いけばがついている。

もう、嘘でしょ。ワックスが全部はがれてなかったんだ。肌の上にくっついていて、そこに下着のけばがついている。必死でそれをこすったけど、もう硬くなってとれなくなっていた。水を使わないといけないけど、ここは公衆トイレだ。手洗い場でヴァギナを洗うわけにはいかないよね？

誰も入ってきませんようにと神に祈りながら、手洗い場まで、下着とジーンズを半分おろした状態でよたよたと歩いていった。すばやくお湯を出し、プラスチックのディスペンサーから押しだしたピンクの液体石鹼でこすりはじめる。お湯とまじってワックスがねばねばしてきて、肌に広がった。事態は悪化している。

パニックになって、できるだけ強くこすってはがそうとした。べたつくワックスが爪のなかに入り、それをトイレットペーパーでとろうとしたら、ペーパーが指とヴァギナにくっついてしまった。

鏡で自分の姿を見る。かがみこんで脚を広げ、片手はヴァギナにくっついて、ワックスとトイレットペーパーがくっついている。はじめて大人のデートをする日に思い描いていた姿とは大ちがいだ。

ドアが開いて、茶色の毛皮のコートを着た中年女性が入り口に立って、嫌悪感をあらわにしてこちらを見た。

ぎょっとして口をあけたまま、鏡のなかでその人と目が合った。悲鳴が聞こえたので下を見ると、女性の隣に子供が立っていた。

女性はマニキュアをした手でその男の子の目を覆い、後ろを向かせた。わたしのほうを憎しみに近い顔で見て、ゆっくりと首を振った。

「なんて格好なの」怒りをこめてそうささやくと、息子をトイレから連れだした。

わたしは鏡に映る自分を見て、なんでわたしの人生ってこうなのと思っていた。外で彼女が息子に言っている声が聞こえる。「オーランドー、大丈夫?」

わたしは鼻で笑った。オーランドーは五歳で、乾いたワックスのついたヴァギナなんか持ってない。大丈夫に決まってる。わたしのほうは、個室に戻って二度と出ていきたくない気分だ。

レストランのなかに立ち、不安な気持ちでジャックを捜した。できるだけ努力して、最後にはヴァセリンのリップクリームとマフラーを使って、ワックスをこすり落としていた。もう肌はすりむけ、本物の血が数カ所についている。レースがひりひりする肌にあたってむずむずするのを無視して、店のなかを見まわした。

レストランは小さな日本式の店で、ベルトコンベアが回転している。スシは大好きだけど、行ったことがあるのは、チェーン店でカラフルな皿がまわる〈ヨー！ スーシ〉だけだった。この店はちょっと汚いけど、コンベアにのってるのは日本ふうの皿で、アジア系の人がいっぱいいたから、きっとおいしいにちがいない。それでも、衛生レベルはかなり低そうに見えた。

ジャックがコンベアのそばの椅子にすわっているのが見えたので、そこまで行った。心臓がバクバクいっていて、緊張してきた。ある意味では、ワックスの危機のおかげで助かっていたともいえる。だって、そのせいで緊張感を忘れていられたから。でもいままたその気持ちが全速力で戻ってきた。

わたしはあいまいな笑顔を浮かべ、近づいてあいさつした。

「やあ、エリー」ジャックは立ちあがってハグしてくれた。「ちゃんと見つけられた？」

「うん、すぐにわかった、ありがとう」革のジャケットを脱いで、ジャックの隣の席にすわる。上着をおく場所がなかったので、しかたなく膝にのせた。でも、すべって床に落ちてしまった。

「ああ、そのままにしとく」そう言って、カウンター側にそっと蹴った。

「わかった。それで、今週はどんな感じだった？」

「まあまあかな。友だちと会って――エマを覚えてるでしょ？　あのパーティーに来てた子。エマが休暇から帰ってきたから、結局六時間もお茶しちゃった。あなたは？」

「女の子がそんなに長くおしゃべりできるのがどうしても理解できないよ」ジャックは首を振った。「ぼくのほうは静かな一週間だった。仕事に行って、あとはほとんどの夜、書いてたんだ」

「そんなに書いてたなんてすごい。また政治的なコラムみたいなやつ？」

「実は、連作短篇を書きはじめたんだ。趣向を変えて政治的じゃないものにした」

わたしは元気づいた。「わあ、フィクションは大好きよ。どんなの？　読ませてもらってもいい？」

「もちろん。いまひとつ見せるよ」ジャックはポケットからモレスキンのノートをとりだした。わたしはびっくりしてジャックを見た。

「持ち歩いてるの？」好奇心からそうきいた。

「さっきまで書いてたんだ。読んでもいいけど、先に注文しよう」

ジャックが差しだしたラミネート加工のメニューを受けとった。すぐにふたりの好みがまったくちがうので、シェアできないことがわかった。最後の巻きずしをめぐって争わなくていいのがわかって、わたしは喜んで自分の食べたいものを選んだ。

「じゃあ、読んでいい？」

ジャックはにっこり笑った。「いいけど、あんまりひどいこと言わないでよ。いいね？」

「わかった!」

わたしはノートを手にとって、無意識にコンベアの上からとったエビ天巻きを食べながら読んだ。それは六ページのストーリーで、幼い少年が泉のそばで遊び、自然に親しむというものだった。ワーズワースとイーニッド・ブライトンを足したような感じで、ジャックが書きそうなものとは正反対だった。

「すごいね、ジャック。こんなものが書けるなんて思ってもいなかった。全然政治的じゃないし。ていうか、全部がメタファーで、わたしがポイントを見落としてるのかな?」

「そんなことないよ。そこには政治的なものは全然ない。単なる思い出だ。それで気にいった? 文体についてはどう思う?」

わたしはためらった。読むのは楽しかったけど、ちょっと陳腐な部分もあった。〝露のしずくが彼のまつ毛にかかる〟という部分が頭に残っていた。正直に言おうと思った。「すごくよかったよ、ジャック。よく書けてるし……おだやかな気分になるし。なつかしい……子供時代を思いだすっていうか。ちょっと変えたい部分はあったけど、よかったと思う」

ジャックの顔が輝き、とても希望にあふれてかわいかったので、愛しい気持ちがあふれてきた。「ありがとう、うん、そんなふうに思ってほしかったんだ」熱をこめて言う。「ちょっと詩的にしたんだ。その、何かちがうものを書いて、政治的批判から離れようと思ってね。安全地帯からちょっと出てみたんだ」

「新しいものに挑戦してるのはすごくいいと思う。それにこれだけのアイデアもあるし。わたしなんて大学で三年近くすごして、ようやく学生マガジンに応募するっていう行動を起こしたんだから」

「しまった、きくの忘れてたよ。コラムニストにはなれた？」

わたしはため息をついた。「まだ返事はないの。週末までには返事をくれることになってたから、ダメだったんだと思う」

ジャックが腕を握ってきたので、サシミ越しににっこり笑った。「まだわからないよ。決まるかもしれない。それにダメだったとしても、ほかにも何かあるよ」

「うん、そうだね。インターンシップにはたくさん応募してるから、どこかひとつでも返事が来るといいんだけど」

「なんだよ、すごいな」ジャックは本当に感心しているようだった。

ほめられてうれしかった。もう少し言ってみた。「それに、友だちと匿名のブログもはじめたの」

「もっと詳しく教えて」

しまった。これ以上のことは言えない。だって、自分がヴァージンで、ヴァギナのことでしょっちゅうおびえているのがわかってしまう。「まあ、女性の問題についてだけ書いてるようなものよ。完全に女の子向け」

「ぼくには読んでほしくなさそうだな、エリー」

わたしは笑った。「まあね。しゃべるより書くほうが好きだし。しゃべるのはそんなに得意じゃないから」

「ふうん、そうかな。上手にしゃべってると思うけど」ジャックはそう言って、まっすぐわたしの目を見てきた。

ジャックの目はすごくグリーンで、一瞬向こうがわたしの気を引こうとしているという事実を忘れてしまった。わたしは目を閉じて、現実に戻った。

「そう、ありがと」もう、もっと挑発的なことを言うつもりだったのに。

ジャックがにっこりした。「でも、おしゃべりが終わったら、ほかにできることがあるよ……」

わたしは目を見開いてジャックを見た。どうしよう、セックスだ。家に行こうって言われるんだ。まだサシミも食べおわってないのに。「お酒だよ。ビール飲む？」

14

二時間後、大量のビールを飲んだわたしは酔っぱらってガラにもなくくすくす笑っていた。ビールは飲み慣れていなかったけど、ロゼとかウォッカとかコーラしか飲まないかわいいお姫さまふうの印象も持たれたくなかった。いまは、交互にお酒をおごって、食事も割り勘にしたので、二十五ポンド使っていて、ジャックが次のお酒を買いにいこうとしているところだ。

「待って、ジャック」財布を持って立ちあがったジャックの肩に手をおいた。「もう本当に飲めない」

「わかった。じゃあ、自分の分だけ買ってくる」

ジャックがバーまで行ったので、わたしは幸せな気分で革のソファに沈みこんだ。うまくいってる。ジャックはすごく面白いし、わたしのことを好きみたい。まあ、お勘定をぴったり割り勘にするし、デートのときには男の人がしてくれるといつも想像してたみたいに有頂天になるようなことはしてくれなかったけど、人生は八〇年代の映画じゃないんだ。それに、すごく楽しい会話を交わしたし、ビールを飲めば飲むほど、ジャックのことが好きになった。あの目はまちがいなく魅力的だし、いつもより無精ひげも濃い。

今夜は絶対にわたしの汚《けが》れなき処女膜に到達してもらおう。

ジャックはビールを手に戻ってきて、わたしの隣のソファに腰をおろした。わたしはそっちを向いて、前かがみの姿勢から見あげた。はっきり見える角度だから、顔が月みたいにまんまるになっていませんように。ジャックはわたしのものすごくあからさまな〝お願いキスして〟というしぐさを見て、しかたなく前かがみになった。わたしは顔を近づけ、キスをはじめた。ほろ酔い気分で、両手でジャックの顔をつつみ、やさしくキスしながら、『ティファニーで朝食を』でオードリー・ヘプバーンがジョージ・ペパードにキスしていたところを思い浮かべ、わたしたちもあんなふうにロマンチックに見えるだろうかと思っていた。外で雨に濡れていたらよかったのに。

ジャックが腕をぎゅっとまわしてきた。ワオ。興奮してきて、ジャックのズボンを見おろしたら、同じ状態なのがわかった。うれしくて思わずにんまりしてしまい、顔じゅうに笑みが広がると、ジャックがつぶやいた。「何笑ってるの?」

「なんでもない」そうささやき、自分がそれ以外に何を言うかわからないので、笑顔を消した。もう少しやさしくキスを続け、それからジャックが身を引いた。「わかった。このビールを飲んじゃうから、そしたら追いだされるまえにここを出よう」

わたしは笑みを返し、急に恥ずかしくなった。ジャックがジョッキを持ちあげたので、わたしも自分のビールの残りを飲みほした。ジャックが全部飲みほす様子をじっと見ながら、動物的な欲望に襲われ、この場でジャックの服を引き裂いて、襲いかかりたくなった。

期待でにんまりしてしまう。今夜とうとうヴァージンを捨てて、十三歳のときに『氷の微笑』を観てからずっと想像していたいやらしいことを実行できるんだ。

ジャックはわたしの手をとり、パブから出た。隅にすわっていたふたりのオヤジのいやらしい目つきは無視した。外の通りに出ると、ジャックは両手でわたしの顔をつつみ、またキスしてきた。まさに恍惚《こうこつ》の状態だった。ものすごくロマンチックで、冷たい外気のなかでは、わたしはホリー・ゴライトリーそのものだった。ホリーよりちょっと興奮の度合いが高いけど。

壁に押しつけられ、レンガにもたれて、ティーンエイジャーみたいにキスをした。といっても、ティーンエイジャーのときはこんなキスはしたことがなかったけど。わたしってほんとに損してたんだ。

「じゃあ、うちに来る？　それともきみの家に行く？」ようやく体を離したジャックがきいた。

キターーー！　この瞬間をあまりにも夢見ていたから、一瞬圧倒されてしまって、なんて言っていいかわからなかった。それから脳にギアが入り、カムデンのわたしの部屋に行こうと言った。ちゃんと準備はしていた。ワックスのまえに。いちばん上の引きだしにはコンドームだってひとつ入っている。フレッシャーズ・ウィークのときに新入生に無料で配られてからずっとそこに入ってるやつだ。

29番のバスに飛びのってから、ジャックがオイスターカードを機械に通すのに気がついた。二台連結のバスの後ろに乗っていたのに。なんて正直な人なんだろう。わたしも自分のカードを通して、最後尾の近くにすわり、やさしくキスをした。乗り越しそうになったけど、なんとか降りるのに間にあった。

酔った状態で、ジャックを二階のわたしの部屋に案内し、簡単に部屋の説明をした。それから部屋のまんなかにすわって、ジャックとダブルベッドを自信なく交互に見ていた。ジャックが近づき、またキスをはじめた。

ベッドに倒れこみ、もっと情熱的にキスをした。ジャックは白いTシャツを脱ぎ、ジーンズのベルトをはずしはじめた。わたしの服も脱がせてくれるの？　それとも自分で脱ぐべき？

ジャックがジーンズをいじっているあいだに、いちばん実際的なのは自分で服を脱ぐことだと思い、セーターを頭から脱いだ。それからすごくスキニーなジーンズを脚からはがそうとして、できるだけさりげなく見せようとしながら、額に浮かんだ汗にジャックが気づかないように祈っていた。

振りむくと、ジャックがベッドに横になっていた。その体をじっと見る。すごく色白で、細身だけど、肩幅は広い。九〇年代のアニメのジョニー・ブラボーにちょっと似ていて、すごく逆三角形の体だ。白い肌はほくろだらけで、まばらにカールした胸毛がはえている。

急に自分の黒のブラとパンティーを意識してしまい、ランプをつけて、部屋の電気を消した。ベッドに戻る。ジャックがわたしの体じゅうをさわりながらキスしてくる。あまりにも酔っていて、自分の舌が何をしているのか全然わからなかったけど、その動きのひとつひとつを考えられないっていうのはきっといいことなんだろう。これが〝自然な〟キスというものなのかもしれない。いままでの自分にはできなかったことだ。

ジャックが両手をわたしの胸にあてて、激しくもんだ。唇を噛んで痛さで叫ばないようにし、そんなに力を入れるのをやめてくれるように願った。長いあいだ人に触れられていないんだから。背中のブラのホックをはずそうとしていたけど、何度か失敗したので、それ以上恥をかかすのをやめさせようとして、自分ではずした。ジャックがブラを脱がせ、また胸をもみはじめた。

ジャックの体を両手でなでて気をそらせようとしていると、背中の下のほうにちょっと毛のはえた部分があって、そこがボクサーパンツと接していた。あそこをさわらないといけないことに気づいて、パンツのふくらみに手をおいた。そっとなでていると、突然体に恐怖が走った。ジェームズ・マーテルのことを思いだしたのだ。前回ペニスにさわろうとしたときは、どうしていいかわからなくて、口に入れて食いちぎってしまったんだった。

あんな危険はおかせない。口や手でやる部分は抜かして、できればこのままセックスに突入したかった。

でも十五分くらい必死で愛撫したあとも、ジャックはパンツを脱ごうとしないし、わたしのパンティーも脱がせようとしなかった。プレイボーイ・ワックスが無駄になってしまう。それにキスからセックスにどうやって進んだらいいのかわからない。それって、向こうがやることじゃないの？

仰向けに寝ていて、ジャックが上になっていた。ジャックが動きまわると、ペニスがおなかや腿に押しつけられるのがわかる。上下に動きはじめ、わたしのヴァギナにこすりつけてきた。でも、まだふたりとも下着をつけたままだ。

これなんなの？　わたしたち何やってるの？　ある言葉が頭に浮かんだ。服を着たままのセックス《ドライ・ハンプ》だ。わたしたち、ドライ・ハンプをしてるんだ。しばらくその状態だったけど、ジャックの体が震えて、あえぎ、わたしの上に崩れ落ちた。イッたんだ。自分のパンツのなかで。わたしの上で。なんでわたしの〝なかで〞してくれなかったの？

すっかり混乱してため息をつくと、ジャックがわたしの上からおりた。わたしは横になったままで、いいことなのかも、本当にセックスをしたわけじゃないからと自分に言い聞かせていた。ゆっくり進んで、次回本物のセックスをすれば、おたがいに慣れているから、きっとうまくいくだろう。

数分間、隣から荒い息が聞こえていたが、ようやくジャックが言った。「きみ、ヴァージンだろ？」

わたしは口をあんぐりあけて、息をつまらせた。

なんでわかったの⁉　わたしのどこを見てそう思ったの？　息を吸い、なんとか言葉を出した。「なんでそう思うの？」できるだけさりげなくきいた。

「あたってるだろ？　でも、そんなの気にしないよ、本当に。ぼくよりずっと若いんだから、おかしいことないさ」

なるほど、今度はロリコンってわけか。ジャックの言葉を考えて、これはいいことなのかもしれないとまた思った。ヴァージンだって認めれば、本当のことを知らない相手とセックスしなくてすむ。今度セックスしたときには、もうちょっとやさしく、できればあまり痛くないようにしてくれるだろう。

「実はそうなの」わたしはようやく言った。「なんでわかったの?」

「ヴァージンみたいなキスだったから」

わたしは動きをとめた。

十分間の沈黙があった。

ていうか、十分もたってなかったかもしれないけど、それくらい長く感じた。

何も言えなかった。頭のなかにありとあらゆる気持ちがあふれてきた。最悪なのは屈辱だ。ちゃんとキスできなかったんだという事実に向きあうのはつらすぎた。ジャックにもそう思われたという事実はもちろんだけど。ふいにいままでキスした人全員のことを思いかえして、たぶんみんなそう思っていたんだろうと気づいた。舌の使いかたが下手すぎるから、誰にもキスしたことがないと思われたんだろう。やだ、ジャックは自分がファースト・キスの相手だとでも思ったんだろうか?

それからジャックが沈黙を破って笑い声をあげた。「ああ、ドライ・ハンプしたなんて信じられないよ。子供のころ以来だ」

子供? ジャックの言うことすべてに気分が悪くなってきた。わたしは横になったまま、ひどい気分が最悪の気分になり、目を閉じて、何もかも消えてと思っていた。

「でも、楽しかったよ」ジャックがつけくわえた。「きみの体はすてきだ」

わたしは疑わしげに自分のちょっとでこぼこした体を見おろしたが、少しだけ気分がよくなった。「本当だよ。自然な体の女の子が好きなんだ。すごく引き締まった子よりずっとセクシーだよ」

わたしはそのあとずっと横になったまま、できるだけ動かずにいたが、頭のなかではその夜のことをずっと繰りかえし考えていた。目を覚ましたままで、そのうち空が明るくなってきて、朝の光がブラインドのすきまから入ってきて、ベッドに寝ている男を照らした。日記のところまで走っていって、自分の気持ちをぶちまけたかった。

デートが成功だったのか失敗だったのかわからない。いい点に関しては、ジャックはもうわたしがヴァージンだとわかったから、そのことで心配しなくてもよくなった。どう見てもわたしに欲望を抱いていた。だってパンツのなかにイッたんだし、わたしの体が好きだって言ってた。悪い点は、わたしがヴァージンみたいなキスをしたこと、体が引き締まっていないこと、セックスしたくなさそうだからドライ・ハンプだけと思わせたこと、そして眠れないことだ。

寝返りをうって、ジャックに背を向けた。混乱していたし、このデート全体が映画で観るよりずっと複雑だった。

ジャックは男だ。二十六歳の精力旺盛な男性だ。それなのにわたしの下着をおろそうともしなかった。明らかにわたしがヴァージンなのがわかって、セックスしたくなかったからだ。またジェームズ・マーテルのときと同じことが起こった。拒絶に打ちのめされて、それをはねのける力もなかった。

男がヴァージンをセクシーだと思うっていう噂は大ウソだ。年寄りが自分の娘たちに脚を開かせず、妊娠しないようにしていたのは、中世のたわごとにすぎない。本当はヴァージンであることなんて邪魔でしかない。男はこんなふうには考えない。〝やった！　ヴァージンだぞ。セックスしてやろう！〟そうじゃなくてこう思う。〝嘘だろ、ヴァージンなんて勘弁してくれよ。キャンドルをつけてほしいとか言いだすんじゃないか。それよりヴァージンじゃない相手を選べば、ずっと簡単にすむ〟わたしはキャンドルなんて望んでないのに。

一時間後、腕時計のアラームが鳴って、ジャックが目を覚ました。アラームを消すとまたベッドに横になってあくびをした。わたしのほうを向いて体をくっつけてきた。「ちゃんと眠れた？」ときかれる。

「うん、眠れた」わたしは明るく言った。「ちょっと二日酔いだけど……」

「ああ、ぼくもだ」ジャックはそう言って頭をこすった。それからわたしを見て、口にキスしてきた。朝の息のにおいがしたけど、わたしもきっとにおってるから文句は言えない。キスしていると、不安が消えていった。まだわたしのことを好きでいてくれてる。さっき考えてたことはみんな気のせいで、男の子たちはヴァージンでも気にしないのかも。だって、処女膜が破れてるかどうかっていうだけの話なんだし。わたしの朝の息を気にしないのなら、体の下のほうの隠れたちょっとした生理機能なんて気にしないに決まってる。

「ゆうべはすごく楽しかったよ」ジャックが言った。「もう行かなきゃ。ここから家まで結構かかるからね。来週何かしようか？」

わたしはにっこり笑った。「うん、いいね」

ジャックは起きて、床に散らかった服を着た。わたしはベッドに寝たまま、強い朝の光が気になって起きあがって服をとりにいけなかった。ジャックはすばやく服を着て、またわたしのところに来た。かがんで軽く唇にキスをする。

「じゃあね」ほほえんでそう言うと、ドアから出ていった。

わたしはベッドに沈みこみ、慎重にほほえんだ。ちょっと楽しい。生まれてはじめて、自分の部屋に男の子を連れてかえって、なんて言うのか、アメリカふうに言うと〝いちゃついた《フール・アラウンド》〟っていうわけだ。

それに来週の約束もしたし、ベッドにいるわたしにさよならのキスもしてくれた。ほとんどちゃんとしたカレシみたいだった。今度は向こうの家に行くんだろう。そしたら、ジャックの家から朝帰りになるのかも。

15

「エレナ!」家に忍びこんだとたん、母の金切り声がした。誰にも会いたくなかったのに。「どこに行ってたの? きのうの朝家を出てから、二十四時間もなんの連絡もなしに。心配でどうにかなりそうだったわよ」

「ママ、出かけるって言ったでしょ。それに遅くなったらカムデンに泊まるって」うんざりしたようにそう言って、大きすぎる革のトートバッグを床におろした。

「〝かもしれない〟って言ったでしょ。知らせてくれると思ってたのに、メールもない。どうしていいかわからないわよ。うちのことをホテルみたいに思ってて、好きなときに出たり入ったりしてるんだから。下宿人じゃあるまいし。あんたの召使いみたいな気分よ」

「ていうより、看守でしょ」小声で言った。

「なんですって? 今度はこっそり悪口なの? いったいどうしたっていうの?」母が嘆く。

「なんであんたみたいな娘が育ったんだろう」

その質問はわたしに向けられたものではなさそうだったので、スニーカーを脱いで、階段をあがって自分の部屋に向かった。

「エレナ。戻ってきなさい！」階段の下から母が叫ぶ。

「ママ、なんで怒られてるのかわからないよ。先週はずっと、ちゃんとして外に出ろと言ってたくせに、そうしたとたんに、遊びすぎだって怒りだすんだから。どうしてほしいのか決めてくれない？」わたしは階段のとちゅうから冷静に答えた。

「なんで適度ってことができないの？　おばさんたちはあんたのいとこのことでこんなに悩みはしなかった。あんたのことはもうどうしていいかわからないわ」

「何もしてくれなくていいから」かんかんになって言った。「それに、いとこたちとはちがって当然でしょ。みんなギリシャに住んでるんだよ！　育ちかたが全然ちがうんだから。こっちに来るって決めたのはママでしょ」

「あんたの父親とわたしが娘のためにいい生活を望んだからよ。それなのに、あんたはこんな真似をして、わたしたちが与えた機会を全部無駄にしてるんだから」

わたしは背を向けて、音をたてて階段をあがった。部屋のドアをぴしゃりと閉じ、ベッドに倒れこんだ。むきになっていた。母娘がこの三年間基本的にはひとり暮らしをしていて、同じ空間にいることに慣れていないからどうしようもなかった。あんなふうに背を向けるべきじゃなかったけど、家に帰るとティーンエイジャーみたいに反抗的な気分になってしまって、いつでも自分の部屋に入ってしまうのだ。

子供のころは母とうまくいっていた。母と父がけんかしていないときは、わたしの人生をほかのみんなと同じように普通のものにしようとして、ほかのお母さんや子供たちといっしょに遊ぶ約束をしてくれた。両親が離婚したときには、母との関係はもっとよくなると思っていたのに、そうはならなかった。ずっと夢見ていたふたりめのお父さんと義理のお兄さんは結局現れてくれなかった。

母はただストレスをためていく一方で、過保護で心配性になった。それでも、父といっしょの生活よりはまだましだった。ひどい父親で、それよりもひどい夫だったから。しょっちゅう怒っていて、暴力的だった。いまはましになったようで、新しいカノジョもできていっしょに住んでいるけど、父とはかかわりたくない。

必需品の〈みんなくたばれ〉プレイリストをかけて、怒りのポップ・ロックで、十代の気分に戻った。あの時代が終わってくれてよかった。いまは普通の人間、本物の大人になろうとしている。まあ、母がそばにいることは別にしてだけど。携帯を出して、ジャックが今朝わたしのフラットを出てから送ってくれたメールをまた読んだ。

ゆうべは最高だった。また会おうね。ジャックx

最後にはキスマークまでつけてくれた。いままでのメールにはなかったのに。にんまり笑ってそれを読み、胸にあてた。家に帰るあいだじゅう読んでたから、もう全部覚えていたけど。でも、まだ返事は出していなかった。こっちから出したメールの返事じゃなかったし、質問もなかったから。それに、必死になってると思われたくない。ジャックにわかってることは、いまごろわたしは誰かとデート中で、忙しくて返事ができないかもしれないということだ。
胸が震えた。携帯を見ると、メールが来ていた。学生マガジンからだ。どうしよう。〝深呼吸しなさい、エリー。最初の挑戦だったし、またチャンスはあるから〟落ちついて自分に言い聞かせる。

エリーさま
エントリーをありがとうございます。読んで、声をあげて笑ってしまいました。興味深くて、さえていて、笑える内容でした。もしまだご興味がおありなら、ぜひ新しいコラムニストになっていただきたいです。
学期がはじまったらちゃんとしたミーティングの予定をたてますが、とりあえず、〈アナーキー〉についてのあなたのエントリー作品を次号に使いたいと思います。楽しみにしていてください！
お返事をお待ちしています。
〈Ｐｉ〉編集長　サラ
追伸　コラムのタイトルを『エリー的……（アナーキーなど）』にするのはどうですか？
それと、使ってほしい写真を送ってください。

やったー！　エントリー作品を気にいってくれて、書いてほしいって言ってる。わたしはベッドに寝ころんで、声をあげて笑った。ひどいライターじゃなかった。自分が楽しんでできることにも、実は上手なことがひとつはあったんだ。すっかり安心して、エマに報告するのが待ち遠しかった。卒業後にフルタイムで書く仕事ができるくらいの実力なのかはまだわからないけど、これはまちがいなくいいスタートだ。さあ、ちゃんとした写真を見つけなきゃ……

その晩遅く、ベッドに寝ころがって、自分の下のほうの部分のことを考えていた。赤い点々はすっかり消えて、ヒトラーの口ひげはまだちょっと変だったけど、すごくポルノ女優っぽくなっていた。その朝裸で鏡の前に立って、よく調べてみた。シャワーを浴びたら、くっついていたワックスの残りもすっかり消え、いまわたしのヴァギナは『プレイボーイ』の見開きページから抜けだしたみたいだった。ジャックに見てもらえなかったのは残念だけど、少なくともいまは今週末の準備がすっかりできている。乾いたワックスや水ぼうそうなしのヒトラーだ。

ジャックがわたしの下のほうにいって、そこにワックスのかけらを見つけたり、ヤスミンが見落とした毛を見つけていたらと考えたらぞっとした。男が女にあそこの毛を処理してほしいと思っているのはまちがいない。女のあの部分をなめると思っただけでも気持ち悪いのに、そこが毛深かったら舌をあてる気にもならないだろう。でも、三十四ポンドと一時間の苦痛と屈辱というのはずいぶんな苦労だと思う。なんちゃって。なんとしてもジャックにはあそこにおりていってほしいし、なめてもらうためには、ワックスで二十世紀のドイツにタイムスリップするとしても、かまわない。

やだ、本当にヤスミンが見落とした毛があるかもしれない。

そう思って、ベッドの上にすわりなおした。チェックしなくちゃ。もう一度自分のむきだしのヴァギナを見たくてたまらなかった。ヤスミンはすべてのアングルから見ていたし、ジャックもそうするとしたら、自分でもそうやって見てみるのは当然のことだ。

ふいに十二歳のときに読んだジュディ・ブルームの本を思いだした。主人公の女の子が自分のあそこを小さな手鏡で見るシーンがあった。わたしはパンツとパンティーをおろして、自分自身を観察した。まだ大丈夫そうだったけど、前かがみになって大陰唇を開いてちゃんと見ようとしたら、自分の体がすごく硬いのに気がついた。手鏡があったかどうかわからないけど、大きな鏡でも見られるだろう。姿見のところまで行って、脚を開こうとした。ぐらぐらして立っていたけど、それもうまくいかないことがわかった。

とうとう、鏡に背を向けて、脚をちょっと開いて立ったまま、前かがみになって、頭を脚のあいだに突っこんだ。それから、お尻のほっぺたを引っぱって、お尻の割れ目をチェックした。思ってたより暗くて、穴は不吉な雰囲気だった。肌は変なピンク色になっていて、とてもきれいとは言えない。

でも、いまは自分の前の穴がどんなふうに見えるのかを確かめたい気持ちでいっぱいだった。だけど、どうやったらちゃんと見えるんだろう？

そうだ。わかった。ジュディ・ブルームの七〇年代だかそのあたりの登場人物には、手鏡しかなかった。それにくらべたら二〇〇〇年代のわたしには、スマートフォンもカメラも何もかもある。それにマックブックだって。月に着陸しようとしているアームストロングの気分で、パソコンのフォトブース・アプリを開いた。

期待で震えていた。スクリーンにあるカメラの横の小さな緑のライトが光った。完璧だ。パソコンをベッドの上にしっかりとおいて、その前にすわった。おそるおそる脚を開いて、ヴァギナがスクリーンに現れるのを見た。スクリーンを下のほうに向けると、全体が見え、うっとりと見つめた。生物学の授業よりずっといい。

きれいなひだを飽きることなくながめていた。男があんなに簡単にクライマックスを迎えるのも無理はない。これが与えてくれる歓びだけじゃなくて、小陰唇に圧倒されるんだろう。

「エレナ、あしたの朝は家にいる——**ちょっと！　何やってんのよ？**」

ぞっとして母を見た。ノックもせずに部屋に入ってきたところだった。わたしは手でヴァギナを開いていて、パソコンのスクリーンには拡大されたその画像が映っている。

「出てってよ」押し殺した声でそう言って、毛布をむきだしのヴァギナにかぶせ、パソコンを閉じた。「お願い」

母の顔はショックで凍りついていた。「自分の写真を男に送ってたの、エレナ？　最低ね」

「やめてよ、そんなんじゃない！　ママ、よくそんなことがきけるわね。大学のプロジェクトなの……その……その……文学における生殖器についての」

母は額にしわを寄せたけど、さっきよりは落ちついたみたいだ。「それって……宿題なの？」

「そうよ」必死でうなずいた。「宿題なの」

この魔法の言葉で母は納得し、部屋を出ていった。首を振って、学校が現代的すぎるのはよくないというようなことをつぶやいている。わたしは枕に倒れこんで、部屋のドアに鍵をつけることを誓った。

ヴァギナ・モノローグ

読者のみなさま

告白したいことがある。わたしたちはどちらも股間の姉妹を受けいれられないときがあった。はっきり言って、ヴァギナはものすごく変だから。でも、ヴァギナを受けいれようという何年もの苦労の末、ようやく自分自身の変な形とにおいのヴァギナを受けいれることができた。

わたしたちが乗り越えてきたヴァギナに関するハードルは以下のようなもの。

❶においヴァギナはバラやラベンダーの香りはしない。外出するまえに香水を振りかけてもだめだ。花のように見えるかもしれないけど、花の香りはしない。セックスと汗とサーモンが混じったような独特のにおいがする。しかもそれは生理じゃないときに。

❷おりもの。最初に下着にこれを見つけたときは恐れおののいた。ＥＭはおもらししたのか

と思った。これは女性の生態のなかでも魅力的とはいいがたい部分だけど、でも、感染症にかかったときは悪臭をはなち黄色くなってくれる。体の機能ってありがたい。

❸湿りけ。おりものと混同してはいけない。性器が濡れるのは自然の潤滑剤だ。EMは、以前は男の子に見つめられただけでヴァギナがすごく濡れてしまうのが恥ずかしかった。でも、ヴァギナが濡れすぎているからと言って文句を言う男の子はいないことに気がついた。カーペットに滴《したた》り落ちても大丈夫だ。乾いていても同じだ。ヴァギナはみなちがう。それに、ねえ、潤滑剤が発明されたのはなんのためだと思う？

❹形。内なる蓮の花はひとつひとつ、探求されるのを待っている独特の組織だ。EMはかつて、自分のかたよった大きな性器を気にしていた。やがて、母なる自然がそんなふうにつくったのだと気がついた。それに、〝整ってる〟のがゆがんでるのより魅力的だなんて誰が言ったの？　EKが自分の大きすぎる鼻を受けいれたのと同じで、EMはヴァギナが大きくても魅力的になれると気がついた。この点を証明するためには、ヴァギナの男性版のことを考えてみればいい。

16

わたしが自慰をはじめたのは七歳のときだ。もちろん、マスターベーションが何かなんて全然知らなかったし、最後にはオーガズムというゴールが待っていることもわからなかった。でも、パジャマの上からヴァギナをこすっているといい気持ちだった。いい気持ちじゃなくなったのは、両手をパンツにあてているところを母に見つかって〝いやらしい〟と言われてからだ。

その言葉はそれから七年間わたしにつきまとい、夜に下に手をのばそうとすると、母の嫌悪の表情がよみがえり、手をとめてしまっていた。十四歳になって、地理の授業でリアといっしょに火山の模型をつくることになるまでは。

リアのことはみんなあまり好きじゃなかった。うるさいし、厚かましいし、スカートのベルト部分を折り曲げて短くもせず、脚の毛も剃ってなかったからだ。でも、スカート丈が膝下であろうが毛むくじゃらの棒みたいな脚をしていようが気にしないリアに、わたしはひそかに畏敬の念を抱いていた。その地理の授業中にリアがなにげなく、マスターベーションをしたことがあるかときいてきたとき、わたしは粘土を下に落とし、黙って相手を見つめてしまった。リアはまったく動じずに話を続け、自分の最初の経験をすべて語り、図書館にあった古い本で学んだことも教えてくれた。

　わたしはリアのアドバイスをよく知っていることのように受けいれた。女がオーガズムを得ることなんてすでに知っているようなふりをして、やってみたらと言われたときには、そんなことをすすめるなんていやらしいと思っているような目で見てしまった。それ以来、リアともほかの誰ともマスターベーションのことは話したことがないけど、大急ぎで家に帰ってやってみた。いままでやったなかで最高の地理の宿題になった。

　その夜家に帰ってから、自分でちょっとした実験の準備をした。お風呂に入り、自分の部屋にピンクのキャンドルをつけた。準備万端だ。これは自分ひとりで、自分のためだけにすることだ。ララにも話せない。だって、そんなことをしたら七歳のときに最初にやっていたことを知られてしまうから。きっと性的倒錯者か『エクソシスト』の女の子みたいなおかしな子だと思われる。だめだ、これは自分を見つけるひとりだけの旅なんだ。

『NOW 67』のCDをかけて、自分が出すかもしれない音を隠そうとした。服を全部脱いで、湿りけのある体をカバーの下にもぐらせた。仰向けになって、指をリアが教えてくれたとおりにクリトリスにおいた。ゆっくりとなでる。いい気持ちで、目を閉じた。リアのアドバイスどおりにはじめたけど、そのうちとても気持ちよくなったので、集中するのをやめて、なりゆきにまかせた。

　指がどんどん速くなって、ふいにいつもの罪悪感に襲われた。やめたかったけど、大勢の人が気持ちのバリアがあるためにオーガズムに達することができないんだとリアが言っていた。その壁を破るしかないと言われていたので、そのまま続けて壁の向こうにいった。そうしなくてはいけなかった。

母のがっかりした声を押しやり、日に焼けたジャスティン・ティンバーレイクが自分の上にいると無理やり想像した。興奮で唇を嚙むと、すべての罪悪感が消えていった。すっかり集中していると、歓びの波が体のなかで大きくなっていった。こするスピードがどんどん速くなり、やがて体全体が緊張して、つま先がぎゅっと縮まった。

わたしの一部はやめたがっていたが、やめさせなかった。突然体全体が痙攣《けいれん》し、歓喜の波が押しよせてきた。いままで味わったことのない感覚だった。体じゅうのすべての細胞が喜んでいて、安らかな喜びを感じた。至福のときだった。陶酔感。ああすごい、はじめてのオーガズムだ。

指は濡れていて、まだ濡れた性器のあいだにはさまっていた。指を抜いて、脚を開くと、どろっとした液体が流れてきて、マットレスの上にそっと落ちた。

体を起こした。安らかな気持ちは来たときと同じようにあっという間に去ってしまった。下を見おろした。おりものみたいに見えるけど、透明で、ベッドに小さなしみができていた。

これって、あそこをこするたびに出てくるものなの？　それとも、精液が出たの？　もうちょっと近くでそれを観察し、リアが言ってた女の精液にまちがいないと思った。わたしは精液を出せる七十パーセントの女のひとりなんだ。

誇りに頰が熱くなるのを感じた。自分探しの旅で第一段階から第十段階まで来た。もう子供じゃないんだ。ティーンエイジャーだ。

それ以降、わたしは一日に一回マスターベーションをした。ランチボックスじゅうにペニスの落書きをしていたティーンエイジャーの男の子たちとちっとも変わらない。歳を重ねて友だちがみんなカレシにそれをやってもらっていることに気づいてから、そんなにしょっちゅうはやらなくなった。マスターベーションをするたびに、自分がひとりだっていうことを思い知らされたから。

でも、いまこそあそこに戻るべきときかもしれない。すごくうまかったんだから。才能が無駄になる。それに、いまは時間がたっぷりある。ヴログはいまでも書いてるけど、大学がはじまるまではまだコラムも書かなくていい。ララからもまだ連絡がないし、ジャックは週末に会おうって言ってたけど、〝家族の用事〟があると言って延期してきた。気をそらすものが必要だ。マスターベーションなら理想的だけど、もう一歩進まなくちゃならない。そのためには、ホクストンの裏通りに行かなくちゃ。

そういうわけでいま、わたしは〈シー!〉のなかにいる。ヨーロッパ初の女性専用セックス・ショップだ。グーグル情報だけど。天井まで届く棚八つ分の大人のおもちゃをながめながら言葉をなくしていた。

どこからはじめていいのか全然わからなかったけど、待ちきれなかった。棚を見ていきながら、ここに来るのにふさわしい人間に見えるようにして、土曜日はたいてい大人のおもちゃをチェックしているようなふりをした。ペニスリングやパートナーといっしょに使うほかの道具を見てぎょっとし、バイブレーターをうっとりと見つめた。見た目は恐ろしげだった。青くてキラキラしているのは小さなこぶで覆われていて、ピンクのシリコンのやつは回転して、ちっちゃな〝ウサギ〟の耳がついていて、入れてるあいだクリトリスをなでてくれる。防水機能つきのものまであった。

店員が近づいてきたので、大きく息を吸って、絶対にきかれる質問に身構えた。「こんにちは。何かお探しのものがありますか？」

「とりあえず見てるだけです。ありがとう」無理やり笑顔をつくってそう言い、どこかへ行ってと祈った。

「わかりました。パートナーといっしょに使うものですか、それともマスターベーション用？」

「えっと、マスターベーション用です」さりげなくそう言って、全エネルギーを使って赤面しないようにがんばった。

「最高なのはウサギです。聞いたことあると思いますけど」店員はそう言って、プラスチック製の奇怪な代物を示した。「なんで最高かっていうと、ふたつの快感を与えてくれるからです。この部分がなかに入ってGスポットにあたってるときに、この耳がクリトリスを刺激してくれるんです。ヒット商品ですよ。本当におススメです。すごいでしょ？　どう思います？」

「そうですね」冷静にそう言いながら、ウサギと呼ばれているピンクのよく動くプラスチックに処女を捧げたくないことを、どうやってさりげなく説明したらいいのだろうと思っていた。「クリトリスだけを刺激するものはありますか？　これは？」キーホルダーにもおさまりそうな小さなバイブレーターを指さした。

「ええ、そうです。これはブレットですね。クリトリスに使うものです。でも、これを買うんだったら、ウサギを買えば挿入も同時にできますよ。だから最高の快感が得られます。でも、ブレットも悪くありませんけどね」

ブレットはどう見ても恐ろしげではなかった。箱をとってよく観察した。メタリック・シルバーで、小さくて細くて、本当に弾丸《ブレット》みたいだ。「どうやって動くんですか」

「先端にある小さなボタンを押すだけで、振動します。すべて防水で、いろんな色があります。挿入するタイプをいきなり使いたくないときには、手はじめに使うのにいいですよ」店員はそう言って肩をすくめた。「電池もついてます」

それは十四ポンド九十九ペンスで、ウサギはいちばん安いのが三十五ポンド九十九ペンスで、電池つきだった。決心した。ホット・ピンクかヒョウ柄か迷ったけど、ヒョウ柄だと獣姦みたいな気持ちになるから、ホット・ピンクのブレットにして、カウンターに向かった。

店員にがっかりした顔で見られたけど、正しい選択をしたことはわかっていた。あの巨大なプラスチックに処女膜を破らせるわけにはいかない。自分のなかにおさまるのかどうかも疑問だった。どっちにしたって、指でできるんなら、自分の指をあそこまで突っこめば……このブレットもあそこまで届くんだろうか？　振動するんだから、たぶん気持ちはいいだろうし、サイズはウサギの十分の一くらいしかない。ていうか、ちょっとタンポンみたいな感じだから、きっとおさまるだろう。完璧だ。

試してみたくてたまらなかったけど、バカなことに母とニッキ・ピツィリデスとその両親と外食する約束をしてしまっていた。それを思ってうめき声をあげ、キャンセルしようかと考えたが、電話しようとしたら、もう母からのメールが届いていた。内容は、ディナーには絶対来ること、出かける用意をして、ちゃんとした格好をするためにすぐに帰宅しなさいというものだった。

まだ二時で、ディナーの約束は七時なのに。ちゃんとした格好をするために五時間もかかるっていうの？　母はそう思っている。

「ダメ、その服はダメよ」わたしのベッドの端に腕を組んですわっている母が言った。「男の子みたいじゃない」

「ママ！」イラついて、ちょっと傷ついてもいた。「ジーンズとお気にいりのトップスなの。いつでも着てる服だって」

「そうよ。だからまだカレシができないのよね」わたしが口をあけるのを見て、母は手をあげてしゃべらせなかった。「エレナ、ひどいこと言いたいわけじゃないの。あんたを助けようとしてるの。そんなにきれいなんだから。なんでもっと見せびらかさないの？」悲しげな表情を顔じゅうに浮かべて母は続けた。「わたしがあんたの歳には、町でいちばんの脚をしてたのよ。毎日スカートをはいてて、丈があんまり短かったから、お母さんといつでもけんかになった」母は疑わしげに目を細めてわたしを見た。「それなのに、おまえときたら、スカートもはかないからそんなけんかもできやしない。どうしてもっと女らしい格好ができないの?」

「やめてよ、ママ。みんなジーンズをはいてるでしょ」わたしは言いかえした。「普通のことなの。女の子は女らしくなるためにスカートをはく必要はないし、中性的な格好がはやりなの。ファッションショーではみんなそう。だからママは完全にまちがってる」

「ファッションモデルのスタイルをしてると思ってるの?」母が言いかえしてきた。「ちがうでしょ。あんたのスタイルはモデルとはちがうの。だからちがう格好をしなきゃならないのよ」

わたしはイライラしてため息をついた。「ママ、部屋から出ていって、ひとりで着替えさせてくれない? わたしは二十一歳で、実家に住んでるわけじゃないんだから、ギルフォードでのディナーに着ていく服くらい自分で選べます」

「ちゃんとした格好をしてよ、エレナ。わたしの娘なんだから、あんたを見せびらかしたいの」

「言っとくけど、わたしは血統書つきの犬じゃないのよ。もし何かを見せびらかしたいんだったら、ペットを買うべきで、子供を産むべきじゃない。それに、今夜のことがどうしてそんなに大事なわけ? ニッキはわたしが何を着てようが気にしないし、ニッキの両親だってきっとそうだよ」

「そうだけど、新しいイタリアンの店に行くの。だからちょっとは努力して、エレナ」そう言うと母が近づいてきて、わたしの髪をなでた。「あんたはきれいなのに、そんな男の子みたいな格好でそれをみんな隠してる。それにメイクだってしてない」

どうも母の様子がおかしい。「メイクはしてるよ」

「だけど、ほかの女の子みたいに口紅とかリップグロスはつけてないじゃない。ロック・スターみたいにアイライナーは引いてるけど、髪の毛をとかしてふんわりときれいにもしてないし」わたしが髪の毛と呼んでいるカールしたかたまりをまだなでている。

「そうよ、だって見てよ、ママ！　ブラシをかけたら、八〇年代のプロムに行く子みたいになっちゃう。それに、十三歳以上の子はリップグロスはつけないの」

「わかった」母はあきらめたように両手をあげた。「だけど、これだけは着てくれない？」そう言って、花柄のワンピースを差しだした。ずっと昔に衝動買いしてほとんど着てなかったやつだ。

わたしはあきらめた。「まだ入ったら着る。でも、リップグロスはつけないからね」

「わかった、わかった」母はにっこり笑って、急いで部屋を出ていった。「用意ができるまで邪魔しないから」

頭からワンピースをかぶって、なんとか腕を袖に通した。ようやく体が入ったので、息を吸って、ジッパーをあげた。

実際のところ、そう悪くはなかった。おさえたパープルに青と黒の花柄がとてもさりげない感じだ。袖ぐりが非人道的に狭いので、ほとんど腕が動かせなかったけど、お皿から口までフォークを動かすだけなんだから、なんとかなるだろう。このワンピースを着ることで、母のあからさまな侮辱をとめられるんだったら、たいしたことじゃない。母親っていうのはおかしな生き物だ。

レストランに足を踏みいれたとたん、母の妙なふるまいのわけがわかった。大きな丸テーブルについていたのは、ピツィリデス夫妻、ニッキとその薬物依存のカレシ（ディナーが面白くなりそう）、それにガリガリの男の人がいて、それがニッキのお兄さんのポールだとわかった。そういうことか。花柄のワンピースを着せられたのは、母がポール・ピツィリデスとデートさせようとしてたからだ。

「久しぶり！」デビー・ピツィリデスが言って、母とわたしをハグした。「会えてうれしいわ。まあ、大きくなったわね」デビーはまっすぐわたしのワンピースと胸の谷間を見ている。

わたしは赤面して、みんなにほほえみかけた。ニッキにはかすかな笑みを、ポールのほうにはあいまいな会釈をした。母はわたしをポールとニッキのあいだにすわらせた。わざとその席はあけてあった。そこに腰をおろし、大変な夜のために身構えた。

「どうも、エリー」ニッキが言って、つやつやのブラウンの髪を肩に払って、こっちを上から下まで見た。「ヤニーには会ったことあるよね？」

ヤニーは日焼けして、彫りが深く、ブラウンの髪を刈りあげていて、キラキラのピアスをしていた。わたしを見て会釈してほほえんだ。「こんにちは、ヤニー。元気？　いま働いてるの？」フルタイムのドラッグ・ディーラーで、特権階級や退屈している若者にドラックを売っていることをわかったうえでの質問だ。

「まあね――あれこれやってるよ。ミスター・ピツィリデスが仕事をくれることになってるんで、ありがたいよ」ヤニーはニッキの父親に慇懃《いんぎん》な笑みを向けた。

　わたしはあきれた顔をして、自分がもう退屈していることを誰にも気づかれませんようにと思っていた。「いいわね」とうなずく。「それで、ニッキのほうはどうなの？」

「悪くないよ。まだノッティンガム大学の最終学年だから、楽しんでる。しょっちゅう出かけてるし。でも、ヤニーもたいていいっしょだよね？」ヤニーの腕をぎゅっと握って、ふくれっつらをして見せる。

　いつまでこれに耐えられるかわからない。左にいるポールを見ると、落ちつかない様子で、椅子でもじもじしている。「やあ」ポールがつぶやいた。

　ちょっと気の毒になった。わたしと同じくらい居心地が悪そうだ。同じように無理やりここに来させられたんだろう。でも、わたしとデートすることをはっきりいやがっているのを見ると、あまりうれしくはなかった。わたしが十点満点の七点だとしたら、ポールのほうはどう見ても五点だ。少なくともわたしのことを魅力的だと思ってるふりくらいしたっていいのに、じっとメニューを見ていて、こっちのほうをほとんど見ようとしない。

「こんにちは」わたしは最高の笑顔を浮かべた。「ずいぶん会ってなかったね。元気？」

「まあね。きみは？」

　やだ、こんなひと言だけの答えをずっと返されるんだったら、今夜はすごく長くなりそう。脳みそを絞ってポールが好きそうな話題を思いつこうとした。薬学を専攻していると母から聞いたことがあったのをぼんやりと思いだした。

「元気よ、ありがとう。薬学部だったっけ？　いまはどう？　もう七年間の勉強は終わったの？」親しみをこめた声できいた。

「五年間だよ。今年卒業なんだ」

「うそ、わたしもだよ！　今年の夏卒業なの。何がしたいのかまだわからないんだけど。ポールにはそんな問題はないよね」ちょっとものうげにつけくわえた。「はっきり自分の進む道が決まってるのっていいよね」ポールが顔を伏せたので、ますますみじめに見えた。わたしは路線を変更した。「でも、大変でしょ？　つまり、薬学を専攻するって」

ポールは顔をあげてうなずいた。「うん。悪くはないけど、本当は絵を描くのが好きなんだ。いまはそんな時間があまりなくて」

「絵を描くの？」オタクのポールがヌード・モデルや果物の入ったボウルの絵を描いているところを必死に想像しようとした。「絵を描くなんて知らなかった」

「うん、イラストだよ。コミックとかそういうやつ。アニメーターになりたいんだ」

なるほど、それならちょっとは納得できるけど、それでも……薬学部からアニメーター？　両親はいい顔をしないだろう。「すごいね」はげますように言った。「全然知らなかった。絵を見せてもらえる？」まつげをパチパチさせて、飛びつかんばかりの顔をしてみせた。

テーブルの向こうで母がよくやったという顔をしているのが見えた。それを見て気分が悪くなり、ウェイターがついでくれたワインをありがたく飲んだ。ポールに色目を使うべきじゃなかったかも。この人に恋愛感情を持つはずはないけど、退屈していた。それに、ジャックはデートの予定を入れ直すメールをまだくれないし、メールをくれるのはわかっているけど、ちょっとパニックにもなっていた。ていうか、もし二度とメールをくれなかったら？　また振りだしに戻ることになるし、ジャックはすごくかわいかったから、あんな人にまためぐりあえるなんて思えなかった。

ジャックのことを考えただけでイライラして気分が悪くなったので、急いで気をまぎらすためにまたポールに笑顔を向けた。母がポール・ピツィリデスに色目を使ってほしいと思っているのなら、思いきりやってやる。

17

そのディナーのあいだじゅう、ほかの人たちのことはほぼ無視して、ポールに全神経を注いでいた。ひと言だけの返事しか返さない（ビールを三杯飲んで、わたしからのえんえんと続くおだて文句にもかかわらず）のを見て、すっかり疲れはててしまった。

ディナーが終わってもまだ九時だったので、デビーと母はあからさまに目配せをして、〝若い人たち〟で新しいカクテル・バーに行ってくるようにすすめた。自分たちはデビーの家で話の続きをすると言う。

ヤニーとニッキはすでにイチャイチャしまくってたから、おたがいの体をさわっていられるのなら、わたしたちが行こうが行くまいが気にしてなかった。ポールにその気があるかどうか見ると、何も言わずに肩をすくめた。

わたしは親たちにやさしくほほえんだ。「いいよ」そう言うと、母の顔にうれしそうな笑みが広がった。

道を渡って、新しいバーに行くと、そこは偽クリスタルのシャンデリアとやわらかいパープルの光と高すぎるモヒートの店だった。店に入ったとたんにヤニーとニッキは消えたので、ポールとわたしはバーまで歩いていった。妹と両親がいないと、ポールは気が楽になったようで、お酒をおごると言ってくれた。

ようやく努力が実って、魅力がないわけじゃないわたしがポールの気を引こうとしているのに気がついてくれた。喜んでお酒をおごってもらい、ポールがわたしのジンジャー・モヒートを持って戻ってくるまですわって待ちながら、キスすることを考えていた。まあ、ポールはイケメンじゃないし、気味悪いくらい色白（ヤニーの見事な日焼けにくらべると特に）だけど、男だし、わたしは退屈してるし、ジャックが二度と戻ってこなかったときのためのバックアップ用の男も必要だった。もちろん、ジャックがそのうちデートを再設定するメールをくれると思っているけど、とりあえずいまは、ポール・ピツィリデスといちゃつくことに集中しよう。

ポールとその黒のスニーカーにヴァージンを捧げる気はなかったけど、キスのテクニックを向上させるチャンスは有効に使わなきゃ。手でやるテクニックの練習をしたっていい。ちょっとくらい下手くそでも、ポールにそんなことをした女の子はいないだろうから、喜んでくれるはずだ。いまいましいジェームズ・マーテルとはちがってね。

ポールがお酒を持って戻ってきたので、にっこり笑って、胸の谷間がばっちり見えるようにしてあげた。自分の幸運が信じられないという顔で見てきたので、うれしくてあたたかい気持ちになった。ジャックや、ジェームズ・マーテルや、いままでキスしたほかの男たちからは感じられなかった得意げな気分だった。もしかしたら、自分よりイケてない人といつもデートすべきなのかも。

「どうぞ」そう言って、そっとわたしのカクテルを手渡してくれた。「妹とヤニーはどこかに消えたっぽいから、しばらくはぼくしか相手できないよ。ごめん」本当に悪いと思っているようだった。

「大丈夫」モヒートを飲みながら言った。「ちゃんといままでの話をしよう。十歳くらいのとき、ポールの家にあった子供用プールで裸でいっしょに泳いで以来だよね」

ポールが赤くなった。「そうだね。あのときは楽しかったな。あれからどうしてた?」

「十歳から? そうね……うーん、十一年もたってるよ。大学は楽しいけど、でも……最終学年だっていうのが変な感じ。どうなるんだろう、みたいな? 卒業したら、いやだ、あと四カ月だ、本物の大人になるわけだし。仕事もしなきゃならないし。まあ、仕事が見つかればの話だけど」

ポールは笑った。「そうだよね。仕事は見つけないとね。でも、ほんとに、時間がたつのは早いね。ぼくは二十四歳になったところだ」

ポールが自分より三歳年上だとわかって喜ぶべきだけど、気持ちがまっすぐジャックに向かってしまった。ジャックは五歳年上だ。

「だけど、少なくとも、ポールは仕事をよりどりみどりでしょ。やりたい仕事が薬学みたいにはっきりした分野だったらよかったんだけど」

「何がしたいの? 英文学を勉強してるんだよね」

「うん、それで典型的な英文科の学生らしく、いつかはライターになりたいの」

「わかるよ」

驚いてポールを見た。「本当？　なんで？」

「なんでって、エリーは面白いし……クリエイティブだし。それによくしゃべるし……」

わたしは笑った。心から感動していた。「ありがとう、ポール。それを聞いてほんとにうれしい」ポール・ピツィリデスは昔の記憶とはずいぶんちがう人だとわかった。

「ねえ、ぼくは三歳年上なのに、まだ本当に何をしたいのかわかってないんだ。だからエリーのほうがずっとちゃんとしてるよ」

「そうかな。ポールだってすごいと思う」わたしは笑みを浮かべた。「だって、お世辞じゃなくて、すごく変わった気がする。こんなふうにいっしょにいるのは楽しいし。ディナーは微妙だったけどね？」

ポールもほほえんだ。「たしかに。家族が見てるところではオープンになれないんだ。エリーがいまどんな感じなのか全然知らなかったし。妹みたいなタイプになってるんじゃないかって心配してたんだ」

「やめてよ」大声を出した。「ピアスをしてる男とひと晩じゅう抱きあっていたいようなタイプに見える？」

問題のカップルに目をやった。ソファの上で熱烈に抱きあってたので、ふたりして大笑いした。

「あれがぼくの妹だよ」ポールが笑った。「全然変わらないね」

「ポールはまちがいなくいいほうの遺伝子を受け継いだんだね」ほほえむと、ポールが急に笑うのをやめて、凍りついた。「ねえ、大丈夫?」心配してたずねた。なんでおしゃべりしようとすると、いつでもこんな極端な反応が返ってくるんだろう?

ポールは口をあけてから、急いでまた閉じた。問いかけるように見ていると、いきなり顔をわたしのほうに寄せてきた。やだ、これって……

その唇がわたしの唇に触れた。

舌は入れてこなかったし、焦ってるというよりやさしいキスだった。甘くて、気の抜けたビールやコーヒーのような味もしなかった。わたしは両手でポールの顔に触れた。驚いていたけど、自信がついていた。ポールが背中を両手でなでてきた。

でも、急にやめて体を離した。

「ごめん、エリー、悪かった」ロブスターみたいに真っ赤になって、床を見おろしている。「こんなことするつもりじゃなかったんだ」

「ちょっと、ポール、大丈夫だよ」ポールの腕に触れながら、少し不安になっていた。「謝ることない。いまのは……やさしくて、よかったよ」

ポールはさらに顔を伏せて、泣きそうになっていた。

「ポール、どうしたの? びっくりするじゃない。わたしのキスが下手だった?」弱々しいジョークを言ってみた。

本物の涙がポールの左目に浮かんだので、怖くなった。「ポール、ねえ、ほんとにどうしたの？」声にパニックがにじみでてしまった。

「ごめん、エリー」ポールがつぶやいて、間があいた。それから大きく息を吸った。「ぼく、ゲイかもしれないと思う」

「**はあ⁉**」甲高い声になった。「ゲイ？　それなのにいまキスしたの？　なんで？　やだ、わたしがゲイにしちゃったの？」

「ちがうよ、もちろんそんなことない」ポールも大声で言った。「ただ……くそ、すごく複雑なんだ。どうやって説明していいかわからない」

「どうやってなんて気にしないから、いますぐ説明して！」わたしはきつく腕を組んだ。

「わかった」ポールはため息をついて、力のない両手を見つめている。「その……キスしたのは、自分がゲイだってことをはっきりさせたかったんだと思う。つまり、そうだってことはずっとわかってたけど、確信を持ったことがなくて。ああ、すごくみじめに聞こえるよね。いままで女の子にキスしたことがないんだ。ていうか、誰にもキスしたことがない。男にもね。だから、自分がゲイだってことの証明ができなかったんだ」

ポールは口を閉じたけど、返事ができなかったので、しばらくするとまた話をはじめた。「それでエリーに会って、女の子といっしょにいてはじめて落ちつけたから……わかんないけど、はじめて怖いって思わなかったから、試してみようと思ったんだ」

「そんな」大声でうめいて、両手で頭をかかえた。「わたしがゲイにしちゃったんだ。そうだよね。わたしって人をゲイにしちゃう人間なのかも。母がきょう、わたしが男みたいな服を着てるって言ってたし。わたしが男みたいだったから、キスしたの?」

「エリー、落ちついて」ポールがなだめるように腕に手をおいている。「きみはすごく女の子っぽいよ。きれいだし、きみのせいでゲイだってわかったわけじゃない。ずっとわかってたんだ。ただ、なんていうか、それを受けいれるためのきっかけが必要だったんだよ。世界でいちばんすごいことをしてくれたんだ」

わたしは指のすきまからポールを見た。「ほんと?」

「ほんとだよ。いまは最低の人間になった気分だ。ぼくに酒をぶっかけたい気になってもおかしくないよ。ごめん、エリー。男が好きかどうかはっきりしないっていう気持ちはわからないと思うけど。つまり、二十四歳にもなって、本物のゲイかどうか百パーセントの確信がなかったんだ。そんなのおかしいだろ。普通は十代でわかるはずなのに、そんなチャンスがなかったんだ。誰にもキスしたことがなかったし、もちろん寝たことなんてあるはずない。二十四歳の童貞なんて、完全におかしいよ。エリーにはわからないだろうけど」

わたしはため息をついて、お酒についていたストローで氷をつついた。「わかるよ。ポールが思ってるより、わたしはすごくポールに近いよ」そう認めた。

「エリーも同性愛者なの?」ポールの目が希望で明るくなっている。

「ちがう!」そう叫ぶとストローが手から落ちた。「ていうか、少なくともちがうと思う。女の子にキスしたことはないし。それも〝三十になるまえにやっておくべきこと〟リストにつけくわえるべきかも」

ポールが困惑したように顔をしかめたので、携帯を出してすぐにそのリストに加えたい欲求をおさえた。

「へえ」またがっかり顔になっている。「じゃあ、ぼくに近いって言ったのはどういう意味？」

「わたしもヴァージンだってこと。それに、わたしを利用したわけじゃないよ。わたしだってポールを利用してたんだから」そう打ちあけて、おずおずと下唇を噛んだ。

「え？」ポールが心の底から知りたそうな顔をしている。「なんのために？」

「それは、なんていうか」そっけなくため息をつく。「自尊心を高めるため？　わかんないよ」

「ぼくとキスすることで気分がよくなると思ってくれたのなら、すごくうれしいよ」ポールがほほえんだ。「でも、これでおあいこになったのかな？　許してくれる、あの……キスを？」

わたしは目をまわしてみせた。「わかった。許すよ」それから傷ついたふりをした声で言った。

「ただ、これを乗り越えるために数年間セラピーを受けなきゃいけないとは真剣に考えてるけど」

ポールが声をあげて笑った。「誰に向かって言ってるんだよ。こっちはゲイだってわかるまで二十四年間かかったっていうのに。でも聞いて。ようやくわかったんだ……くそ、すごくいい気分だよ」

「すごいね、ポール。自分がカミングアウトされた最初の人間だなんて信じられない。なんて言っていいのかもわからないよ」

「何も言わなくていいよ。すごく助けてくれたんだから」ポールはそこで言葉を切って、大きな笑顔になった。「ワオ、声に出していうのは変な感じだ。ぼくはゲイなんだ」ポールが繰りかえした。

小さな罪悪感のかたまりがわきあがってきて、弱々しい笑顔を浮かべた。もうポールにちゃんと話すべきだろう。わたしはため息をついて、背筋をのばした。

「ねえ、わたしも謝らなきゃ。ときどき自分のことしか考えないいやなやつになっちゃって、ヴァージンを失うためにポールを利用してたの。だから、そんなに謝られると、自分も同じくらい悪いことしてたから、すごく申しわけなくて」

ポールが目を丸くした。「ぼくにヴァージンを捧げようとしてたの？」

ポールの腕をぴしゃりとたたいた。「ちがうよ。そんなのおかしすぎるでしょ。ただ……キスしたかったのは、そうしたら、本当に好きな人がメールの返事をくれないことを忘れられるかなと思って。その人にヴァージンを捧げたいと思ってるんだ」そう認めた。

「誰？」ポールが熱心にきいてくる。

わたしは眉を寄せて、首を振り、なんでポールがゲイだってことがわからなかったんだろうと思った。

「パーティーで会った人。でも、その人の話はやめよう。じゃあ……キスのことはもういいよね？　本気で利用しようなんて思ってなかったの。おたがいにバカだったんだね」

「なかったことにしよう。こっちだって自慢できる話じゃないし」

ほっとしてため息をついた。「そうしよう。でも」そこで間をおいた。「そのことは解決したから、今度はそのゲイのことについて話しあおうよ。ポール……ご両親には言うつもり？」

ポールは自分のみすぼらしい靴を見おろした。「エリー、ぼくは長男だ。すごく期待されてるし、両親を傷つけたくない。絶対言えないよ。わかってくれっこない」

「ポール、それって大変なことだと思うけど、正直言って、思ってるより理解してくれるかもしれないよ。親ってびっくりするほど支えになってくれるものでしょ」そう言いながら、何かいい例がないかと頭のなかで考えていた。『クルーレス』でアリシア・シルヴァーストーンが演じていたシェールの父親とか？

ポールは賛成するようにうなずいた。「うん、エリーの言うとおりだと思う。でも、いまは無理だ。もうちょっと時間が必要だよ」

「そうだね。だって、二十四歳になったばかりの童貞なんだもんね。ほんとにそう。時間が必要だよ」大声で言った。

「思いださせてくれてサンキュー」ポールがそっけなく言う。

「ごめん、ちょっと無神経だった」

「そう思う？」ポールが目をぐるっとまわす。

「これからはポールがゲイだってことをすごく尊重する。それより、もっと大事なことを話そうよ。ゲイってことは、わたしたちいっしょにショッピングできるってこと？」

「すごい、まるでエリーのゲイの親友になったみたい！」ポールが大きな声で言った。

わたしはカクテルにむせた。「やだ、本当？」声が高くなる。「実は、ずっとゲイの親友が欲しかったの！」

ポールが見つめてきた。「エリー、冗談だよ。ゲイがみんな女っぽいわけじゃないって知ってるだろ」

「知ってるよ」弱々しくほほえむ。「こっちだって……冗談だよ。あたりまえじゃない。じゃあその、もっと飲む？　わたし……カクテル買ってくるから」

18

「……それですわったまま普通にしゃべってたの。最初からゲイなのを隠してなかったみたいにね。家に帰ったら、ポールとわたしがうまくいったことをすごく喜んでる母の話を聞かなきゃならなかった」ようやくエマに昨夜のとんでもない話を終えたところだ。無理やり一時間も電話につきあわせてしまった。「もうわけわかんないし、どうしていいかわかんないよ」

「すごいね。それって……ちょっとびっくり。うーん、もうわたしの守備範囲を超えてるよ、エリー。ブラジリアンならなんとかなるけど、男をゲイにしちゃった？　そんなことやったことないしね」

「ゲイにしたわけじゃないよ！」そう叫んだあとで、弱々しくつけくわえた。「そうじゃないって言ってくれたもの」

「わかってるって、ごめん。まちがえた。ゲイにしたんじゃなくて、その、助けたんだよね。でもさ、どっちでもいいよ。エリーは現代の洗練された女性で、二十四歳の童貞にキスして、自分がゲイだってわからせてあげたんだから。あなたはすべての男の夢よ」

「はあ？　そんなわけないよ」鼻先で笑った。「ひどい状態だし」

「ひどいフェミニストの状態だね」

「それって本当?」疑わしげにきく。「フェミニストって、自分が気持ちよくなるために男を利用して、それから自分がゲイかどうか確かめるために利用されたんだってわかるような人だった?」

「そうだよ。すべてがフェミニストだね。相手を利用しようとしたんでしょ。完全にフェミニストだよ」

「向こうにも利用されたのに」念を押す。

「まさにそれだよ! フェミニズムは男女を平等にしようってことでしょ。だから、女のエリーが相手を利用して、男の相手もエリーを利用した。これこそフェミニズムだし、わたしはそれを卒論にすべきかも。チャールズ・ディケンズじゃなくて」エマが意気揚々と言った。

「卒論の話はしないで」うめき声を出す。「いちばん大きな試験が去年でよかった。今年本当にしなくちゃいけないのは卒論だけだから。だって、まだ本もほとんど開いてないんだよ」

「わたしもよ。図書館で会って、はげましあわない? そしたらコーヒー・ブレイクでなぐさめあえるし」

「いいよ。どっちみちもうすぐカムデンに戻るから。家じゃ何もすることないし、ポールのことをきいてくる母と顔を合わせられない。図書館に行くって言えば、母は大喜びするだろうし」

「うん、帰っておいでよ。わたしもルームメイトとばっかり出歩いてるのにも飽きてきたし……。あっ、ちょっと待って、またひとりになりたいって急に思ったのは、親に邪魔されずに誰かさんと楽しみたいからってわけ?」エマがからかってきた。

わたしは大げさにため息をついた。「そうだけど、ジャックからはまだ返事がないの。最低の気分だよ。ポールにキスしたからっていうのもあるけど、ジャックがドライ・ハンプのあとでわたしを拒否してるような気がして」

「ふうん、最後にしゃべったのはいつ?」

「DHのあとですぐにメールで楽しかったって言ってきて、週末に会う約束をしたんだけど、キャンセルされたの。それにUCLマガジンにエントリーしたコラムも読みたいからメールしてって言われてメールしたのに、それにも返事がないの」

「大丈夫、返事は来るって。なんて言っていいか考えてるだけかもよ。気楽に返事するような話題じゃないでしょ。コラムを読まなきゃならないし、自分にヴァージンを捧げる気にさせるようなすてきなことを言わなきゃならないしね」

「うーん、そうかな……。ともかく、別の電話が鳴ってるから切るね。わたしに会いたかったら、どこかで自己憐憫に浸ってるから」

「わかった。やりすぎないこと。ジャックからメッセージが来たら教えて。チャオ!」

電話を切って、ベッドに倒れこんだ。なんでジャックはわたしに会いたくないんだろう? 何か悪いことした? エマに本当のことを言うのはゆううつだった。だって、どれだけジャックから連絡が来てないのか思い知らされたから。それから電話が鳴っていたのを思いだした。ジャックかも? 希望が湧いてくるのを感じて、携帯をつかんだ。新しいメールだった。

件名：あなたは孤独じゃない

どうしよう。飛び起きて、天井を見あげた。これって……ジャック？　それともララ？　送信者を見て、顔から笑顔が消えた。送り主のメールアドレスはsubscriptions@islamicmarriages.comだ。ありがち。わたしにメールを送って永遠の孤独から救おうとしている唯一の相手は宗教的な婚活業者だった。

あきらめてメールを閉じようとしたときに、もうひとつ未開封のメールがあるのに気がついた。jack.brown@gmail.comからだ。驚きの声をあげて、急いで開いた。

エリー、返事がこんなに遅くなってごめん。きみのすばらしい文才に恐れを抱いて、メッセージを書くのをためらってたんだ。ぼくよりずっと才能があるって、もうわかってるだろうしね。

でも、もしコラムを書くのに忙しすぎなければ、今週の土曜日に出かけない？　本当に会いたいんだ。先週末はキャンセルしてごめん。グウェンおばさんの六十歳のバースデイ・パーティーより、きみとすごしたほうがまちがいなく楽しかったはずだけどね。

もうひとつつまらないことだけど、いちばん新しい短篇を添付しておいたから、よかったら読んで。それに、きみのコラムの感想も聞きたかったら、ぼくのひどいコメントもつけてお

いたけど、それは完全に無視していいよ。新しいコラムニストとしての栄光を楽しんでください。xx

わたしは大声で叫んだ。本当にちゃんとわたしのコラムを読んで、建設的な意見を添付してくれたんだ。わたしのこと好きじゃなかったから、そんなことしないはず。それに自分の書いたものも送ってくれた。だからきっとわたしの意見を聞きたがってる。にんまり笑って、うれしくてベッドに倒れこんだ。ドライ・ハンプのあとで捨てるような人じゃなかった。本当に実現するんだ。わたしの文章が好きで、週末に会いたいと思ってくれてる人とデートするんだ。ああどうしよう、それって、ヴァージン喪失まであと三日しかないってことだ。

エリーのやることリスト

❶例のビッグ・ワックス以降またはえてきているヴァギナの毛を抜くこと。
❷ポルノを観て、完璧なフェラの方法を学ぶ。それに手でのテクニックも。でも、手のほうはポルノで学べるようなこと?
❸ポルノに手でやるシーンがあるかどうか調べる。
❹もっとインターンシップに応募する(最初の二十社からはまだ返事が来るかもしれない。エリー、希望を捨てるな)。

❺関連図書を図書館で借りるだけじゃなくて、ちゃんと卒論にとりかかる。
❻土曜日にヴァージンを喪失する心構えをする。
❼新品のブレットで上質の〈自分の時間〉を持つ……。

ブレットといっしょに一時間すごし、全部で三回イッた。これで正式に連続クライマックサーになれた。どうやって使うのかわかるのに数分かかったけど、基本的にはボタンを押せば振動するっていうだけだ。それでクリトリスをこする。わたしが気にいったのは、最初は太いほうでそっとこすって、それから先端を使ってスピードをあげていく方法だ。先端でクリットをすごいスピードでなでていくと、いつもの解放感がやってきて、緊張が高まり、文字どおり歓喜の震えが訪れた。

すばらしかった。ただ、ほんのちっぽけな、超ミニサイズの、小さな事件があった。ちょっと退屈してきて、何かしてみようと思ったときだ。

ブレットをヴァギナのなかに入れて、ちょっとした挿入をさせようとしたのだ。気持ちよかったし、たしかに気分が変わったので、できるだけ奥まで押しこんだら、タンポンが届く収縮する弁の部分まですべっていった。ただ、タンポンとちがって安全な場所まで戻せるひもがついていない。ということは、わたしの内側の深い部分で振動していて、**とりだせないってことだ！** パニックになったけど、名案がひらめいて、床にしゃがみこんだ。そしたらすべりおちてきた。あんなにほっとしたことはない。

こんなことがあったせいで、ブレットは引きだしにしまって、その後数日は奴隷の回想録に集中していた。まだサリーの家にいて、オンライン・ジャーナルの記事を読んだり、アメリカ文学のアンソロジーをじっくり読んだりしていた。そろそろ卒論にとりかかれるかと思ったころ、罪悪感のかたまりがゆっくりと消えていき、週末をジャックとすごせる気分になった。金曜日にロンドン中心部にある小さな部屋に戻る計画だったから、週末のどこかの時点でヴァージンを失うことになる。ジャックとのデートを、カレンダーの土曜と日曜のあいだに小さなVマークをつけて記した。

唯一卒論の邪魔をしてくるのが、しょっちゅう部屋に来る母だった。毎日のようにポールのことをきいてくる。連絡はあったのかとか、次はいつ会うんだとか。自分が男と寝たいのかどうかダブルチェックするために、ポールが母のひとり娘にキスしたなんてことはとても言えない。

実はポールからメールは来ていたけれど、母が思うような内容じゃなかった。最近描いたアニメーションを送ってくれたので、わたしも自分とエマの最新のヴログを送っておいた。ポールはびっくりするほど話しやすくて、いっしょに出かける計画も立てていた。最新のキスがはじめてのゲイの親友ができる道へとつながっていた。

マドンナがはじめて触れられたヴァージンのように感じたのはきっとよかったんだろうけど、ヴァージンではじめて自分にさわったときはどうだった？　たいていの女の子は、男にさわらせるまえに自分でヴァギナをさわってるし、自分がやっていることが何かもわかっているから。

そう。マスターベーションだ。うーん。その言葉だけで、目を閉じて、あたたかい思い出につつまれ、クリットが期待に震えだす。母なる自然が与えてくれた最高のギフトで、すべての女性が探求していくべきものだ。

ギリシャ人の普通の母親はそんなふうには思わない。ＥＫは「自分のあそこをさわるのは悪いことだ」と教えられて育ったからよくわかっている。その結果？　必然的にコンプレックスを抱き、七歳のときから幼いヴァギナに自然に手がのびるたびに罪悪感の波に襲われた。いや、正直に言うとたぶん五歳のときからだ。

マスターベーションの罪悪感は、愛する両親がわたしたちに伝える問題のひとつで、その罪悪感によって怒りは最大になり、自信は最小になる。傷つきやすい年少者に自然に感じられるものをしてはいけないと言うことは、完全な独裁であり、ヨーロッパ人権条約に反する可能性もある。自分の体を探求することはまったく健康的なことだ。「いやらしい」とか「悪いこと」だとか、ましてや「罪」だと言われても関係ない。

キリストでも誰でもいいけど、マスターベーションが悪いことだとは実際には言ってないことははっきりしてるんだから、そんなふうに解釈している人が明らかにまちがっている。

健康的なことなんだから、男の子たちがしょっちゅうオナニーの話をしているんなら、女の子だってするべきだ。ＥＫはようやく母親のたわごとから解放されて、大人のおもちゃに投資までした（初心者用のバイブレーター、つまりブレットだ）。唯一のアドバイスは、ヴァギナに入れないこと。穴はダメ。ともかく……やっちゃダメ。

19

金曜日、最後の荷物をほどいて、うれしさいっぱいでベッドに倒れこんだ。自分がどれだけひとり暮らしを愛していたか、母と数日すごしたせいで思い知らされた。いつもならギルフォードに着いたとたんにララの家に行くバスに乗るんだけど、今回のイースターにはその選択肢はなかったし。

ララに会いたかった。けんかしてからもう何週間もたっている。こんなに長いこと連絡をとらなかったのははじめてだ。時間がたてばたつほど、変な気分になったけど、自分から連絡する気にはなれなかった。まあいいや。きょうはジャックとのビッグ・デートの前日だから、準備することがたくさんある。しかも生理がちょうどはじまっちゃったので、カレンダーの〝V〟は一週間延期しなくちゃならない。

いい点？　パンティーをおろさなくていいから、ワックス後のヴァギナから毛を抜かなくてもいい。

悪い点？　どんな性的なことがおこなわれるとしても、手や口でするどまりだ。つまり、フェラと手のテクニックを学ばなくてはならない。きょうじゅうに。

ノートとペンを持ってベッドにすわった。ものすごく真剣にとりくんで、フェラの恐怖を克服するつもりだ。ポルノ・サイトを見ることにする。どこからはじめていいかわからなかった。最悪なのは、質の悪いゴミみたいなのを見せられたうえに、PCがウィルス感染してしまうことだ。このノートパソコンにウィルスを入れてしまったら、母に殺される。しかもポルノを観たせいで。

男の子たちがレッドチューブについて話していたのをぼんやりと思いだした。ユーチューブのエロ版だ。みんなが観ていて、よく知られているサイトなら、パソコンのハード・ドライブが破壊されることもないだろう。

何十ものカテゴリーがあって、どこからはじめていいのかわからなかった。隣にあった袋からチョコビスケットをつまんで、それを食べながらスクロールしていった。最終的に〈女子学生〉っていうのに決めた。〈未成年〉よりいいし、〈3P〉ほどハードじゃないはず。それに自分が女子大生なんだから、感情移入もできるはずだ。

最初のビデオはブリトニー・スピアーズみたいな制服を着た女の子のものだった。ニーハイ・ソックスに超ミニのグレイのスカートをはいていたから、うちの高校だったら絶対居残り組だ。びっくりしたのは、そのうえシャツをブラのすぐ下で結んでいたこと。中年の変態の夢そのものっていう感じ。ビデオは彼女が数学の先生にべたべたしているところからはじまる。先生は成績を確認するから離れているように言う。女の子はバックに流れている音楽に合わせて、指で髪をくるくるまわしている。音が割れた『オースティン・パワーズ』のテーマ曲みたいな音楽だった。

ここまでのところ、〈未成年〉のカテゴリーぎりぎりだし、何かを学べるようなものでは全然なかった。すると突然、女の子がひざまずいて、先生のズボンをおろしはじめた。身をのりだす。最初のビデオで大あたりだ。まさにわたしがジャックにやるつもりのことをこれから先生にしようとしている。

ペンをつかんでノートの上に構え、ブリトニーの技を将来の参考のために書きとめようとした。先生のズボンをおろすと、ペニスがいきなりスクリーンからこちらに突きだしてきた。現実のペニスはほとんど見たことがないけど、これは信じられないくらい大きかった。すっかり毛が剃られていたから、よけいその大きさが目立った。ブリトニーは慌てなかった。うれしそうに笑っただけだ。これは参考にはならない。だって、そんなのおかしいもの。そしてすぐさますべてを口に入れた。先生が歓びにうめくと、ブリトニーは先端をなめはじめた。

書きとめた。**❶キャンディーみたいになめる。**それから顔をあげ、さらなる知恵袋を求めた。

ブリトニーはすべてを口に入れ、頭を上下させはじめた。わたしは欲求不満でうめいた。ここがフェラのメインの部分だ。頭を上下に動かす。だけど、これじゃ口の〝なかで〟何をしているのかがわからない。このままじゃ永遠に上手になれない。サルだってペニスを口に入れて頭を上下に動かすことくらいできるけど、経験豊富なフェラの達人じゃなかったら口のなかで何をやるべきかはわからない。歯を唇でおおって、巻き添え被害を防ぐとしたら、内側の舌は何をしてるんだろう？

答えを知りたいのは、この大事な部分だったのに、いまいましいブリトニーはただペニスを吸ってるだけで、なんの説明もしてくれない。アップになったので、唇で何をしているのか見ようとしたけど、役に立たなかった。それからブリトニーはどんどんスピードをあげていって、先生が両手で頭を押さえて、もっと奥までくわえさせようとしている。それってすごく女性差別的だし、ジャックがそんなことをするなんてまったく想像できなかった。

やがて先生のうめきがさらに大きくなってきて、口のなかでイッた。口の端からよだれのように白くべとべとしたものが流れていたけど、ブリトニーはそれを溶けたチョコバーみたいになめて、セクシーな目で先生を見つめながら、飲みこんだ。それから、この部分でわたしはちょっと吐きそうになったけど、ブリトニーはペニスの先端をなめて、そこに残ったものをきれいにしてあげた。うんざりしてビデオをとめ、別のを試そうとした。もっと啓蒙《けいもう》的なものだといいけど。

次のビデオはブロンドの女の子がガレージで、ふたりの年上のマッチョな男といっしょにいるものだった。女の子は巨乳で、うんざりするくらい話の先が見えていた。ストーリーなんてものはなく、数秒後にはふたりが同時に女の子とヤッていた。カメラマン（まちがいなく男だ。こんなものに女が集中できるはずはないから）は、彼女の下のほうのふたつの開口部を出入りしているペニスにズームしていく。

画面から目をそらした。口のなかに酸っぱい味が広がる。ビスケットを袋に戻して、目の隅で見た。まちがいなくハードコアで、うめき声やあえぎ声は生々しかった。

ひとり暮らしでよかった。ルームメイトがこんな声を聞いたらきっとビビるだろう。パソコンの音量をさげようとしたけど、手間どった。わたしのパソコンには音量ボタンがないからだ。へア・アイロンをキーボードにのせたまま髪の手入れをしていたら、プラスチックのキーが溶けてしまったから。すべすべの黒い音量キーの代わりに、いまはキーパッドの下にある白い突起でやらなければならない。太い指をそこに押しこんで、音量をさげようとしていたときに、ドアにノックの音がした。

どうしよう。隣人がこの音を聞きつけて、切るように言いにきたんだ。パソコンを閉じたけど、人生でもいちばん長い五秒間、音が続いた。ようやくとまったので、おそるおそるドアまで行って、ちょっとだけあけた。小さなすきまからのぞくと、見慣れた脂じみたブラウンのモップ頭が見えた。

「ポール?」とまどってきいた。「ここで何してるの?」

「だって……二時に会う約束だったのに、電話に出ないから、来てみたんだ」

「やだ。ほんとにごめん」手で口を覆った。「すっかり忘れてた。没頭してたの……その、卒論に」顔を赤くして言葉を切った。「ちょっと待って。なんで住所がわかったの?」

「きみのお母さんが教えてくれたよ」ポールがにんまり笑った。

もちろん教えるだろう。「そうだよね」ポールになかに入るよう示した。「いまごろわたしたちはおたがいに夢中になってるって思われてるだろうから、いずれサリーじゅうのギリシャ人にそう思われるね」

「ぼくにとっては完璧な隠れみのだ」ポールがベッドにすわりながら言った。汚れた黒のパーカーとサイズの合ってないジーンズに、あのひどいスニーカーをはいている。ゲイの親友になるんだったら、この服のセンスをなんとかしなくちゃ。

「それで」とポールが平然ときく。「ひとりなの？」

「うん、そうだけど？」空っぽの部屋を示す。

「ああ、そうだね」うなずく。「ただ、誰かといっしょだったのかなと思って」

わたしは真っ赤になって、必死で自分を納得させようとした。外の木のドアはさっきのポルノの音を漏らさないくらい厚いはずだ。「ううん、ひとりだよ。ただその、映画を観てたの」と説明した。

ポールは部屋を見まわしながらうなずいた。「それって『サウナの熱い夜』？」

ぞっとしてポールを見た。「なんのこと？」緊張した声できく。「卒論のための映画だよ。文芸作品」

ポールは無表情だったけど、うなずいた目が光っていた。「そうだよな。『モンテ・クリトリス伯』？」

わたしは口をあんぐりあけた。ポールと目が合うと、ふたりで爆笑した。「わかった、わかったわよ。ポルノを観てました。たいしたことじゃないんだから、騒ぎたてないで」

ポールがにやっと笑った。「もちろんだよ。ただ、二十一歳の女の子が金曜の午後にひとりでポルノを観てるのってどうかと思ってさ」

わたしはポールをにらみつけた。「たしかに、普通じゃないかもしれないけど、ちゃんと理由があるんだから」

「リサーチ?」ふたりの顔が理解しあってるという表情で明るくなった。「ぼくもやったよ、エリー。だけど正直言って、ポルノ映画なんて時間の無駄だよ。あんなふうに女の子とヤリたい男なんていないよ」

口をあけて「ポールに何がわかるのよ」的なことを言おうとしたけど、先を越された。

「言いたいことはわかるよ。でも、こっちだって何もわからないわけじゃないんだ。そういうたぐいの話をする男友だちもいるけど、誰もポルノ女優とつきあいたいなんて思ってないよ。つまり、もちろんポルノは大好きだし、ひと晩だけなら大歓迎だろうけど、あんなカノジョがいたら圧倒されるし、しかもいい意味での圧倒じゃないからね」

「そうだよね。言いたいことはわかる。それにわたしもあんなタイプの女の子になりたいとは思ってない。ペニスをくわえて、男に頭を押さえつけられながら、恍惚の表情で相手を見つめてるなんて。だって、わたしなら口でやることに集中しすぎてるから、同時に相手にほほえみかえすなんて無理だもん」

ポールが笑った。「うん、その気持ち、ちょっとわかるよ。カミングアウトして、その手のことをはじめなきゃならないと思うと怖いんだ。少なくともエリーはいままでの人生ずっと男が好きだったからいいけど、ぼくはつい最近わかったんだから、そういうこと全部に慣れていないからね」

尊敬の目でポールを見た。ポールとこんなに気楽にセックスのことを話せるなんて思ってもいなかった。ていうか、セックスの欠如について。しかもこんなに正直に。まったく、ポールの自虐ネタはわたしに匹敵するし、そんな人にはめったにお目にかかれない。ふたりでソファに寝ころんで、『E!』を見ながら、セレブの悪口を言いあっているところを想像した。ただ、想像のなかではポールはもっといい服を着ていて、わたしの処女膜はもう失われていたけど。

「それより」ポールの声で夢想から現実に引きもどされた。「誰のためにポルノで勉強してたんだよ？」

「うーん」わたしはうめいた。「どこからはじめたらいいんだろ。グラフィックデザイナーで二十六歳でわたしのことが好きで、わたしは彼としなきゃならない、ううん、したいことがあるんだけど、どうやればいいのかよくわからなくて……」声が小さくなる。手や口でやることにどうしてこんなにナーバスになってるのか、何もかも言わずに説明するのは難しい。目をぎゅっと閉じて、ポールには全部知ってもらう権利があると思った。なんといっても、わたしはポールがカミングアウトしたのもキスしたのも最初の人間なんだから。しかも同時に。

深呼吸して、ジェームズ・マーテルにまつわる長い話を、歯に関する栄光の部分まで全部話した。嚙んでしまった部分でも、ポールは笑ったりひるんだりはしなかった。それに「ごめん、きみの処女は奪えないよ」の部分でも。ポールはほとんど表情を変えず、話が終わると、ただ肩をすくめてこう言った。「ひどいね。でも、救われるのはそれが何年もまえの話で、いまは別のちゃんとした人にまた試そうとしていることだ」

「それだけ？」わたしは目を見開いた。「わたしの人生最悪のトラウマの瞬間なんだよ」

「自分でもはっきりしてないのに、ゲイだからっていじめられてごらんよ」ポールが言いかえした。それからやさしい声になって話を続けた。「マジでさ、エリー。そのジェームズってやつのことはほんとにひどい経験だよ。だって、好きでもなかったんだから。エリーとヤリたいと思ってた、ただのいいやつだったけど、エリーはいっしょにいて居心地が悪かったから、うまくいかなかったんだよ。もっとゆっくり進めていて、まずその男といて楽になるようになってれば、もっとうまくいってたはずだよ」

うなずいた。ポールは髪型から想像するより頭のいい人だとわかった。ジャックといると楽なのはたしかだ。そうじゃなくても、まちがいなく楽に感じるようになれる。ウィキハウにその方法が書いてあるかも。

その午後はベッドの上ですごした。相手が自分に気があるかどうかびくびくしなくていい男の人といっしょにすごすのは楽しかった。それにポールはいい人だ。一瞬、ポールがストレートだったらよかったのにと思ったくらいだ。その思いが消えたのは、ポールがその週にひとりでゲイの集まるバーに行って、ある男の人に会ったという話をしたからだ。ものすごく感心して、金切り声をあげることしかできなかった。

キスして、番号を交換したらしい。そのヴラディという人はポールに会いたがっていると言う。でも、ポールは自分に性経験がないのが恥ずかしくてOKできずにいる。ヴラディに自分が童貞だとわかってしまうのがどんなに恥ずかしいかを話してくれたので、よくわかるとうなずいた。

「ぼくも緊張してんだ、その、彼の下のほうにいくことをね。何か参考になるポルノ・ビデオを見つけた？」

「ごめん。いまのところ、アイス・キャンディーみたいになめるっていうことくらいしかリストにないの」ポールががっかりしたので、救いの手をのべなければと思った。「でも、いっしょに学べるかも。こういうことをググることにかけてはちょっとした才能があるのよ。だから、もし大丈夫だったら、いっしょにビデオ観ない？」

「えっと、どういうビデオ？」おそるおそるきいてきた。「エリーといっしょにポルノを観る気はしないよ。悪く思わないでほしいけど」

「思いませんとも。どうもありがとう」すまして言った。「それより、わたしが言ってたのはポルノじゃなくて……」

ポップコーンの袋をあけて、言葉もなく食べながら、ふたりでパソコンに釘づけになっていた。ギャビーという名のブロンドのアメリカ人女性が完璧なフェラチオの方法を教えてくれている。彼女は白い部屋でスツールに腰かけている。

「ようこそ」ギャビーが言った。「きょうはみなさんにあることをお教えしようと思います。それは、パートナーに完璧な歓喜の瞬間をもたらすすばらしい秘密、フェラチオです」母音を強調しながら口がしばらくOの形のままになっていた。「でも、これをただのフェラチオだと思ってほしくありません」大げさに間をとって、こう続けた。「〝フェラギフト〟だと思ってほしいのです」

　ポールとわたしは顔を見あわせて、爆笑した。ギャビーを一時停止して、思いきり笑った。口からポップコーンが飛びだしたけど、わたしが真似をした。「これはフェラチオではありません。フェラギフトです」と最高のアメリカなまりで言う。

「すごい」ポールがパーカーで涙を拭いている。「この人、ぶっとんでるね。もっと観なきゃ」

　一時停止を解除すると、ギャビーは完璧なフェラギフトのための各ステップを教えてくれた。ときどき鼻を鳴らして笑ってしまったけど、ふたりとも夢中になって聴いて、メモをとった。ビデオが終わるころにはノートはきれいなリストにまとめられていた。

❶つばをたっぷりつけるか、潤滑剤を使って、ペニスを口に入れる。
❷吸いこんで下に向かうが、**けっして歯でこすらない**。
❸リズム、スピード、強さに変化をつける。
❹やさしく手で睾丸を愛撫し、それから少しスピードをあげる。
❺相手をからかう――スピードをあげて相手が燃えてきたら（これはギャビーが使った言葉でわたしのじゃない）、スピードをゆるめる。
❻舌を使う――複数のことが同時にできるのなら、吸いながらなめる。あるいは、勃起しているときはただなめて、もてあそぶ（これもアイス・キャンディーのテクニックだ）。
❼相手の反応に耳をすまして、どうされるのが好きか見極める。

❽感じやすい部分に長くとどまる――おもにペニスの先端、睾丸、会陰（最後のはわたしよりはポールの分野に近いかも）。

❾手と口を同時に使う――先端を口に含んで上下しながら、手で竿《さお》の下の部分を上下させることで、ディープスロートを防げる（これはフェラと手のテクニックをいっしょにした完璧なものにも思える。このなめらかな動きで両方の恐怖を克服できるかも？）。

❿フェラギフトのあいだは何度もアイ・コンタクトを交わすこと。

⓫おえっとなったときは、相手のものがすごく大きいからだと言う（ひどい状況で最高の結果を導く。やるね、ギャビー）。

⓬とても、とてもやさしく、片方ずつ睾丸を吸う。

⓭そして最終地点――射精。相手にどこでイッてほしいかは自分が選べばいいとギャビーは言う。口から抜いて、体や胸やティッシュ（ちょっと悲しい）の上でイッてもらってもいいし、口のなかでイッてもらって、それを吐きだしても飲みこんでもいい。

ギャビーはビデオの最後にこう念を押した。「覚えておいてください。みなさん、フェラギフトはあなたも楽しめるものなのです。歓びを分かちあい、ギフトを楽しみましょう」

20

ポールが帰ってから、ララのことを考えはじめた。さっきのはララといっしょにやっていたようなことだ。ポールはいい人だし、いままで会った男の人のなかでは最高のユーモアのセンスもあるけど、ララじゃない。ララはジェズのペニスがどんなだかを説明して、泣くほど笑わせてくれる。ジェズのは異様に太くて、太さが長さと同じくらいあるらしい。ララは、木の幹を吸ってるような気になるって言ってた。

ララに会いたかった。いちばん古い友だちだし、昔てのひらに針をさして血の誓いまでした仲だ。わたしたちの絆はすごく強いから、二日酔いでけんかしたくらいで壊れるはずがない。よみがえらせようと決心した。おじけづくまえに携帯をつかんだ。

「もしもし?」ララがおそるおそる電話に出た。

「ハイ」急になんて言っていいのかわからないことに気がついた。まったく。緊張してきたので、なんとか普通に聞こえるような声を出した。「元気?」

「元気よ。ありがとう」なんでそんなにかしこまってるんだろう? まだ怒ってるに決まってる。「エリーは?」そうきいてきた。

「うん、わたしも元気だよ。ありがとう」嘘だ。泣いてどんなに会いたいか言いたい気持ちと闘っていた。そしてわかりきったことを言った。「ずいぶんしゃべってなかったね」

「うん、そうだね」なんでこんなにそっけないんだろう。こっちから歩み寄って電話したのに。話したくないの？「どうしてた？」どっちつかずな感じできいてきた。

「まあ……元気だったよ」「ジャックやポールやエマのことを話したかったけど、どう話していいかわからない。「ララは？」弱々しくきく。

「わたしもよ、ありがとう」

「またアンガスに会ったの？」ふたりが正式につきあっているという返事が返ってくることに身構えた。

「ああ、ううん、あんまりうまくいかなかったの。でも、大丈夫だよ」

「ジェズとはどうなの？　それに大学は？　まだサリーにいるの、もうオックスフォードに帰った？」

「うん、すべて順調だよ。オックスフォードに戻って、ちょっと用事をすましてるところ。そっちは？」

「うーん、卒論は順調よ、ありがとう」

「そう、よかったね」

次に何を言おうか頭をふりしぼっていた。母の友人との立ち話よりひどい。

しばらく間をおいてから、がまんできなくて、感情をぶちまけた。「ララ、こんなの変だよ。

けんかしたくないの。普通に戻ろうよ。お願い」

ララはため息をついた。「わたしもそうだよ。先に電話しなくてごめん。こんなにふたりのあいだをぎこちなくするつもりはなかったんだけど」

「ちょっと、別れたあとでよりを戻そうとしてるみたいな言いかただよ」笑わせようと思った。

「男版のエリーとつきあうはずないよ」そう言いかえされ、ちょっとだけいつもに戻ったような気になった。おたがいにぶちまけたひどい言葉については触れたくない。あの話をまた持ちだしたくはなかった。ララも同じ気持ちのようだ。

「それで、どうなってるの?」わたしがきいた。

「まあ……わかるでしょ……人生って、退屈すぎてしゃべるほどでもないよ」

「でも、そんなのわかってるじゃない、ララ。わたしたちの友情で大事な点はおたがいを退屈させてもいいってことだよ」

「うん、そうだね」ちょっと言葉を切ってから、明るく続けた。「そっちはどうなの? ミッションに進展はあった?」

「どうかな。ちょっとつきあいかけてる人はいるんだけどね。つい最近のこと」

「すごいじゃない。よかったね!」ララが大声で言った。

そのあたたかい反応に元気づけられて、話を続けた。「うん、よかったと思ってる。それにエマっていう新しい友だちもできたの。すごく楽しい子。もちろん、ララの代わりにはならないけど、いっしょに出かけてすごく楽しかった」

「楽しそうじゃない。エリー、悪いけど切らなきゃ。今夜のダンス・パーティーの準備があるの。質問はなし。これもオックスフォードの変な伝統だよ」

「わかった、わかった。心配いらないから。ちゃんとしゃべりたかったら、わたしの居場所はわかってるでしょ」

「うん、おたがいにね。またすぐ話そうね？　じゃあ！」わたしも同じくらい明るく「じゃあ！」と言って、電話を切った。

急にすごくさびしくなった。ララとの電話が意図的にこんなに短い会話になったのははじめてだ。しかも片方に男がらみの話があるっていうのに。空っぽの気分だ。ララを頭から追いだした。準備ができたら向こうから電話してくるだろう。そうするってちゃんと約束したんだから。そのあいだに、『ビバリーヒルズ青春白書』の全シーズンでも観よう。


土曜の晩で、準備はできていた。恐怖に直面し、カレシになるかもしれないすごくキュートな男の人と楽しくやる時間だ。ソーホーでジャックに会って、カーナビー・ストリートにあるパブに向かって歩いた。ジャックはいままで見たなかで最悪のシャツを着ていた。ポールの黒いパーカーやグランジとオタクが交じったような雰囲気よりもひどいかも。でも少なくともジャックの髪はいつでも洗いたてに見える。シャツは半袖だった。男が半袖シャツを着てるのは大嫌い。でも、ジャックはいままで見たなかでは唯一、なんとか許せる部類だった。それにキュートなハーフ・アイリッシュっぽくにっこり笑ってくれたから、そのシャツを脱がせたくなった。

もちろん脱がさずに、一週間どうだったかきいた。

「まあ、いつものとおり、すごく忙しかったよ。たくさん書いてるから、かなり時間をとられるんだ。最近は残業も多いし、部屋に帰ったら書いてるしね」

「昼間仕事したあとに書く時間をつくってるってすごいね。気乗りのしない試験勉強のあとに、ときどき日記帳に何か書こうと思うことはあるけど」

「だけど、それは学生だからだよ。ぼくは二年前に卒業してから、自分が人生で本当に求めてるものがわかって、だからその時間をつくれるんだ」

「どっちにしても、すごいと思う」ジャックに向かってにっこりした。「政治的なことを書いてるの、それとも短篇？」

「どっちもだけど、かなり創作的なほうに向かってるんだ。自分の声を見つけた気がしてるんだよ」あまりにも陳腐なセリフだったから、うっかり声を出して笑ってしまった。でも、ジャックはにやりとしただけだった。「わかってる。バカみたいに聞こえるのはわかってるけど、この内なる声の意味がすごくわかるんだ」

「ううん、あなたが創作のほうに向かってるのはすごくいいと思うよ。わたしもいつかそうしたいけど、しばらくはジャーナリズムにこだわるつもり。小説みたいなものを書く準備はまだできてないと思う」

「短篇だったらすぐにでもはじめられるよ」

「うん、そうかもしれないね」ちょっと考えた。「もちろん、あなたの専門的な指導があればね」

「そうだよ、ぼくの知恵ときみのウィットがあれば、ふたりでベストセラーが書けるさ。そうしたら仕事を見つける必要もないよ」

「やった。だって、インターンに応募したところからは全然返事がないから」

「ギャップ・ヤーーーをとれば？」暗いパブに入りながら、ジャックが上流階級を真似たアクセントで言った。一瞬、それがジャックの本来のアクセントで、高級レストランに連れていってくれたらな、と思ってしまった。

「はあ？　労働者階級の社会主義者のくせに、一年間第三世界をまわってこいってすすめてるわけ？　派手な民族衣装を着て？」ふざけて怖がっている声を出した。

ジャックが笑った。「そうだよ。きみにはふさわしいと思うよ、ギャップ・ヤーはね。きみの好きなテレビ番組っぽいじゃないか」

「ちょっと、ギャップ・ヤーって言った？　五つ星のヨガ・リゾートのことじゃなかったの？」そう言うと、ジャックはわたしのむちゃくちゃな上流階級のアクセントにひいてしまった。

「何にしましょう？」女性バーテンダーがきいてきたので、これ以上の屈辱から救われた。ふたりともシードルを注文した。ジャックの半袖シャツでわかるように、その日はその春ではじめてのとてもあたたかい日だったからだ。

テーブルについて、革のソファにすわったジャックはわたしの肩に腕をまわしてきた。「きょうはきれいだね」あっさりそう言われた。わたしは驚いてジャックを見あげ、喜んでいた。ポールがゲイだとわかったときのディナーに着ていったのと同じ花柄のワンピースを着ていた。ドレスアップが嫌いな女としては、かなり努力したほうだ。

「ありがとう」にっこり笑う。「そんなこと言われたのはじめて」そう言ってしまってから、後悔した。一度もほめられたことのないダメ人間みたいだ。

「マジで？　いままできれいだって言われたことないの？　ていうか、ぼくもちょっとばかりひどいやつだけど、くそったれなやつと会ってたんだな」

赤面した。「そうだね……」ていうか、ちゃんとデートしたのはジャックがはじめてだっていう厳しい現実がほんとのところだけど。「でも、あなたはひどいやつじゃないよ。わたしに話してないことがあるんなら別だけど」

「ぼくに関しては、このままの人間だよ。ひどいやつだと思わないんなら、ぼくたちがうまくいってるってことだ。政治にのめりこみすぎるし、ときどきしゃべりすぎるけど、それはぼくのちょっとした欠点にすぎない。ほんとだよ」ジャックがにっこり笑ったので、キスしたい衝動にかられた。

身をのりだしてジャックの唇にキスした。妙に大胆で、魔性の女になったような気分だった。血のような赤い口紅をつけられる女にでもなったみたい。ジャックもやさしくキスを返してくれたので、離れたときに、じっとその緑の目を見あげた。

「いいキスだったよ」ジャックがほほえみながら言った。お願いだから、いまのキスのヴァージン要素を分析しないで。

ブサイクに顔が赤くなった。「うん、ありがと」ぎこちなく床を見る。

「さあ、もうきみを赤面させるのはやめるよ」そうからかわれたので、もっと赤くなった。「今週はどうだった？」

「えーと……」頭のなかを引っかきまわして、何か普通のことを言おうとした。きのうのポルノの話もララとのけんかのことも言えないから、ちょっと茫然としてしまった。「ある人をゲイにしちゃったみたい」うっかり口走ってしまう。

ジャックはこっちを見て、爆笑した。「いったいなんの話だよ？　たのむからぼくの……このシャツがひどいって言いたいんだろ」

「ちがう、別の人。家族の友だちよ。その人が……キスしてきて、自分はゲイだって言ったの」

「きみが誰かをゲイにしたっていう事実に集中すべきなんだろうけど——ぼくにも同じことをされるのを怖がらなきゃならないんだろうけど……」わたしはやめてよっていう感じでジャックの腕をたたいた。「きみが誰かにキスしたってことで嫉妬するよ」

うそ、嫉妬されてる？　二十一年の人生ではじめて、人に嫉妬された。すごくいい気分。制御不能の性的能力《モジョ》を持った女版オースティン・パワーズになったみたい。

「言っとくけど、キスしたのはポールだからね」何食わぬ雰囲気で、いちばん相手の気を引くような顔をしてみせた。

「そうだな。ポールがぼくからきみを奪う心配はしなくていいのかな？」

ジャックが自信たっぷりでセクシーなので、クリトリスが脈打ってきた。女版の勃起みたいだ。ドキドキをとめようとして脚を組み、ほかの女の人も勃起するんだろうかと考えた。

「わたしよりあなたのほうがポールのタイプだと思うよ」そう言いながら、必死でクリットの鼓動を抑えようとした。わたしの下半身で何が起こっているのか悟られませんように。

「ポールのタイプだけなのかな、きみのタイプでもある?」そう言って前かがみになったので、ジャックの息が首にかかった。膝がゼリーみたいになってしまって、ジュディ・ブルームの本の登場人物になった気分だった。もちろん、ジュディ・ブルームの本のなかにヴァギナの鼓動の副作用が出てくることはないけど。

返事をするまえにジャックにキスされたので、その腕のなかで溶けていった。わたしは陳腐そのものの存在になって、至福の極みだった。〝結婚して〟という言葉が頭のなかでピカピカしていた。ジャックは舌を使わずにキスしながら、手をヴァギナにあてて、ワンピースの下からそっとこすってきた。息をのんだ。公衆の面前でまさぐられている。これこそネバー・ゲームのネタになるようなことだ。

わたしもジャックの股間に手をのばし、ちょっとだけなでた。アルコールがすでに効力を表していて、お酒の力を借りて大胆になっていた。ルールは全部読んだから、いまこそ実践のときだ。ジャックが少し力を入れてきたので、ふいにタンポンのひもが肌にこすれるのを感じた。しまった、タンポンだ。わたしは位置を変えて、そっとジャックの手をそこからずらした。

ジャックが体を離し、きまり悪そうに笑った。「ごめん。パブでやることじゃなかったね」

「ちょっとね。ここから出たほうがいいかも」まさに魔性の女だ。やり手の世慣れた女。『セックス・アンド・ザ・シティ』だったらサマンサだ、シャーロットじゃなくて。

「出よう」ジャックがささやいたので、その息がまた肌にかかって、ヴァギナの勃起のせいであそこが濡れてきた。ていうか、生理だからかな。

流血は避けられない《ゼア・ウィル・ビー・ブラッド》

そうよ、ダニエル・デイ＝ルイス、血に染まるのよ。毎月およそ五日間はね。でもそれは、あなたの大ヒット映画で描かれていたものとはかなりちがうけど。

生理中のセックスの話をしよう。ここからはＥＭが書く。ＥＫは生理中のセックスどころか、まだどんなセックスの経験もないから。ただ、ＥＫは理論上はそれに大賛成だ。

わたしＥＭは生理中だからといってセックスを拒絶されたネガティブな経験を何度もしている。ひどい話だ。

それに、そういうやつらは何も知らない。

生理中は、たいていいつもよりいやらしい気分になる。母なる自然がそうさせているのだ。わたしを拒絶したろくでなしどもとちがって、子宮が内貼りを修繕しているあいだにヤリなさいと言ってくれているのだ。それに血があるから潤滑ゼリーもいらない。

セックスがよくなるってことだ。

わたしがつきあってきた男の多くは、女の子が生理中だと血がほとばしり出ていると思っているようだ。よく聞きなさい、男たち。そんなことはない。紅海を分けたモーゼじゃないんだから。わたしの紅海はもっとちょっとずつ滴るのだから。

生理中にわたしとセックスしても、血まみれにはならない。最初のころか最後のころなら特にそうだ。たいていは出血が少ないから。コンドームにはちょっと血がつくかもしれないけど、それ以外は気がつくこともないだろう。

口でしたくないのなら、それはいい。血の流れる聖杯に誰も近づけたくない日もあるから。でも、生理中にセックスしようと言っても、鼻にしわを寄せていやな顔で断らないでほしい。ものすごく自然なことなんだから。

経験したことがないくらいの最高のセックスでもある。

21

バスに乗って、イースト・ダルウィッチにあるジャックのフラットに行き、ジャックのあとから階段をのぼるあいだ、心臓がバクバクいっていた。板張りの床、広いリビング、比較的片づいたキッチンを抜けて、ジャックの部屋に入った。シングルベッドを見て、よく眠れそうにないとまずがっかりしたけど、アドレナリンがあふれすぎていてそれも気にならなかった。

ジャックが腕をまわしてきて、またキスされた。ベッドに腰をおろして服を脱ぎ、ふたりとも下着だけになった。前回と同じ黒のブラとパンティーだということに気がつかないといいけど。もちろん洗いたてだ。頭のなかにもうちょっと男好きのする下着を買うこと、とメモする。これ以外に持ってるのはカラフルな柄の入ったやつばかりだから。

ジャックがわたしの体じゅうをまさぐっている。今回は胸をもまれることにも心構えができていた。痛いのさえセクシーな気がして、一瞬自分にMの気《け》があるのかもと思った。何回かセックスしたら、SMを試すことを提案してみよう。だけど、ムチはいや。あれはすごく痛そうだから。

「すごく欲しい」ジャックが耳もとでささやいた。すごい。みだらなセリフってやつだ。でも、そう言われてもどうしていいかわからない。なにしろヴァージンだから。「わたしも？」ぎこちなくそう言ってから、いちゃついてるときや、セックスの最中にしゃべるなんて自分には無理だとわかった。

ジャックはわかってくれたようで、黙ったままキスを続けた。両手を後ろにまわして、ブラのホックをはずそうと苦労しているのがわかった。まえみたいに自分ではずそうかと思ったけど、『コスモポリタン』の黄金ルールを思いだした。男に男らしさを感じさせてあげなければならない。手助けして、去勢するような真似をしてはいけない。数分間そのまま放っておいたら、ようやく勝ち誇ったようにホックがはずれ、ジャックが腕を引っこめた。

ジャックはわたしの深い谷間に顔をうずめ、乳首をなめて吸いはじめた。小さく息をのんで、セクシーな声に聞こえますようにと思った。ジャックの吸うテクニックに注意して、あとで彼の性感帯にも使ってみよう。一瞬ジャックが完全に動きをとめたので、わたしの谷間で窒息したんじゃないかとパニックになりかけたけど、すぐに全力で子犬のようにそこらじゅうをなめはじめた。

ジャックの手がパンティーのほうに向かったので、わたしは思わずその手をとった。ジャックが動きをとめて見あげてきた。

「どうしたの？」眉を寄せている。

「ううん、なんでもない」神経質に笑う。「ただ、そこはだめなの」

「え……なんで？　そうしてほしかったんじゃなかったっけ？」

「ああ！　そうじゃないの。ただその……」なんで〝生理〟って言葉が言えないんだろう？　普段はしょっちゅう口にしてるのに、ちゃんと言わなきゃいけないときになると、頭がブリッ子になってしまって、言うことを聞いてくれない。

　ジャックが問いかけるように見つめている。

「えっと、その、ヴィーナスが来てるの」とうとうそう言った。ジャックがぽかんとしてるので、心のなかで自分にバカな真似はやめなさいと叫んでいた。ヴィーナスが来てる？　どこからそんなセリフが出てきたの？　「つまり、女の子の日なの」冗談めかして上品ぶった声で言ってから、ちゃんと口に出して言えない自分がいやになっていた。

　わかったという表情にほっとした気持ちが交じったものが、ジャックの顔に表れた。「そうか。それなら、ほかのことをしよう……」ジャックはにやりと笑って、またかがんでキスしてきた。

　キスしているうちに、まさに文字どおり思いきったことができる準備ができたと確信した。ほろ酔い状態でずっとキスしてたから、酸素が足りなくなってきたので、それを利用して、ジャックのボクサーパンツをおろした。ジャックがびっくりしていたので、もうちょっとゆっくりセクシーにやるべきだったことに気がついた。でも、ギャビーが言ってたみたいにまっすぐ彼の目を見て、すごく熱いアイ・コンタクトをとると、腿にあたるペニスが文字どおり膨張するのが感じられた。そのまわりに手をすべらせ、ゆっくりと上下に動かした。

　よし、うまくいった。ペースは心配しなくていい。これからおりていって口で調整するから。自分の下手くそな手の動きを過剰なキスでごまかしながら、下へおりていく自信がついてきた。

ジャックはベッドにすわっていて、わたしは半分ジャックの上にすわり、半分はもたれかかるような格好だったが、立ちあがって、床に膝をついた。ゆっくりとジャックの膝を開き、股間に向かって頭を動かしていった。ジャックの陰毛はブリトニーのビデオの先生みたいに剃られていた。

ジャックは両肘をついて、明らかに居心地よくしてるけど、わたしはそのあいだ冷たい木の床で膝にあざができるのを無視しようとしていた。ペニスを観察する。ピンクで長くて硬かった。普通の長さと太さに思えた。頭を傾けて横から見てみて、ジェズみたいなペニスではないことがはっきりした。ほっ。それに小さくもない。よかった。

大きく息を吸って、フェラチオの女王ギャビーに、やりとおせるよう導いてくださいと祈った。ゆっくりと息を吐いて、はじめる。先端を口に入れた。ジャックが歓喜のうめきをあげる。その声に予期せぬ自信がわき、先端に舌をからめた。そのあいだも歯がどこにも触れないように注意していた。ジャックが歓びの悲鳴でもあげそうな勢いだったので、いろいろなことをしなければならないというギャビーのアドバイスを思いだして、もう少し時間をかけることにした。唇で歯をおおい、ちょっと痛いくらいに口を広げて、もっと深くくわえこんだ。根もとまで、ディープスロートと呼ばれるところまでいったけど、おえっとはならなかった。すごく自然だった。上下に、できるだけゆっくりリズミカルに動かした。それと同時に吸った。スピードをあげていくと、おえっとならずにはいられないことに気づいた。

ちょっとスピードをゆるめ、根もとまでいかずに、そこを手で支えた。口が下に向かうたびに、ジャックの青白い毛のない股間ではなく、自分の手が見えるのが心地よかった。ジャックは本当に快楽のあえぎをもらしていた。手を下にのばし、睾丸に触れた。その感触はいままでさわったことのないものだった。しわが多くて、毛がまばらにはえている。

上下運動を続け、ときどき舌を使った。ジャックの呼吸が速くなってくると、あのポルノ・ビデオみたいに両手で頭を押さえつけられ、さらにスピードをあげさせられた。

フェミニストの怒りを感じてどなりつけたかったし、少なくとも楽しみたくはなかったけど、あろうことか、それが気にいった。ジャックはわたしの手助けをしてくれていたし、どうしてほしいのかを伝えていた。わたしを導いて、頭をどんどん速く動かし、やがて彼の体全体が緊張して……イッた。わたしの口のなかで。べたべたしたなまぬるい液体。

すぐに、自分が飲みこむタイプじゃないことがわかった。

吐きだすティッシュがないか、あたりに手をのばしたけど、見つかったのは自分のワンピースだけだった。ジャックはこっちをほとんど見もせず、自分の快楽にひたっているようなので、しかたなくしゃがんで自分の服の上に吐きだした。その液体がすてきな花柄のドレスにくっついているのを見るのは悲しかったけど、少なくとも裏返しになっていたので、しみだらけで家に帰るはめにはならないとわかってほっとした。

「いまのは……すごかったよ」ベッドに寝ころびながらジャックが言ったので、わたしは純粋な、混じりけのない歓喜とプライドで顔が赤くなった。わたしはフェラチオがうまいんだ。ざまあみろ、ジェームズ・マーテル。わたしはうまいんだぞ。才能とスキルがあって、そうだ、恐怖に打ち勝ったんだ！　わたしは女のなかの女、チャカ・カーンだ。陶酔《とうすい》状態だった。

「喜んでくれてよかった」色っぽくそう言って、隣に寝た。次にどうなるのかわからなかった。いままでフェラチオで成功したことがないから。ジャックが数分間いまのがどれほどすばらしかったかを語ってくれるのを期待した。そうしたら、口のなかの変な感じと悲しいワンピースのことを忘れられる。でもジャックはわたしのほうを向いてキスしてきた。しょっぱい味が相手の口に移動すると考えて、キスの途中でくすくす笑ってしまった。

「どうしたの？」

「ううん、なんでもない」すぐにそう言って、さらに激しくキスをした。おっぱいを押しつける。まちがいないはずの動きは思ったほどの効果をあげず、ジャックが動きをとめてあくびした。

「ああ、もうくたくただよ」そう言うと、あっという間に目を閉じて寝てしまった。

わたしは黙って横になっていた。水が欲しかったけど、汚れた服を着る気にもなれなかったし、ルームメイトに会う危険もおかしたくなかった。目を閉じて眠ろうとしたけど、眠れずにその夜のことをずっと思いかえしていた。バカみたいにひとりでにやにやして、ようやくちゃんとしたフェラチオができ、同時に相手をイカせることができたという思いで、幸福な解放感にひたっていた。失敗じゃなかった。わたしは正常だ。

EKによる「ゼア・ウィル・ビー・ブラッド」の追記

生理中のセックスを気にしないすべての女子、それとヴァージンで、ただでさえデリケートな状況にさらなる血を加えたくないと思っている人は、あそこが出血していることを男に言うのをためらわないでほしい。「生理中なの」と言うのはとても普通のことだ。恥ずかしがって、女の子の日だとか、アレだとか、わけのわからない「ヴィーナスが来てる」なんてことを言っても、相手を混乱させるだけ。そう、わたしは自分の個人的な最近の経験を話している。

22

朝、タンポンを抜かないと、毒素性ショック症候群で人生の盛りに死んでしまうかもしれないことがわかっていた。しかも、バッグには替えのタンポンが入っていない。

便座にすわって、どうすべきか考えていた。ジャックのトレーナーを着ていて、普通なら、脚をむきだしにしたセクシーなロマコメのヒロイン気分になれるチャンスに飛びついただろうけど、それどころじゃなかった。バスルームのキャビネットを全部あけてみた。ジャックに女性のルームメイトがいるのを知っていたからだ。彼女は生理用品をひとつもそのへんにはおいていなかった。

ドアにノックの音がしたので凍りついた。「あの、誰?」わたしはきいた。

「キャットだけど。仕事に行かなきゃならないのよ。まだかかる?」イライラした女の声だった。

どうしよう。まさにそのルームメイトだ。長くかかっていると言われたことでわきあがってきたちょっとしたイラつきをおさえて、トイレを流し、かろうじて下着を隠しているトレーナーをのばして、ドアをあけた。黒髪のショートヘアで、とがった鼻をした女が、怒った顔をしていた。

「どうも……ごめんなさい。わたし……ジャックの友だちなんだけど、もしかしてタンポンか何か持ってないですか？」

相手は見せかけの同情を浮かべ、頭を傾けた。「ごめん、持ってないわ。ムーンカップを使ってるから」そう言うと、わたしの横を通り抜けてバスルームに入っていった。

わたしは黙ってそこに立っていた。ムーンカップを使ってる？　ムーンカップっていったい何？　それに、もうバスルームに入っちゃったから、トイレットペーパーを下着に突っこむ暇もなかった。ゆっくり二階に戻り、ドアをあけると、ジャックが起きていた。

「どうしたの？」あくびしながら言う。

「ムーンカップって何？」

ジャックがゆっくりまばたきして起きあがった。「なんの話？」

「まさにそうよ！」そう言って、ジャックの隣にすわり、あまりにも困惑していたので、相手の前で生理の話を隠すこともできなかった。「あなたのルームメイトのキャットにタンポンを持ってるかってきいたら、〝ムーンカップを使ってる〟って言われたの」

「なんだそれ？」

ジャックはどうも朝はぼんやりしている。「それが知りたいのに」ジャックが携帯に手をのばした。

「何してるの？」

「知らなければよかったと思わなければいいけど」そう言って、携帯をタップした。「検索してるんだ」

「ああ、そうね」ジャックにもっと体を近づけて、その肩越しに携帯を見た。これってすごーくカレシ／カノジョっぽい。またにんまりして、検索結果が出るのを待った。やがてふたりともえ〜という声を出して、ウィキペディアの画面を見た。ムーンカップとは、再利用できるプラスチックのボウルみたいなもので、ヴァギナに突っこんで血を集め、あとで洗い流すものだった。環境にはいい。

「何これ。気持ち悪い」わたしは甲高く叫んだ。

「うわ〜」ジャックがゆっくり言った。首を横に振っている。「ひどいな」それからわたしを見あげて、抱き寄せた。「きみがこれを使ってなくてよかったよ」そう言ってキスし、腕をまわしてきた。わたしはうれしさで笑みを浮かべ、その腕のなかに沈みこんだ。

バスの座席にすわり、下着にトイレットペーパーを突っこんだ状態で、居心地悪く脚の位置を動かしていた。トッテナム・コート・ロードに戻る179番のバスは渋滞に巻きこまれていた。カムデンからは百万マイルも離れている。それに過去のわたしからも。もちろん、まだヴァージンだけど、とうとう、まばたきひとつせずにフェラができる女になれた。まちがいなく自分のカレシになるだろう相手にフェラギフトを与えてきたところだ。

ジャックがデートに誘ってくれたことを考えるだけで、トイレットペーパーのことや乾燥したあれのせいで背中がかゆくなっていることも忘れられた。ｉＰｏｄを聴きながら、さっき買ったばかりのガムを噛んでいた。ララにこのいい知らせをメールしたかったけど、その選択肢はまだなかったので、代わりにポールにメールすることにした。なんといっても、フェラ学習のパートナーなんだから。

メールを送った。

ある人に彼の人生最高のギフトを送ったところ。いまは内側にその人の歓喜のしるしが乾燥してついているワンピースを着てるの。

ポールからすぐさまこう書いた返事が来た。

おめでとう！　ぼくも今夜デートだから、同じことができるかも。すぐに詳しく教えて。

にっこりして同じメールをエマにも送った。バスを乗り換えるときに返事がきた。

やったー！　そっちに行ってエロ話を詳しく聞いていい？　試験勉強に行きづまってるから。

いいよ。いまカムデンに向かってるところだから、きょうは勉強も卒論もできそうにない。お菓子持ってきて。

目を閉じてバスの窓にもたれた。ジャックは今朝すごくやさしかった。レトロ感を出したエスプレッソマシンでコーヒーをいれてくれて、ずっとキスしていた。ジャックの歯ブラシで歯を磨いて、キャットが仕事に行ってからトイレットペーパーを下着に突っこんで、それから一時間、キッチンでいっしょにおしゃべりした。わたしがムーンカップの話をしたことを変に思われなかったことがうれしかった。わたしたちはすごくお似合いだし、もう次の週の予定も立てた。そのころにはヴィーナスも去ってるだろうから、わたしたちの関係を完全なものにすることができる。期待で眠たげにほほえんで、その後のバスの移動のあいだ、まだジャックの腕のなかにいると想像しながらすごした。

エマが自分の脚にキルトをかけながら肘でつついてきた。「ちょっとそっちに寄って」と言われたので、しかたなくベッドの上で転がり、エマの場所をあけた。あくびをする。こんなに怠惰《たいだ》な午後がすごせたのがうれしかった。すでにエマが持ってきたチョコレートのミニバイツとロッキーロードを半分くらい食べてしまっている。

「これすごくおいしいね」口いっぱいにしてもごもごと「ありがと——」と言ったところで、口のなかからチョコが吹きだしてしまって、エマにあきれてたたかれた。

「エリーったら、もう汚いな！　でも、ほんと、おいしいよね。いますごくチョコが必要でさ。くったくたなの」

「それって、ウェイターくんとのデートがうまくいったってこと？」眉をあげた。エマは赤くなって、本当に黙ってしまった。びっくりした。「嘘でしょ、エマ。本気で好きになったの？」

「うーん、そうかも。だって、すごく楽しいんだよ。それに、アッチがすごいの――だけど、本当にいい人でもあるのよ」

「すごいじゃない、エマ。すごくうれしいよ！」大きな声を出して、また口からチョコのかたまりを飛ばしてしまった。「うわ、ごめん」エマのセーターからチョコを払った。

エマはあきれた顔をして、プラスチックの容器からふたつミニバイツをとった。「本当にちゃんとした人なんだ。まあ、メールくれるまでにしばらくかかったけど、それってほかの女の子との関係を終わらせてたからなの。浮気はしたくなかったし、わたしといいかげんにつきあいたくもなかったんだって」

わたしは、自分にもそんなことがしょっちゅうあるかのように、わけ知り顔でうなずいた。エマが話を続ける。「それって、あの人がちょっと年上だからだと思う。三十歳なんだ。名前はセルジオっていうんだけど、バーで働きながらクリエイティブ・ライティングの修士号をとろうとしてるの。もともとはスペイン出身で、こっちに来て六年くらいになるんだって。もう何回か会ってるの。それにすごく筋肉質で、百八十センチちょっとあるよ。わたしが背の高い人が好きなの、知ってるでしょ」

「わたしもだよ」ものうげにそう言って、ジャックが百七十八センチよりもうちょっと背が高ければどんな感じだろうと想像した。「それで、デートでは何したの？」

「ブルームズベリーにあるバーに行って、いっしょに酔っぱらって、何杯かおごってくれた。そんなことしなくてもよかったんだけどね。でも」いつものいたずらっぽい笑みを浮かべて続けた。「本当に楽しかったのは、彼のブリクストンのフラットに行ってから」

　わたしはベッドに寝ころんで、チョコの箱をわきに押しやった。「わかった。本物の話を聞く準備はできたよ」そう言って、キルトにもぐりこんで、あくびをした。「寝るまえのお話《ベッドタイム・ストーリー》をして」

「まさに〝ベッドタイム〟のお話だよ。ほとんどの時間をベッドの上か、そのまわりですごしたから……」

　わたしは声をあげて笑った。「それを聞いて驚くと思った？　最初から話して。細かいところまで全部だよ」

「もう。注文が多いなあ」そこでさらにチョコレートを口につめこんだ。「ふたりで彼のフラットに、キスしまくりながら入ったの。それからベッドルームに行ったんだけど、そこがすごくすてきだったの。ものすごく大きなベッドで、気持ちのいい枕があって、部屋とバスルームを仕切る変なガラスの壁があるの。南米の男の人といっしょに住んでて、その人もすごくいい人なんだ」わたしがまたあくびをするのが聞こえたのだろう。こう言った。「エリー、自分から頼んだんだよ。細かいことまで全部聞きたいんでしょ。さっきは三十分間ジャックのペニスの話を聞いてあげたじゃない」

「だけど、彼のフラットのインテリア・デザインの話なんかしなかったよ」

エマがあきれた顔をした。「ともかく、ふたりでくっついてしばらくベッドの上にすわってから、ワンピースを頭から脱がされて、本当のお楽しみがはじまったの。信じられないくらいすてきだった。彼の体って、最後に会ったスペイン人ほど完璧じゃなかったけど、ペニスが巨大で、しかも、その使いかたを知ってるの」

わたしは目を大きく見開いて、エマの言葉をすべて吸収した。絶対にあたる宝くじの番号を教えてもらっているみたいに、その話に釘づけになっていた。

「ちょっと陶酔状態だったから、ぼーっとしてたけど、覚えているのは、ガラスの壁に押しつけられて、想像できるあらゆる角度からヤッたってこと。ものすごく長く続くから、信じられないくらいだったけど、ただ……ひとつだけ問題があって、いますごく痛いの……」

「何、セックスのせいで?」バカみたいにきいてしまった。

「うん、すごく大きくて、ヴァギナが痛くて、そんなことといままでなかった。また処女を失ったみたいな感じだった。あのときはすごく痛かったからね。あんな巨根の人には慣れてなかったから、ときどきもうちょっとやさしくしてって言わなきゃならなかった。やさしいのが好きなタイプじゃないのに」

もうジャックに処女を捧げていたら、同情できるし、少なくともちょっとしたアイデアだとか、こういう話にコメントができるのにと思った。「でも、慣れるんじゃないの?　そしたら、痛くなくなるんじゃない？」

エマはため息をついた。「うん、そうだね。ちょっと恥ずかしいよ。もうちょっとゆっくりしてって言わないといけないのって。特にベッドですごい人だからね。もちろん、もっと慣れていくと思うけど……」

「きっと、向こうも慣れるよ。大きすぎるって思われていやがる人なんていないと思うよ。それって究極の不満じゃない？　それに、エマのヴァギナが彼のものがなかにあるのに慣れるまで、どれだけでも時間をかけてセックスできるんだし。それって理想的だと思うよ」

エマが笑った。「まあ、この状況ではかなり楽天的な話だけど、たしかにそうだね」エマが赤面した。「実を言うと、今夜もまた会うから、それで練習できると思う」

嫉妬を感じたけど、自分にはジャックがいることを思いだした。これこそシングルの女でいるっていうことだ。デートして、それを女友だちに話す。エマがセルジオとつきあったからって、その関係が終わるわけじゃない。

「エマ、やったね！　すごいじゃない。だけど、マジな話、ちゃんとつきあうつもりなの？」とからかった。

「やめてよ。もちろんそんなわけないよ。すてきな人だけど、まだそんな話には早すぎる。それに、シングルでいるのはすごく楽しいから、いまやめたいなんて思わない」

23

エマがセルジオに会うために帰ってからも、まだベッドの同じ位置に横になっていた。チョコレートを豆をのせたトーストに替えて、隣にその空の皿をおいたまま、パソコンでテレビを観ている。『ゴシップ・ガール』の特別退屈なエピソードを観ているときに、エマの話がよみがえってきた。〝V〟の字を返上するために経験しなくてはいけないはずの痛みについて考えると、ちょっとパニックになってしまった。ジャックとはそうなる可能性がかなり高いので、これから訪れる痛みを受けいれる準備をしなくてはならない。

頭のなかにまたリストをつくってみた。

❶ジャックはもうわたしがヴァージンだと知っている。気をつかって、全力でなかに入ってくることはないだろうから、これはいいことだ。
❷ほとんどの人が処女を失っている。てことは、そんなに痛くないってことでしょ？
❸血のこと。シーツじゅうに出血したらどうしよう。すごく恥ずかしい。そんなことになったら生きていけない。

❹乗馬だ！　乗馬でも処女膜は破れる。もし乗馬をすれば、処女膜が破れて、セックスがそんなに痛くなくなり、そこらじゅうに出血することもないはず。そういうことを飛ばしてすぐに楽しい部分に進める。

❺ロンドンの中心でどうやって乗馬をはじめたらいいんだろう？

❻処女膜を破るには乗馬じゃなくたっていいかも。自分でやってみるとか？　自分で挿入すれば……。

❼ちっちゃなブレットの代わりにディルドを買うべきだった。それかエッチなウサギを。プラスチックに処女を捧げなければならないことがはっきりした。やるならいましかない。

断固とした決意のもと、わたしはバスルームに行って、バスタブにお湯を張った。あたたかく、横たわった状態でしなければならない。生理中ということを考えると、シーツの上じゃなくで水中でやるほうがいいはずだ。それにいまやらないと、ずっとそのことばかり考えるはめになる。本物のディルドの代わりになるものをなんでも使ってみる。ジャックとセックスをするまで、一週間ずっと続ける。そうしたら、本番までには、わたしの穴は完璧なサイズになってるはず。

お湯をためているあいだに、ベッドルームを見わたして自己挿入にふさわしいものを探した。考えたけど除外したのはヘアブラシ（太すぎる）とマスカラ（あまりにも細すぎる）。冷蔵庫のなかのズッキーニが一瞬頭に浮かんだけど、野菜を自分のなかに突っこむという考えにぞっとしてしまった。

バスルームに入って洗面用具を全部見わたした。シャンプーとかボトルのたぐいは全部大きすぎる。キャビネットの奥に手を突っこんでみたら、やったー、十八歳の誕生日におばからもらったバスグッズのセットが出てきた。このチャンプニーズのセットのことはすっかり忘れていたけど、四本のピンクと白のボトルで、ボディローションとシャワー・ジェルのコンパクトなセットだ。どのボトルも十二、三センチで、太さが妙にジャックのペニスと同じサイズだった。大あたりだ。

勝ち誇ったようにバブルバスのボトルを選んで、服を脱いで、ゆっくりとバスタブに入った。最初にちょっとバブルバスの中身も入れた。三年前のものだという事実は無視して。緊張してひとりで笑った。ボトルを見るとちょっと怖かった。だって、スーパーサイズのタンポンの三倍も太いから。深呼吸してお湯のなかにボトルを入れる。ゆっくりと自分のなかに入れようとしたけど、入らない。もっときつく入れて、痛みに叫んだ。

ああもう。どうしよう。興奮しなくちゃ。そうすれば濡れて、弁の部分がリラックスして開いてくれるだろう。指を下に持っていき、クリットをいじりはじめた。目を閉じて、ジャックにフェラしている自分を思い浮かべ、それがどんなによくて興奮したかを思いだしていた。指の動きを速くしてみた。するとふとひらめいた。指を数本ヴァギナに入れて、ちょっと開いてみようとした。ボトルを使うまえに自分の指でやってみるのだ。

指を一本なかに入れて、ゆっくりとすべらせていった。なかの感じは体のほかの部分とは全然ちがう感触だった。ごつごつしてると言ってもいいくらいで、でも、あたたかくて濡れていた。うわ、たぶん生理の血だ。そのキモいイメージを無視してさらに進んだ。指を抜いて、次は二本同時に入れてみた。今度はちょっときつかった。指を動かして、穴をちょっと広げようとした。それから指を抜いて、三本めを足した。体の位置を少し変え、別の手で額の汗をぬぐう。大変な仕事だ。

三本の指はくっついてしまって、二本のときみたいには先に進めないけど、ちょっとだけ押して、バスタブのなかの人魚みたいに身もだえた。それからうっかりちょっときつく突いてしまったので、悲鳴をあげた。痛みがものすごかったので、こう思った。これなの？　とうとう処女膜を破っちゃったの？

はっきりさせたくて、チャンプニーズのボトルをつかんだ。ゆっくりと息をして、リラックスして集中しようとした。しばらくすると、鼓動が落ちついてきて、クリットで動いている指の助けもあって、ヴァギナがちょっとだけ開いた気がしてきた。驚いたことに、ボトルが入った。全部は入らなかったけど、ちょっとだけ。それを小刻みに動かして、穴を広げ、ペニスが入ってきてもちゃんと立ち向かえるようにしようとした。ちょっと痛くなってきたので、きょうはここまでにしておくことにした。ジャックに会うまで一日に一回やって、内なる蓮の花を開いて、最終的な処女喪失に備えよう。

バスタブから出て、大きなふわふわのバスタオルにくるまり、部屋によたよたと戻った。あそこがまだちょっと痛かったので、気をつけて歩いた。ぶかぶかのバラク・オバマのTシャツを着て、整理ダンスまで行った。そこには下着が全部しまってある。しゃがんでいちばん下の引きだしをあけた。

びっくりした。それに怖かった。しゃがんだときに、**ヴァギナから水が勢いよく床の上にこぼれたのだ**。その濡れたしみを見ていたら、あっという間に足の下のグリーンのふわふわのラグに広がっていった。血じゃなかった。百パーセント水だ。

悲鳴をあげた。

どれくらいそこにしゃがみこんでいたのかわからない。濡れたしみの上で怖くて凍りついていた。破水したような気分だった。現代の聖母マリアだ。挿入なしに妊娠した。

息子イエスの父親がチャンプニーズのボトルだったら、スパの料金はただになる？

壁にもたれて、頭をすっきりさせた。どうして水がヴァギナから出てきたのかわからない。それから、ふと思いついた。

お風呂のお湯だ。ヴァギナを開いていたから、お湯が開いた処女膜のなかに入りこんでいたんだ。精子が泳いで入りこむのと同じだ。そのあとボトルを抜いたから、処女膜がまた閉じてしまって、水をなかに閉じこめたのだ。しゃがんだときに、水がその機会をとらえて流れだしてきたってわけか。ようやく女性の麻薬密輸人が飛行機に麻薬を持ちこむ方法がわかった。

チャールズ・ディケンズが、社会が紳士に課す大きな期待について書いたときには、一世紀後の紳士がいなくなった社会で、それが女にとってどういうものかはまったくわかっていなかった。いまでは、セックスをしようとする女は、男のための番組を観ないといけない。ポルノでそれを学ぶために。

その証拠？　この数年間で男たちがわたしたちや友人に期待していたことをリストにしておいた。

（注意：ちょっと彼らの言葉を変えてあります）

❶陰毛はなし。ゼロだ。というより、首から下にはまったく毛がない状態を望んでいる。「でも、乳首のまわりにはえてる産毛はどうなの？」と思う？　なくすこと。どうやるのかは知らないけど、それが男の望み。

❷やたらと音をたてること。あえぎ声が理想的で、そっと相手の名前を叫ぶのはまちがいなくプラスらしい。

❸ワイルドなセックス。自分が支配する側とされる側のどっちになるかによるけど、相手の上に乗って投げ縄を振りまわすか、後ろからやってとお願いするかのどっちかだ。

❹いやらしい言葉。相手にすごく大きいとか、こんなの見たことないとか、そんなようなことを言うこと。

❺コンドームはなし。すぐにピルをのむこと。性感染症？　それくらいのリスクは覚悟しな

いと。
❻たっぷりフェラチオをして、それを楽しんでいるように見せること。
❼心のこもった、やさしい言葉を期待しないこと。やってるのはファックで、メイク・ラブじゃない。

24

その夜ジャックがメールしてきた。きのうの夜はすごく楽しかった、次の日曜に会いたいと書いてあった。いまからぴったり六日後だ。生理が終わるにはじゅうぶん時間がある。ジャックもそれを計算したんだろうか。

朝まで待って返事した。なかなか連絡がとれない女のふりをしてたから。どんな本にもそうするように書いてある。『セックス・アンド・ザ・シティ』だってそういう話ばかりしてるし、この時点ではジャックとのことをだいなしにしたくなかった。処女喪失がここまで近づいてきているからには、すべてのルールに従いたかった。ようやく気楽な感じで、喜んで日曜日に会うという返事を出した。キーツの頌歌《オード》ってわけじゃないけど、完成させるのに二十分かかって、句読点を三つ直した。

明らかに連絡がとれない女演技が功を奏したようで、すぐに返事が来て、待ちきれないと言い、わたしに——よく聞いて！——質問してきた。それもひとつじゃなくてふたつも。基本的にはメールの返事が待ち遠しかったということを言っていた。二回も。

歓喜にひたってから、ちょっとは勉強しないと、大学を退学になってしまうことを思いだした。そんなことになったら、つい最近自分のセクシュアリティを発見した二十四歳の童貞になるよりもひどい。かわいそうなポール。メール送っとかなきゃ。

　ポールはメールの返事をくれただけでなく、電話もしてきた。ロンドンで経済学を学んでいるチェコ人のヴラディとデートをしていて、うまくいっていた。残念ながら、自分のフェラについてはこと細かく教えてくれようとはしなかったけど、でもフェラはやったみたいで、わたしがジャックの股間エリアについて深く語るのは喜んで聞いてくれた。最後に話をさえぎられた。

「エリー、こんなこと言う必要ないのはわかってるけど、だって、きみのお父さんでもお母さんでも親友でもないからね、でも、その、避妊のことは考えてる？」ポールが口ごもりながら言った。

　わたしは電話に向かって金切り声をあげた。「ポール！　もちろんだよ。二十一年も準備してきたのに、妊娠や性病のことを忘れるはずないでしょ」

　ポールはほっとしたような声を出した。「わかった。よかったよ。だって、エリーがフェラギフトのことをしゃべってるのを聞いてると、コンドームをつけたって言ってなかったから……だから、そうすべきだと思ってさ」

　わたしは口を閉じた。フェラチオのときにコンドームなんて誰もつけないでしょ？　だって、それでうつるとしたら口のヘルペスだけだし、ジャックのペニスにはヘルペスなんてなかったし。だから、大丈夫でしょ？　「あの、つけなかったけど」不安げに言った。「でも、ほとんどの人はつけないでしょ?」

「ああ、そうだね。でも、それで大勢の人が性病にかかってるし、そうはなってほしくないからさ」

「そう、心配してくれてありがとう。でも、いまのところ大丈夫。それに、実際にわたしのチェリーに入ってくるときにはちゃんと予防するから」

「わかった、それなら……」

「やだ、ポールもじゃない!」急いでつけくわえた。「もしポールがHIVなんかにかかったら、わたし死んじゃうよ。同情病の人みたいになって、ポールの症状が自分にも出ちゃうよ」

今度はポールが笑う番だった。「わかったよ。ぼくも気をつけるから。ごめん、ぼくらが同じような状況だから、言っとかないといけないと思ってさ」

「ううん、謝らないで! わたしたちがすごい大きな問題を抱えてること、まあ、ヴァージンってことだけど、それが共通してることをうれしく思ってるんだから。そういうことを隠さずに話せるしね」

「ああ、ぼくもだよ。こんな友情が生まれるなんて思ってもみなかったけど、すごくうれしいよ。はじまったのは、ずいぶん妙な状況だったけどね……」

「あれはなかったことにしたじゃない。それより、わたしたちがデートしてるってうちの母が思いこんでるって言ったっけ?」

「ああ、そのことなんだけど……」ポールがおずおずと言った。

「ポール、何かした？」

「金曜日にエリーと会ったって母に言ったら、すごく喜んじゃって……全部否定したんだ、ほんとだよ。でも、信じてくれなかったから、ぼくのせいだよ」

ため息をついた。「いいよ。少なくとも母はやさしくなったしね。でも、ご両親にゲイだって知られたときのことを考えると、微妙だね」

「そんなことがあればの話だけどね」ポールはため息をつきながら言った。「ともかく、話せてよかったよ、エリー。もう出かけるけど、また話そう。ジャックとうまくいくといいね」

「ありがと。ポールとヴラディもね！」

電話を切って、勉強に戻った。午後は図書館でエマと会うことになっている。夜はずっとちゃんと勉強して、夕食をいっしょにとる予定だけど、卒論はあまりうまくいってない。それに、もっと緊急に考えなければならないことがある。もちろん、避妊のことは考えていた。本物の破水を近々経験したくはないし、大事なヴァギナのまわりに淋病のぶつぶつなんてありえない。ずっとピルでいこうと思っていたけど、それだとE・バウアーズ医師のもとに戻るはめになるかもしれない。そんなの考えただけで身震いする。

ピルはもうちょっとあとにしよう。それってもっとカレシ・タイプの避妊だし、ジャックとはそういう関係への階段をちょっとずつのぼっているとはいえ、まだそこまではいってない。コンドームでじゅうぶんだろう。それに、コンドームを使うということにちょっと興奮していた。中学で何年もプラスチックのペニスを使ってコンドームのかぶせかたを学んできたのに、その技術を実践で試すチャンスがなかったからだ。それは自分が通らなければならない通過儀礼のように思えたし、財布のなかにスペアのコンドームを入れているようなセクシーな遊び人の女になれるかも。ガワー・ストリート医院に行ったあとに立てた誓いをまっとうしなければならない。本物のペニスにコンドームを使って、それが実際にわたしのなかに入ってきたら、もうけっしてけっして二度とヴァージンには戻らないのだ。

それから、自分がフレッシャーズ・ウィークでただでもらったコンドームひとつしか持っていないことに気がついた。しまった。なんで病院でばらまいたときにいくつか拾ってこなかったんだろう？　ひとつだけしかないっていうのは破れてしまったときのことを考えると危険すぎる。それに、一回はじめたら、できるだけ何度もジャックとセックスするつもりだ。ジャックにまかせておくわけにはいかない。もしわたしの部屋でセックスして、ジャックがコンドームを持ってこなかったら？　思いきってドラッグストアに行って、いくつか買っておいたほうがいいだろう。ありがたいことにここはギルフォードじゃないから、知り合いに見られて、母に告げ口される恐れもない。薬屋に入って、安全なセックスをしようとしているどこにでもいる学生のひとりになれれば、誰にも気づかれない。

数時間後、出かける準備はできた。服装はものすごく考えた。さりげない服じゃないといけないけど、あまりにもさりげないと、毎日コンドームを買いにいってるように見えてしまう。〈どこにでもいる女の子〉プラス〈野心にあふれた若い女性〉という感じにしたかった。結局黒いタイツ、黒いスカート、クリーム色の襟つきセーターに決めた。面接に行くみたいだ。

カムデン・ハイ・ストリートを通ってドラッグストアに行き、すぐに目的の通路を見つけた。簡単に見つかった。何列にも並んだ家族計画用品がこちらを見ている。びっくりした。地元のドラッグストアでこんなにいろんな種類の性に関する商品が買えるなんて。こういう潤滑ゼリーって、ソーホーの薄暗い店でしか買えないんじゃなかったの？

コンドーム・コーナーをざっと見ながら、気楽に落ちついた雰囲気をかもしだして、ラベルを読んでいった。フェザーライト……やだ、どういう意味？　快感を高めるリブ入り？　とまどいながら自分の前の通路を見つめ、消去法でいくことにした。色つきコンドームはわたしらしくない。香りつきはちょっと強烈すぎる。リブつきだとペニスをさらに太くすることになるから、快感じゃなくて痛みが大きくなる。結局、いちばん薄いのを買うことにした。それだったら、うまくいけば気がつかないってことだ。

箱に手をのばそうとしたときに、サイズがいろいろあることがわかった。どうしよう。どうやったら正しいサイズがわかるの？　第一、ジャックがどのサイズにあたるのかちっともわからないし、たとえわかったとしても、どれを選んでも相手の気を悪くするんじゃないの？　ジャックはそんなに大きくないのかもしれない。ジェームズ・マーテルのほうが大きかったから。でも、Sサイズを買ったら失礼だ。深く息を吸って、唯一の解決法はMサイズを買うことだと決めた。なんで、ニット帽みたいに〝フリーサイズ〟をつくってくれないのよ？

箱を手にとって値段を見た。九ポンド五十ペンス？　こんなちっちゃい箱ひとつで？　これっていちばん高いコンドームにちがいない。処女を失うために十ポンド近くかかるなんて。これひとつで、〈マークス&スペンサー〉でふたり分のディナーが買えるし、しかもそれにはワイン一本もついてくる。プライベート・ブランドのコンドームがあるかも。興奮を新たにして、また棚を探したが、一ポンド安いものしか見つけられなくてがっかりした。

セックスが高くつくという現実を受けいれ、コンドームをカウンターに持っていった。セットでお得な食べ物があるんだったら、少なくともセットでお得なセックスも考えるべきだ。いろんなコンドームが入ったセットだったら十ポンド払ってもいい。そこに潤滑ゼリーも一本つけてくれたらね。頭のなかに、潤滑ゼリーが実際にはどういうものなのか調べて、必要かどうか確かめること、とメモした。

コンドームをひと箱レジにおくと、レジ係がわたしを上から下までながめた。五十代のインド人の男で、こっちに向かって首を振ったので、わたしは腕を組んで、何か言われるのを待った。

「九ポンド五十ペンスです、マダム」ときついインドなまりで言われた。わあ、わたし、〝マダム〟なんだ。この服が思ったとおりの効果をあげたみたい。

カードを渡し、ここにいる資格のある成功した女になった気がした。暗証番号を入力し、それがララの誕生日なので悲しくなり、会計処理が終わるのを待った。

レジ係がため息をついてこちらを見た。その表情は……うんざりしてる？　なんで、そんなに意地悪されなきゃならないの？　コンドームを買うのは責任ある若者がすべきことなのに。

「何か？」ぴしゃりとそう言って、腰に手をあてた。「問題でもあります？」

「このカードは受けつけできません」

ああ。しまった。きょうは家賃の支払い日で、学生ローンは来週まで入金されないから、口座にはお金が残ってないんだった。顔が赤くなるのと同じスピードで恥ずかしさに襲われた。「ああ、そうね、ごめんなさい」口のなかでぼそぼそ言う。

後ろに列ができていて、みんながじろじろ見ている。コンドームはそこにおいて、また出直すべきだとわかっていたが、日曜日に必要だし、またこんなことを繰りかえす気にはなれなかった。財布をあけて、小銭を探す。

「まだこのコンドームを買われますか?」ためらいがちだが、はっきりした口調できかれる。

「ええと、ちょっと待って、ごめんなさい」できるだけ静かにそう言って、財布のなかから五ポンド紙幣と何枚かの一ポンド硬貨をとりだした。財布には合わせて九ポンド三十ペンスの小銭があったけど、二十ペンス足りない。どうしよう。

「あと二十ペンスあればコンドームが買えますよ、マダム。もう少し安い小さい箱があるかもしれません」

「いいえ、ないんです」食いしばった歯のあいだから答えた。ハンドバッグをあけて、なかをあさって、まだ小銭がないか探った。汗がにじみでてきていた。「やった、あったわ!」勝ち誇ったようにそう言って、一ポンド硬貨をとりだした。ああ、しまった……

「それはユーロですよ」店員にも言われた。

神さま、お願い。勘弁してください。そう祈っているあいだにも後ろの人たちがイライラと靴を鳴らしている。後ろの年配の男の人が前に出てきた。「さあ、これをとってくれ」とレジ係に言って、二十ペンス硬貨を渡している。

振りむいて救世主を見たら、その年金受給者がウィンクしてきたのでうんざりした。「ありがとう」とささやいて、レジ係の手からビニール袋をひっつかんだ。それを受けとって逃げた。カムデン・ハイ・ストリートをずっと走った。このコンドームを使い切ったら、その瞬間からピルにしよう。

25

鏡で自分の姿を見て、陶器の洗面台の端を握った。

「エリー」声に出して言う。「きょうあなたは女になるのよ」

二〇一三年五月十九日、日曜日だ。処女を失い、大人としての人生の次のステージに行く準備はできている。ブリトニー・スピアーズはこう歌っている。「わたしは少女じゃない、まだ女でもない」って。こんなにその歌詞が真実味を帯びたことはなかった。わたしはアフリカの部族の少年で、これからはじめてライオンを殺しにいくところだ。わたしはいつもなりたかったユダヤの少女で、これから十二歳の成人式〈バートミツバー〉をレトロな雰囲気で祝ってもらうところだ。一九九二年もののヴィンテージのヴァージンは歳を重ねて美しくまろやかになり、これからジャックにコルクを抜いてもらおうとしている。

わたしは人生にほんの少し踏みだした。ブラジリアンは奇跡的にもっている。ツイザーマンSと数時間にわたる毛抜き作業の助けも借りたけど。服装は最高傑作だ。ようやく自分を受けいれて、自分じゃない人になる努力をやめた。信頼できる黒のスキニー・ジーンズに新品のヒールのブーツをはいている。シンプルな黒のスエードで、ミセス・コルスタキスの緊急資金から誕生したものだ。セクシーな気分にしてくれる。トップスもシンプルだ。これも黒で、というのは『グリース』のサンディが黒でセクシーだったからだけど、簡単に頭から脱げるから、ふたりで脱がせあうときに引っかかることもない。髪の毛は洗ったばかりで、歩くと後ろでふわふわ跳ねる。唇にはピンクのヴァセリンのリップを塗ったばかりだ。鏡のなかの自分を真剣にはげまさなくても、いい感じなのがわかった。ちゃんとわかっている。

自分に向かってにっこりほほえみ、この数週間でずいぶん遠くまで来たことに気がついた。エリー・コルスタキスはもう鏡のなかの自分を憎んでいない。ようやく十代の怒りを捨てて、女へと花開こうとしてるんだ。

大通りを軽やかに歩く。人生に酔っている。これ以上この夜をよくしてくれるものがあるとしたら、ララとの緊急ガールズ・トークだけだけど、ララはまだ変で、メールをくれないから、わたしにできるのは次のようなことだ。

❶自分の人生を進む。
❷まだつきあってくれる数少ない友人に感謝して……
❸大人としての人生のいちばん大切な夜をジャックとすごす。

ジャックはパブのなかですわってわたしを待っていた。シンプルなダークグレイのジーンズに白のTシャツとネイビーのパーカーを着ている。ほっとして大きく息をつき、そこに欲望が混じった。なかに入っていくと、ジャックの顔がパッと明るくなり、立ちあがってハグしてくれた。「エリー」そう言ってキスする。短いキスだったけど、わたしにとっては洗練さの極みだった。ようやく〝誰かとつきあってる〟女になって、キスであいさつするようになったのだ。それも唇に。人前で。

ほてった状態で席についた。ジャックが注文しておいてくれたワインのグラスを手にとる。最初のデートのときとは大ちがいだ。ジャックもきっとわたしに夢中なんだ。ワインを飲み、ジャックがこの一週間のことを話すのを聞いた。

「きょう会うのがすごく楽しみだった」すり減ったカウチにすわりながらそう言った。「仕事にうんざりしてたんだ。もったいぶったバカばっかりでさ、〝最先端を行け〟だの〝アヴァンギャルド〟だのってことばかり言ってるんだ。でも一日の終わりになると、ほかの会社とちっとも変わらないことがはっきりする」

「あなたみたいに？」冗談だとわかってもらうために、笑いながら言った。

「ハハ、エリー」ふざけてわたしをつついてくる。「ぼくのことをもったいぶってると思うんなら、あいつらを見てみたらいいよ」

「いやよ、そんなの耐えられない」顔をしかめて痛いふりをした。「あなたたちの仲間といっしょにすごすなんて最悪だもん」

「そうだろうね。ぼくといっしょにいるのが大好きだからね。ぼくくらい腹立たしくてチャーミングな人間はいないから」

わたしは爆笑した。「ちょっと《メイト》、それ以上傲慢で勘ちがいした人間になるつもり？」やだ、なんで〝メイト〟なんて呼んじゃったんだろう。友だち扱いしてるみたい。

ジャックは笑った。「みんな勘ちがいしてるだろ、エリー。カミュを読んだことないの？」

「うん、あるけど？」期待をこめて、ジャックに向かって目をしばたたいた。

「エリー、ぼくに向かって目をしばたたいてる？」不思議そうにきかれた。

「やだ、ちがう」甲高い声をあげた。見破られたことが恥ずかしかった。男は目をしばたたかれても、そんなこと言ったりしないものなのに。ほとんど気がつかないはず。わたしのやりかたが悪かったのかも。

「わかったよ」ジャックがにやりとした。「まちがってた。でも、はっきりと色目を使ってたのはまちがいないけどね」

　わたしは唇を噛んで、顔を赤くした。ジャックはにっこり笑い、またキスしてくれた。わたしもキスを返したものの、驚いて、緊張をおさえようとしていた。おかしなくらい興奮していたけど、怖くもあった。このパブでのシーンが早く終わってくれたら、こんなに下手くそな色目を使うのもやめられるし、家に行けば、ジャックはわたしとセックスできるのに。

　心を読まれたみたいだった。「じゃあ、お酒を飲んじゃって、きみの家に行く？」びっくりした。声に出されたらこんなに怪しくなるとは思わなかった。わたしの顔を見て、ジャックがあわててつけくわえた。「言いかたがまちがってたね。実は、きみに見せたいサプライズがあるんだ。しまった、これもまちがいだ。ぼくはぜんぜん変態じゃないって約束するよ。家に行きたいっていうのにはすごくちゃんとした理由があるんだ」ジャックがにっこりした。「それに、すごくちゃんとはしてない理由もあるけど……」

わたしもほほえんだ。「あなたがそんなにロマンチックだったとはね」わたしに何を見せたいっていうんだろう?

ジャックがまた唇にキスしてきた。「ぼくはすごくロマンチックだから、家まで黒塗りタクシーをおごるよ」

わたしはびっくりしたふりをしてジャックを見た。「うそ、家までのタクシー代をおごってくれるの?　言うこと全部に驚かされてる」

お酒を飲んでしまい、大胆にいちゃついてから、ようやくパブを出た。タクシーをつかまえようとしたけど、三十秒で着く場所に住んでると言うと、どの運転手にも拒否された。結局歩いて、ずっと笑いながら家まで戻った。おずおずと彼をなかに入れ、二階にあがった。こんなに心臓がバクバクしたことがあっただろうか。もうちょっとパブにいればよかった。ヴァージンを失うほどには酔ってない。

部屋に着いて、ベッドにすわってから、ジャックにきいた。「それで、わたしへのサプライズって何?」

「時間を無駄にしないんだね」そう言って、ジャックはキャンバス地のバッグをあけると、ワインのボトルをとりだした。「ボジョレーを持ってきたんだ。それと……」

わたしが興味津々で身をのりだすと、ジャックが紙の束をとりだした。とまどって顔をしかめると、それを渡された。「これって、書き損じの紙を持ってきてくれたの？」タイプライターの文字で埋められていた。

「ぼくが書いたものだ」誇らしげだった。「ようやく短篇を書き終えたから、きみの意見が聞きたいんだ。すごく信頼できるし、意見を聞かせてもらうのが待ち遠しいよ」

感動した。「ジャック、やさしいのね。すぐに読むわ」

「あしたまで待ってもいいと思うよ」ジャックがにやりと笑った。「さあ、グラスを持ってきてワインを飲もうよ」

にっこり笑うと、わたしはきれいなマグカップをふたつ持ってきて、それぞれにたっぷりワインをついだ。まだ胃が締めつけられるような気持ちなのが見え見えじゃなければいいけど。処女を喪失する夜になるのだ。大きく息を吸って、運転免許試験に合格したときのことを思いだした。緊張でガチガチだったけど、三回めで合格できたんだから、今回だって大丈夫。ハンドルをまわせば、貫いてもらえる。ジャックが空のマグカップをおいて、またキスしてきた。これだ。五速まで入れて、そのまま突っ走るんだ。

わたしもゆっくりキスした。人生でいちばん大切な夜の一瞬一瞬を楽しみたかった。ジャックがベッドでわたしの上になり、キスしながら体をまさぐってくる。ふたりで起きあがり、同じように体を動かした。わたしの頭からトップスを脱がせたので、こんなにセックスにふさわしい服装を選んだ自分をほめた。ジャックのTシャツを頭から脱がせ、同じことをした。するとブラをはずされたので、それ以上同じ行動ができないことがわかった。

おたがい自分のバックルをはずし、ズボンを引きおろした。わたしは黒のレースのパンティー姿になっている。ジャックが自分のボクサーパンツをおろすと、勃起したペニスが誇らしげなむきだしのピンクの姿を現した。

ジャックが後ろにもたれたので、全裸になったわたしの体を見られているのを感じた。ジャックがわたしの全裸を見るのはこれがはじめてだ。心配になって、セミ・ヒトラーがジャックの凝視に耐えられるのか見おろした。維持しようと努力はしたけど、ちょっとのびてきたのはそのままにしていたから、少し濃く太くなっていて、ラインはヤスミンが処理してくれたときほどまっすぐじゃなくなっていた。ジャックを見あげて、気がついたかどうか確認した。ジャックはセミ・ヒトラーを、代数の問題でも解いているかのように見つめている。

「どうしたの？」絶対知りたくないと思いながら、緊張した声できいた。

「ああ、なんでもない。ただ、きみのヘアがこんな感じだとは思わなくて」

嘘でしょ？

なんでいつもこうなるの？　それに**わたしのセミ・ヒトラーのどこが悪いの？**

「その、何が？」わたしの声は押し殺され、ゆがんでいた。

「なんていうか、きみはナチュラルだっていつも思ってたから。思ってなかったんだ、こんな……ふうにしてるって」ジャックはヴァギナのほうを示した。

信じられない気持ちでジャックを見た。「これ、ブラジリアンっていうの。ていうか、プレイボーイ・ブラジリアン。でもそれが言いたいんじゃない。みんなやってるのよ」

「きみはみんながやってるからって自分もやるような子じゃないと思ってたんだ」

どういうことよ？　結局のところ、ロンドンで唯一ナチュラルなままの女が好きな人と会ってしまったってわけ？　フラストレーションとちょっとした屈辱でため息をつき、わたしの裸体を見て下の毛の状態にコメントを言う必要を感じない男には会えないんだろうかと思った。

わたしの頬が赤くなっているのはもう欲望ではなく恥辱《ちじょく》のせいだということにジャックは気づいていなかった。何もなかったかのように手をヒトラーのまんなかにすべらせてきた。わたしは息をのんで、アンダーヘアのジレンマをすべて忘れた。ジャックは前かがみになって、キスを続けながら、ヴァギナのまわりに指をすべらせている。

ひとりでやったときほどよくはなかったけど、それでもすごく濡れたので、シーツを濡らしてしまうんじゃないかと思った。指でジャックの背中をなで、小さなほくろを探していき、背中の下からお尻に向かってのびている毛の部分は避けた。ジャックの指がわたしの女の領域と親しんでいるあいだ、わたしは手をペニスにのばし、やさしくなではじめた。ジャックが歓喜のうめき声をあげたので、誇りで紅潮した。ものすごくうまくなってる。

ふたりで体を起こしてキスをし、わたしは背中をヘッドボードにつけていた。ジャックがベッドの下のほうに動きはじめた。恐怖で凍りついた。下のほうにいこうとしている。ジャックがわたしの脚を広げ、あそこを開いた。それから頭を、ヴァギナのすぐそばに突っこみ、鼻で何もかもかいでから、なめはじめた。

ストレスのせいで楽しめなかった。わたしがけっして近づけないところまで近づいている。いままで人にされたなかでいちばん親密な行為だ。こんなのいやだ。ジャックがクリトリスのまわりとその上をなめたが、ゆっくりとした舌の動きは、ブレットの速い動きとはくらべものにならなかった。

これじゃ、イケそうにない。神さまお願い、わたしがイクまでそこにいるつもりじゃありませんように。わたしはまだ黙って横になっていた。反応すべき？　声を出すべき？

「うーん」口のなかで言った。なんだいまの？　クレーム・ブリュレをひと口食べたときみたい。

どうしようもない。ジャックの肩を持って引っぱると、困惑したように動きをとめた。「どうしたの？　よくない？」

「ううん、もちろん、いいの！」嘘をついた。「すごかった。ただ……あんまりそこに長くいたくないいんじゃないかと思って……」

「そんなことないさ、女の子をなめるのは大好きなんだ」さりげなくそう言って、わたしの目を見ている。くそ。

「きみをイカせたいんだ。それからきみのなかに入って、なかでイキたい」

息をのんだ。強烈。しっかり予定を立ててるんだ。

「いいわね」結局そう言った。ほほえもうとした。ジャックはにっこり笑ってまた下に戻った。

「ああ、すごい」もう、すごく恥ずかしい。三流女優の気分だ。ブロンドのポルノ女優みたい。オーガズムのふりをしようとしてるヴァージンみたい。

「うーん。ああ、すごくいい」

ジャックはそのはげましに興奮したみたいで、なめるスピードが速くなった。骨をもらった子犬みたいだ。わたしはがっかりして顔をゆがませた。『恋人たちの予感』のなかでメグ・ライアンがオーガズムの真似をするシーンを思いだそうとした。ちゃんとできる。

「ああ、そう、そうよ！　いまのよ、それを続けて」そう言いながら、なんだってこんな状況になってしまったんだろうと考えていた。「ああ、あああ、そう！」声が大きくなっていく。それから声を出すのをやめて、自分でオーガズムに達したときの体の震えと緊張をシミュレーションしてみようとした。大きく息を吐いて、そっとジャックをつま先で押したので、ジャックの体が離れた。

「すごくよかった」わざとらしく吐息をつく。ジャックはわたしに向かってにっこり笑い、おそらくわたしがフェラを成功したときと同じくらい得意げな顔をしていた。

ジャックがかがんでキスしてきた。やだ、うえ〜！　自分の濡れたヴァギナの味がする。吐きたい。身を引いて、ジャックの肩にもたれ、抱きしめながら、そっとつばを吐いて、舌で歯をぬぐった。ジャックがまだキスしてくる。

大きく息を吸って横になった。ジャックがわたしの上になったので、その体で押しつぶされた。それから動きをとめた。「コンドームを見つけなきゃ」ジャックがあえぎながらそう言った。

「ああ、それならひとつ――」そう言いかけたけど、ジャックはもう自分の財布からとりだしていた。そうだよね。ドラッグストアでの屈辱が全部無駄だったわけだ。

ジャックはパッケージをあけ、ペニスにかぶせている。いまこそわたしの性教育を実践に移すチャンスだ。少なくとも、ようやくここまで来た。いよいよだ。

ジャックがその作業を終え、ペニスをヴァギナのそばに持ってきた。わたしに向かってにっこりするとゆっくりとさしいれた。

「うあああ！」金切り声をあげた。なかをレンガでたたかれたみたいな痛さだった。

「ごめん」そう言って、本当に心配そうな顔になった。「もうちょっと開いてみてくれる？」

深呼吸すると、もう一度入れてきたけど、閉じてしまったヴァギナの栓は彼を受けいれるのを拒否した。これじゃうまくいかない。

ジャックは肩をすくめてあきらめた。わたしを引き寄せて、またキスしてくる。こんなのいやだ。なんでこうなるの？　どうしてわたしの体は夢をかなえさせてくれないの？　こんなのずるい。もうちょっとなのに。

もう一回やってみなきゃ。「だめよ、続けて」

「エリー、うまくいかないよ……」

「お願い」そう言ってから、それがまったくセクシーじゃないことに気がついた。「すごく欲しいの」そうささやいて、先生とブリトニーのポルノっぽくしてみた。あのふたりのごくわずかな会話がこんなに役に立つなんて思いもしなかった。

「わかった」ジャックがにっこりして言った。「ぼくの上にすわってみて」

「うん、わかった」そして、自分の体をおずおずと動かした。ようやくジャックの体の両側に膝をついた。それからそっと、彼の助けを借りながら、まだ勃起しているペニスに向かって体をおろしていった。ゆっくりと、彼の先端があたるのを感じた。大きく息を吸って、あらゆる神に祈りながら、おりていった。少しずつ、ミリ単位で、ジャックがなかに入ってきた。痛さに息をのむあいだになかに入ってきて、チャンプニーズのボトルよりも奥に入った。ジャックが歓喜のうめきをあげたので、わたしの顔が明るくなった。

わたしはもうヴァージンじゃない！

それから続けなきゃならないことを思いだした。

もう、何をしなくちゃいけないんだろう？　上下運動とか？　野生のバッファローに乗ったカウガールみたいに？　上下に動いてみたけど、全然リズムに乗れなかった。動くたびに痛みがひどくなってきて、自分の腿にいかに筋肉がないかがわかった。

ジャックが主導権を握った。わたしのなかから抜けないように気をつけながら、体をまわして、わたしが下になり、正常位になった。ジャックはわたしの両脇に手をつき、腕立て伏せをするみたいに、動きはじめた。ちょっと痛かったけど、耐えられないほどではなかった。快感というよりは機械的な感じだったけど、わたしの顔には笑みが大きく広がっていった。ジャックがわたしの目を見て、にっこり笑った。

いつまで続くんだろうと思いはじめた。挿入の瞬間に備えた準備はずっとしてたけど、この部分のことは想像してなかった。頭のなかでは、ペニスがヴァギナに入った瞬間に、紙吹雪が舞って、風船が飛ぶというイメージだった。現実ではそんなことは起こらなかった。ジャックはいまピストン運動をしながら、苦痛とねじれた幸福感のあいだにあるような感じで顔をゆがませている。

ジャックが大きくうめいたので、自分も小さなあえぎ声をあげるべきだと思った。実際にオーガズムに達するときにはわたしはぜんぜん声を出さないけど、沈黙はちゃんとしたクライマックスの場にはふさわしくないだろう。あくびをおさえて、低い官能的な声を出そうとした。ジャックが特に熱をこめて突いてきたので、セクシーな吐息が大きなうめき声になってしまった。咳払いをして、そんな声は出さなかったふりをした。

「大丈夫?」ジャックが荒い息できいた。その声はハスキーで男らしかった。

「う、うん」唇を閉じて、鼻から息を吐き、苦痛をおさえようとした。五ポンドのヨガ・レッスンを受けたときに先生が言っていたことを思いだした。〝苦痛のなかで息をします。長く深い呼吸を、鼻からします〟

「本当? 変な息のしかたになってるよ」

ヨガの先生のバカ。ちょっと笑って見せてから、口呼吸に変えた。ジャックの息づかいと動きが速くなってきたので、期待に唇を噛んだ。ギアをあげて、男の荷物を放とうとしている。

ペニスがいままでよりも強く深く入ってきたので、わたしは衝撃で口をあけて、突然の痛みに息をのんだ。ジャックのスピードが速くなる。またピストン運動になり、どんどん速くなる。わたしの苦しみには気がつかず、数秒後にはジャックの体が震えはじめた。うめき声をあげ、わたしの上に倒れこんだ。百七十八センチの平均的な男の体が、わたしのむきだしのおっぱいの上に落ちてきた。気管がつまり、苦しくなってあえいだ。

ジャックがわたしをきつく抱きしめ、そのままわたしのなかでイき、ゆっくりと呼吸が落ちついていった。そのまま数秒間横になっていた。わたしは息ができず、ジャックは息をとりもどして。

「いまのは……すごかった」ジャックが息をのむ。「すごくきつかったよ」

「そう？　ありがと」ジャックが腕をほどいて、体を離したので、なんとかそう言った。ペニスがわたしから抜けて、弱々しく震えている。小さく、ずんぐりしていて、濡れて濁ったコンドームが使用済みのラップみたいに巻きついていた。その小さなはげ頭の生き物が自然な状態の皮のなかに引っこんでいくのをうっとりと見ていた。

ジャックがコンドームと同時にペニスも引っぱった。わたしはさらに目を大きくして、ペニスがいかに大きな力に耐えられるのかに気がついていた。引っぱられて、またもとに戻る。粘土みたい。

ジャックがわたしの隣でベッドに倒れこみ、コンドームを床に落としたので、それがわたしのやわらかいグリーンのラグに落ちる音が聞こえた。自分が二十一歳の女でベッドの隣に裸の男がいて、床には使用済みのコンドームが落ちていて、ヴァギナが痛いという事実ににんまりしていた。ようやく普通の学生になれた。夢を達成したのだ。

にやにやせずにいられなかった。頭をジャックの裸の胸にあて、顔を胸毛にあてて、汗のにおいをかいだ。うれしくて目を閉じた。セックスのあとでカレシに寄りそっている。完璧な人に完壁なやりかたで処女を捧げたばかりだ。友だちにメールしなくちゃ。

ジャックから体を離し、薄暗い明かりのなかで、床を手さぐりして携帯を捜した。すべすべして硬いものが手にあたったので、それをつかんだ。電源を入れて、すぐにメッセージを打った。


〇・五秒前に〝V〟を返上。これで本物の女、女のなかの女よ！　ああー！！！！！！


ララの名前を入れようとして、まだけんかのまえの状態には戻っていないことに気がついた。胸の痛みと罪悪感と吐きけと悲しみを感じた。親友と分かちあえないのに処女を失っても楽しくない。

「ねえ、そこで何してるの？」ジャックがきいてきた。

その声で現実に引きもどされた。いまはわたしの時間だ。ララのおかしなふるまいにだいなしにされたくない。エマとポールの名前をｔｏボックスに入れたときに、ジャックがわたしの脚を蹴ってきた。

「エリー？」信じられないというような声だ。「メールしてるの？」

「ちがうの」そう言って、携帯をバッグに入れた。「ちょっと、時間を確認してただけ」

間があった。「そうか。何時だった？」

「十一時二十三分かな？」

「そうか」そしてふたりで顔を見あわせた。「それで、もうヴァージンじゃなくなった気分はどう？」

わたしは照れたように笑った。「どうだろ。いい気分かな」

ジャックも笑いかえしてきた。「そう聞いてうれしいよ。じゃあ、こっちに来てキスして」

言われたとおりにし、ふたりで白いシーツにくるまっているときに、処女の血のことを思いだした。パニックになって見おろしたけど、何もついてなかった。ジャックに背を向けて、下着を捜すふりをして、すばやくヴァギナに指を突っこんでからまた抜いた。目を細めて見る。明かりのなかでは何もついていないようだった。よかった。チャンプニーズのボトルが役に立ったんだ。

ほっとして、念のためにパンティーをはき、ベッドに戻った。ジャックが腕をのばしてきたので、その隣に横になって、頭を彼の胸にのせた。おっぱいを握ってきたので、くすくす笑って、いやがってるふりをしてたたいた。ジャックはキスをして、それからふたりで眠りに落ちた。ひと晩じゅういちゃついてたから、汗ばんだ体がくっつきあっていた。ずっとなりたかったカップルになれたんだ。

26

翌日、キャンパスを所有しているような気分で大学に行った。ヘッドフォンをつけていたけど、〈ガール・パワー〉プレイリストもわたしの気分には勝てなかった。太陽は輝き、わたしはもうヴァージンじゃない。ガワー・ストリートを歩きながら、みんなに見られているような気がしていた。二十一年間わたしの胸に飾られていた大きな〝V〟の緋文字が消え、セックス・アピールを発散させている。肌は輝かんばかりで、エンドルフィンでハイになっている。ヘロイン以上だ、たぶん。石段をはずむように登っていく。かつてここでガールズ・アラウドがチョコレートのCMを撮影したことがあった。わたしもまさにその場所にどさりと腰をおろし、目の前の中庭を見おろした。

午前中はジャックとすごした。通りの向かいにあるスーパーに行って、ミューズリーを買った。ジャックが朝食にチョコシリアルなんて食べられないと言ったからだ。普通のカップルみたいにシリアル売り場で言い争い、怒った店主さえ、若いカップルが自分の店の棚を見わたしている姿を見て、愛情をこめて舌打ちした。ジャックがコーヒーをいれてくれているあいだにわたしがシリアルをボウルに入れ、並んでベッドに横になって朝食を食べた。ジャックが仕事に行ったので、シャワーを浴び、準備をして、のんびりと大学まで歩いてきた。十二時の講義を受けるために。九時のには間にあわなかったから。

階段にすわってまわりを見ながら、わたしと同じくらい幸せな人なんているんだろうかと考えていた。

目を閉じて、すがすがしい五月の陽射しに肌をあたためてもらう。まだ寒かったので、革のジャケットを着て、自分で編んだマフラーをしていた。自分のさなぎにくるまれてあたたかかった。わたしは生まれたばかりの蝶《ちょう》だ。

「だーれだ？」甲高い声がして、冷たい手で目を覆われた。

「エマ、やめてよ！　死ぬほどびっくりしたじゃない」

エマが笑った。「そんなふうに目を閉じてすわってるなんて、キモすぎるよ。何してるのよ？お祈りでもしてるみたい……」

エマの肩をぴしゃりとたたいた。「お祈りなんてするわけないでしょ。ただ、なんて言うか、感謝の気持ちっていうか、あたたかくて、幸せで、恋してて……」

エマがじっと見てきた。

「世界に恋してて」とはっきり言った。

エマは額にしわを寄せ、ジャッキー・オナシスばりの大きなサングラス越しに疑いの目で見てきた。「ふうん。どうしちゃったのよ？」

エマを見て、ほほえんだ。「なんでもない」

エマの口があんぐりあいて、金切り声を出した。「**嘘でしょ！** したのね⁉ もうヴァージンじゃないんだ！」

「ちょっと、キャンパスじゅうに聞こえるよ」

「ああ、ごめん」そう言って声を落とすと、腕をわたしにまわしてきた。「すごい瞬間だね。わたしもうれしい！ どうだった？」

エマも階段にすわったので、満足げにため息をついた。「エマ、すてきだったよ。セックスそのものじゃなくて——そっちはちょっと痛かったけど、だんだんよくなるはず。でも、ヴァージンじゃないってこと。すごく自由で普通で、いまなら誰とでも会話ができるし、頭の上で光ってる〝V〟の文字を必死で隠そうとしなくてもいいんだもん」

エマがにっこり笑って、肘で突いてきた。「よかったね、エリー。その……本当に自分に満足してるのがうれしいよ」

いつもは自分に満足してなかったんだろうか？ ヴァージンのときも幸せだったし、いまも幸せだ。ちょっと幸せ度が増しただけ。エマにほほえみかえす。「ありがと、エマ。それで、セルジオとはどう？」

エマは顔を赤くして、サングラスを鼻の上で下げ、リム越しにこっちを見た。「それが、ゆうべセルジオがほかには誰ともつきあってないって言ったの。それで、わたしにもほかの人とはつきあってほしくないって……」

「うそ。やだ。マジで」持っていたコーラの缶を思いきり下においたので、泡がこぼれた。「特定の相手になるってこと?」

「うん、かもね」と顔を赤くする。

「それって……ちゃんとつきあってるっていうこと?」

エマはわざとらしくため息をついて、サングラスをはずした。「エリーがそんなこと言うなんて信じられないよ。わたしが特定の相手をつくらないの、知ってるでしょ」〝特定の相手〟という言葉を吐き捨てるように言う。「セルジオだけと会ってるってだけ。つきあってる。しばらくはね。飽きてきたら、もっとほかの人とも会うよ。ただ一時的にふたりだけで会ってるってだけだよ」

黙ってエマを見た。エマにはカレシがいる。「エマ、すごいじゃない! うれしいよ!」ようやくそう言った。だけどどうして、体のなかで重い沈みこむような気分になるんだろう。

頭のなかに子供のころに読んだ文章がよみがえってきた。『少女ポリアンナ』や『赤毛のアン』と同じように『ケティ物語』を読むのが大好きだったけど、いちばん好きなケティのセリフは友だちに嫉妬したときのものだった。ほかの人の喜びって、どうしてこんなに重く感じるんだろう?

それがわたしの人生だ。エマの喜びがすごく重く感じられる。どうしたっていうの? エマがわたしのことを喜んでくれてるみたいに、わたしもエマのために喜んであげるべきなのに。それなのに、自分のことばかり考えて、ジャックから特定の関係になりたいと言われることを夢見てる。ため息をついて、大人にならなきゃと思った。エマをハグする。

「あれ、何これ？」エマの声はわたしのマフラーをとおしてこもっていた。

「おめでとうのハグだよ。それにありがとうのハグ。ジャックのくだらない話を全部聞いてくれたから。もうやめるって約束するよ」

エマが笑い声をあげた。「うそ、やめないでよ。やめられたら、ひどいワックスだとか、ぎこちないデートだとかの、あんな面白い話をどこで聞けばいいの？」

肩をすくめた。「まあいいけど。たしかにそうだね。ジャックがブラジリアンを見たことなかったって言った？」

エマが目を丸くした。「ウソでしょ！　ヒトラーを気にいらなかったの？」

「ヒトラーと呼んでいいのはわたしだけだよ。でも、そうなんだ……あれを見てビビっちゃって」エマが笑いはじめたので、にらみつけた。「エマ、ジャックがあれを見てビビってる場にいなきゃいけなかったっていうだけでじゅうぶん恥ずかしかったんだから、その屈辱をよみがえらせないでくれる？」

「ビビられたほうでよかったよ」エマはそう言って、爆笑した。「だって、想像してみてよ。もしそれがエリーで、ジャックがズボンをおろしたら、男版ブラジリアンがあったとしたらどうよ？」

「やだ、やめて」わたしが叫んだ。「真実に近すぎるよ。ジャックはあそこをすっかり剃ってたの。そんなの思ってもみなかった。ジェームズ・マーテルはそのままだったのに」

「ああ、そうだね。数年前まではほとんどの男はカットすらしてなかったのに、いまじゃみんな剃ったり脱毛したりしてるよ。これで女と平等になったんじゃない」

「ほんと？　すごく変な感じ。あんなのより、みんな自然のままにして、誰も面倒なことしなくていいようになったらいいのに」ため息をつく。「ともかく、まだ男版ブラジリアンがトレンドになってなくてよかった」

「そう願いたいね」エマが手で口を覆った。「やだ、見せ忘れるところだった。プレゼントをもらう準備はできてる？」わたしが困惑していると、エマは革のトートバックをあさって、丸めた雑誌を引っぱりだした。「じゃじゃーん！」

学生マガジンの最新刊だ。「うそ、わたしのコラム！」金切り声を出した。「読んだ？　どうだった？」

エマがにっこり笑って、そのページを振りかざした。「すごくよかったよ。それにエリーの写真、すごくきれいで頭よさそうで面白そうだから、本当に誇らしいよ」

コラムは左側のページにあった。タイトルは『エリー的アナーキー』で、陽射しのおかげで自然に肌が修正された、わたしが送った写真が使われている。さっとコラムに目を通すと、ほとんど編集されてないのがわかった。いちばん下にはこう書かれている――〝筆者：エリー・コルスタキス〟。「すごい」わたしは叫んだ。「信じられない。とうとう掲載されたことも、わたしが本当によく見えることも！」

エマが雄たけびをあげてハグしてきた。「よく見えるなんてもんじゃないよ、すごく誇らしい！　もうそれを読んでる学生をいっぱい見た。ねえ――有名になるよ。完璧にＢＮＯＣだよ」

わたしが何それというように眉毛をあげると、エマがため息をついた。「キャンパスの有名人《ビッグ・ネーム・オン・キャンパス》。流行語についていかなきゃ」

笑い声をあげた。「そうだね。すぐにそうなるとは思えないけど。それより、チョーサーの授業に遅れちゃう」

それからあと一日、幸福感に満たされていた。そしてそれが消えていき、失望がはじまった。火曜日の朝、図書館にすわっているときに、二日前にあの偉業をなしとげて以降ジャックから連絡がないことに気がついた。メール一本送ってこないけど、まあそれはいい。毎日メールのやりとりをしてるわけじゃなかったから。でも、ヴァージンを捧げたんだよ。

何も言ってこないのは不安になる。携帯が震えるたびに、期待して画面を見た。結局、火曜日のお昼に、自分でなんとかしようとして、メールを送った。わたしは二十一世紀の女だ。なんで相手からのメールをじっと待っていなくちゃいけないの？　もしかしたら、なんでわたしからのメールがないんだろうと、家でじっと待ってるのかもしれない。どうしてるときき、今週末に会えるか確認した。

緊張とストレスに満ちた十時間後、ようやく返事がきた。

今週末会うのはいいけど、いつになるかはまた連絡する、元気だよ、きみは？

メールが来た瞬間顔が明るくなった。無視されてたわけじゃなかった。ただ忙しかっただけで、また会いたいと思ってる。しばらく返事はしないことにした。そうすればジャックからのメールでもたらされたおだやかな気持ちと満足感を長持ちさせられる。メールを返したとたんに形勢が逆転して、返事を待つ怒りのモードになってしまうのがわかっていた。週末までに卒論を書きあげて提出しなければならないことを考えれば、できるだけ平静を保っている必要があった。携帯を引きだしに入れて、手にペンを持ち、卒論の推敲を進めていった。

修辞表現についての特に淡々とした部分を見ているときに、感情レベルが落ちこんだ。大幅に。ララに会いたかった。これ以上、人生でいちばん大きな出来事があったことをララに知らせずにはいられない。あのひどいけんかがあってから、ビビってしまっていたけど、もうヴァージンじゃないんだし、それをララは知らないんだ。わたしのカルテには嘘が書かれてるし、もうヴァージンじゃないことを親友も知らないなんて。

電話してララに知らせなきゃ。こんなのおかしい。どちらかひとりが大きな人間になって、友情のなかに現れた大きな溝を渡る役割をしなくては。今回はちゃんとララに謝ろう。アレキサンダー大王のようにルビコン川を渡るのだ。ギリシャの英雄になるんだ。ファイルに原稿を入れかけてから、卒論の締め切りが金曜だということを思いだした。推敲をして、参考文献一覧をつくって、また印刷して、綴《と》じなければならない。ものすごく長いため息をついた。ルビコン川を渡るのは延期だ。

27

その後の数日は陰気にすぎた。ジャックに返事を書き、卒論のことでグチったけど、ジャックの返事は、

そうか、がんばれ。x

だけだった。〝要返信《TMB》〟もなかった。日がたつにつれ、落ちこみも激しくなり、コカインがなくなったときの薬物依存ってこんな感じかと思った。

週末はずっと有頂天だったのに、いまは、大学の現実と、シカトしてる親友と、すてきなカレシがいる別の友人と、そしていちばんは、カレシになりかけの人がこっちが望むほどカレシっぽくなってくれないせいで、かなりひどい状態になっている。

ヴァージンじゃなくなった。幸せであるべきだ。それなのに、なぜ？

うん、理由はわかってる。

ララとしゃべっていないから。セルジオのことがあったから。ジャックがメールをくれないか

らだ。完全に無視してるわけじゃないし、テレビに出てくる男みたいに関係を絶とうとしてるわけじゃないけど、わたしにミックステープをつくってくれるような夢のカレシとはほど遠い。ミックステープじゃなくても、〈スポティファイ〉のプレイリストすらつくってくれそうにない。

その後の数日、まったく同じようにすごした。午前八時に起き、シャワーを浴び、図書館まで歩いていき、そこに午後六時までいて、卒論をしあげる。それから家まで歩いて帰り、スーパーで値引きになったサンドイッチを買って、ベッドでそれを食べながら、パソコンでくだらないテレビ番組を観て、そのまま寝てしまう。下の毛はまたはえはじめていて、かゆくなってきた。スポットライトを浴びたいちばん盛りのときに抜かれてしまったことを知ってるみたいで、いままで以上に太く長くなっていた。自分の毛とさえ仲良くなれない。

エマとは一度ランチに行ったけど、いっしょに試験勉強して、やたらと休憩をとるという夢はセルジオのせいで消えてしまった。心のなかではエマのことを思ってうれしかったけど、タイミングが最悪だった。ダブルデートなんてわたしの現実とはかけ離れている。わたしは悲しい、拒絶された女で、孤独な世界に生きている。もう気持ちをそらしてくれるヴァージンでもなくなってしまった。いまあるのは、壁に貼ってある雑誌のコラムだけだ。

編集長のサラから翌週のために別のコラムを書くように依頼されていた。テーマは〝ロマンス〟。顔を蹴られたような皮肉だ。最初はジャックと自分のことをベースにしたものを書こうと思ったけど、日がたってもジャックから連絡が来ないので、それはやめた。締め切りの数時間前に、ジェイン・オースティンと現代生活のロマンスの欠如について四百ワードのコラムを書きあげた。それは〝ロマンチック〟というより〝アンチ・テクノロジー〟といったほうがいい内容だったけど、さいわいサラは気にいってくれた。

いまのところ、うまくいっているのはコラムだけだ。壁に目をやって、雑誌のエリーを見て、成功したことを自分に思いださせようとしたけど、目が時計にとまった。午後三時だ。卒論の締め切りまであと一時間。びっくりして立ちあがり、バッグをつかんだ。

「タクシー!」と叫んで、綴じられた卒論を空中に振った。バスでも締め切りに間にあいそうだったけど、厳しい家計では黒塗りタクシーに乗ることなんてできなかったから、いまこそそのチャンスだと思った。黒塗りタクシーにはみんな無視されたけど、ダーク・レッドのタクシーがとまってくれた。そういうことね。一回だけ黒塗りタクシーに乗りたいと思ったら、赤いタクシーがとまる。

タクシーに乗り、行き先を告げてから、ふと思いたって「急いで!」と言った。映画に出てるみたいな気分だった。映画では、運転手は「承知しました」と言って、アクセルを踏む。現実では、その後の十一分間、道路の安全と速度制限を守ることについてお説教された。

マレット・プレイスに着くと、十ポンド払ってほっとして飛びおりた。階段を駆けあがり、教員室のドアをあけ、できあがった卒論を大きな山の上においた。ほかにもふたり学生がいたけど、ハナとかもっと会いたくない人が来るかもしれないから、急いで帰ることにした。ドアから出たとたんルークにぶつかった。ネバー・ゲームをやった怖いくらいイケてる男子だ。

「やあ、エリー。いま提出したとこ？」

「うん、間にあった」ちょっとにっこりしすぎた。もう、なんで男の前で普通にできないの？

「やっと手から離れてすごくうれしい」

「そうだよな。これでモダニズム運動との関連を考えずにケルアックが読めるよ」

相手に合わせて笑い声をあげたが、自分が娯楽のためにケルアックを再読するような人間じゃなくてよかったと思っていた。

「それより、あしたの晩の大きなパーティーには来る？　卒論提出を祝うやつ」

「パーティー？　ううん、何も聞いてないから」正直に答えた。

「ああ、フェイスブックに載せてるだけだからな……。きっと招待されるはずだよ。マットとオーパルとぼくの家でパーティーをするんだ。来てくれたらうれしいよ」

わかったというように肩をすくめた。「楽しそうだね。じゃあ、パーティーで」にっこり笑って、階段に向かった。卒論が終わったんだから、ララとの友情を修復する時間ができた。それを避けて一週間無駄にしていた。いまこそ親友をとりもどすときだ。急いで中庭に行って、大学の前方を見わたせるお気にいりの階段にすわった。

ララ、話せる？　すごく話したいんだけど！　xxx

メールを送って、不安な気持ちで待ちながら、爪を噛むというララの子供のころの癖を真似したいような気持ちになった。そんなこと自分ではしたこともないのに。数分後、携帯が震えた。

エリーごめん、いまはまずいの。家族とギルフォードの家にいるところ。でも、早めに連絡するね。×××

がっかりして気持ちが沈んだ。なんで話したくないんだろう？　まだ避けられているということにがまんできなかった。あんなけんか、たいしたことないのに。わたしががんばってもっと大きな人間になろうとしてるんだから、ララがなれないはずがないのに。それからまたメールを読み直した。すぐに返事をくれたし、同じ数のキスマークもつけてくれた。怒ってるんなら、どっちもしなかったはずだ。

ギルフォードにいて、わたしを嫌ってない。すぐに完璧なタイミングだと気がついた。きょうにでもララの家に行ける。いますぐララに会える。電車に乗れば一時間しかかからない。バッグをつかんで地下鉄に向かった。

ララの実家へと向かう歩き慣れた道を進む。シルバーのスポーツカーが前にとめてあるので、みんなが家にいることがわかる。家の前のベージュ色の砂利を踏んでいく。緊張で胸がドキドキして、てのひらには汗をかいている。落ちつけ。親友を訪ねていくだけだ。人生の半分はこの家ですごしたし、ララの家族は第二の家族のようなものだ。ちゃんとできる。

不安で唇を噛みながら、ベルを押して目を閉じ、急いで祈った。お願い、神さま、あるいは神々、あるいはカルマの精霊、助けてください。ララにわたしを嫌いにならせないで。勇気をください。アレクサンダー大王、そこにいるなら、ちょっとだけ助けてくれますか？　小アジアを征服したことにくらべたらたいしたことじゃないのはわかってますけど——

ドアがあいて、ララのお母さんのステファニーが立っていた。イライラした顔をしている。いつもは完璧なヘアスタイルなのに、いまはポニーテイルにして、レギンスの上にフリースを着ている。フリースを持ってることすら知らなかった。トレードマークの真珠のスタッド・イヤリングもしていない。

「ステファニー？」おそるおそるきいた。「大丈夫ですか？」

ステファニーはほっとしたようにわたしを見た。「ああ、よかった、エリーね」と息を吐く。「ララが頭を冷やしてあなたに電話してくれればいいと思ってたのよ。入って。ララは部屋にいるわ」

わけがわからないままステファニーを見て、大理石の玄関に入った。「ララがその……電話してきたわけじゃないんだけど」と打ちあけた。「でも、上に行ってもいいの？」

「そうなの……」ステファニーの顔が曇った。それからゆっくり首を振って、ほほえみかけた。「ごめんなさい。わたし、何してるんだろう。入って、入って。場所は知ってるでしょ」

ステファニーに笑顔を向けて、二階のララの部屋に向かった。はっきりいって困惑していた。なんでステファニーがわたしたちのけんかのことを知ってるんだろう？　ララとお母さんが親しいことは知ってるけど、そこまで親しくはないはず。ララとわたしはよく、母娘がうまくいきすぎてるのは気持ち悪いという話をしていた。ララの部屋のドアをノックする。

「はい？」ララが返事をした。

「わたしよ」そう言って、おそるおそるドアを押しあけた。ララはベッドにすわっていた。ブロンドのロングヘアを無造作に頭の上にまとめている。まわりにはいろんなものが落ちている。服や化粧品や本がいくつもの大きな茶色の箱からあふれている。

ララは完全なショック状態でわたしを見た。「エリー、なんで……ここで何してるの？」

「わたしたち……話したくて」ぼんやりと言う。「でも、どうしたの？　この箱どうしたの？」

わたしを見たララの顔がくしゃくしゃになった。泣きだした。友だちになってからいままで、わたしの前でララが泣くのを見たことはなかった。わたしは茫然として、ショックで凍りつき、それから本能に突き動かされて走ってララを抱きしめにいった。ベッドにすわり、両腕をララにまわした。ララはわたしのボーダーのグレイのセーターに向かって泣いている。やがて泣き声がおさまってすすり泣きになってきた。

「本当にごめんなさい」ララが言った。「わたし……そんなつもりじゃ……」

「ララ、ストップ。何もかも大丈夫だよ。わたしたち大丈夫。わたしはここにいるし、謝る必要なんてないよ。好きなだけ泣いたらいいよ。それで心の準備ができたら、どうしたのか説明して。ここにいるから」

ララが感謝するようにほほえみかけたので、わたしはぎゅっと抱きしめた。「ううっ」ララが息を切らした。「そんなにきつく抱きしめないで」

わたしが笑い声をあげると、ララもすすり泣きの合間に笑った。「ああ、エリー」息を吐く。「何もかも本当にひどくて」

「何があったの、ララ?」

ララはため息をついて、髪をいじりだした。緊張するといつもする癖だ。「パパがママを一カ月以上まえに捨てたの。それを知ったのが数日後で、それって、わたしたちが、わたしが……いっしょに〈マヒキ〉に行ったあとで。パパはどこかのケバい女と寝てたの。バカみたいによくある話だよ。パパのやったことのどっちが憎いのかもわからない。ママを捨てたことか、こんな陳腐な真似をしたことかね。ともかく、ママがおかしくなっちゃって。もうここには住めないから、どこかに引っ越す予定だけど、まだどこかわからなくて、賃貸にするか、それとも……。とにかく混乱してて、ややこしすぎるの」

「そうだったの。ほんとにほんとにごめん、ララ。信じられない。ほんとに……びっくりしたし、ララのお父さんには失望したよ。なんであなたのママにそんなことができたの?」

「そうだよね」ララの答えはシンプルだった。「わたしにもわからない。こんなのシュールすぎるよ」

またララを抱きしめた。「大丈夫だよ。わかってる。ララにはママがいるし、すてきな人だし」

「うん。でも、ママは弁護士だからかなりのお金は稼いでるけど、それでもここに住むには足りないの。特にママのほうが稼ぎが多かったから、離婚のときはお金を分けなくちゃいけなくて、大変なんだよ。ここに住みたくないのは思い出のせいもあると思うけど……」

「わかるよ」そっと言った。「計画はあるの？」

「うーん……いくつか選択肢はある。ロンドンでふたりでどこか借りるか、シャーロットおばさんのところに行って、避難場所にするかだけど、ひとりになったばかりのママとその独身のお姉さんといっしょにハートフォードシャーに住むのにわたしが耐えられるかどうかわからない」

「そうだ」わたしがふいに叫んだ。「お母さんはシャーロットおばさんと住めばいいじゃない。ふたりは親友みたいなものだし、いまはお姉さんが必要だと思うよ。それで、ララはわたしといっしょに住めば？」

「エリー、そんなの無理だよ」ララが静かに言った。「家が必要だもの。エリーの実家にも、カムデンの家にも泊まるわけには……どうかな」

「わかった」何もかも解決できないことにがっかりしていた。「そうだね。バカなアイデアだったね。でも、いつでも来て。だって、学期のあいだはどっちにしてもオックスフォードにいるんでしょ。あと二カ月だけじゃない。だからこの夏はカムデンのわたしのところに来ればいいよ。ロンドンでわたしの賃貸期間が終わるまで、最後の夏をいっしょにすごそうよ。夏の終わりまでには、お母さんもどこかに落ちついてるかもしれないし」

ララがわたしを見あげた。「わたし……それ、うまくいくかもしれないね。ハートフォードシャーで夏をすごすなんて耐えられないもん。でも、エリー、わたしはずっとひどい態度だったんだよ」

「ララ」黙りなさいというように手をあげた。「こんなに大変なことがあったのに、そばにいてあげられなかったんだから。わたしのほうがずっとひどい友だちだよ。ララの人生がめちゃくちゃになってたのに、わたしは自分のことしか考えてなくて……」

ララがわたしの腕をたたいて、涙目でほほえんだ。「ちょっと、わたしの人生がめちゃくちゃだなんて言わないでよ」

わたしはきまり悪い笑顔を浮かべた。「ごめん……。でも、本当だよ、ララ。〈マヒキ〉のあとであの出来事があったにしても、なんで話してくれなかったの？」

「やきもち焼いてたの」ララがささやいた。「エリーはひどいことや変なことが起こっても、しかもしょっちゅう起こってるのに、いつでもちゃんと立ち直るでしょ。それにすごく強いよ。だから自分が弱くてダメな人間な気がして、言えなかったの」

わたしの目にも涙が浮かんできた。「バカだなあ」と涙をぬぐいながら言う。「わたしなんか、もうむちゃくちゃで」

ララが笑顔を見せた。「だろうね。でもマジで、両親が離婚したとき、エリーはすごく落ちついてたでしょ。泣きもしなかったし、いまのわたしみたいに大騒ぎもしてなかった」

「ララ、わたしたちの状況は全然ちがうよ。わたしが育ったのは機能不全の家で、両親はけんかばっかりしてたんだよ。いっしょにいるとほんとに仲悪かったから、パパが出てってくれてほっとしたくらい。ララの家族はちがう。ご両親はいっしょにいて本当に幸せそうだったから、お父さんが出ていったことで何もかも変わっちゃったでしょ。悲しくなって当然だよ。そうじゃなかったらおかしいよ」

「本当？」

「もちろんだよ、バカだね」ララの腕を握りながら言った。わたしの目には涙が浮かんでいる。ララがこんなことをひとりで耐えてきたなんて信じられなかった。それも、わたしが頑固で謝れなかっただけで。一カ月遅かったけど、いまこそ謝るときだ。「ララ、本当にごめんね。いままでずっとわたしを必要としてたなんて思いもしなかった。怒ってると思ってたから、怖くて避けてたの。もっと勇気を持てばよかった」

「わたしも勇気がなかったの」ララも認めた。「人生から逃げてて、ママといっしょにここに引きこもってたの」

「それって勇敢なことだよ。お母さんがララを必要としてるときにいてあげたんだから。だから大学に行ってないの？」

「まあね。オックスブリッジの学生のこと知ってるでしょ。みんな長い休暇をとるから、大学には戻ってないんだ」ララはにやりと笑った。

ララをぴしゃりとたたいた。「ちょっと、わたしたちのなかにはきょう卒論を提出した人もいるんだよ。だって、十八歳で大学に入って、ギャップ・イヤーで遊んでなかったからね」

ララが笑った。「エリーが変わってなくてうれしい」

わたしは顔を赤らめて黙ってララを見つめた。

ララも見かえしてきた。「何よ？　何してるの？　苦しい目つき？」

唇を噛んで黙ってにやりと笑った。ララの目が大きくなって、その顔に理解の色が見えてきた。

「**やだ。嘘でしょ！　まさか……そうなの、ヴァージンじゃないのね！**」ララが叫んだ。

わたしは笑って金切り声をあげた。「**そうなの！　したの！**」

ふたりで大声をあげて抱きあい、笑いあった。「全然信じられない」叫ぶのをやめてからララが言った。「例の人と？　名前も知らないよ。ひどい友だちだね」

「ひどい友だちだってことは乗り越えたと思ってたけど。おたがいひどかったんだから、おあいこだよ。それより、先週のことだから、知らなかったからって遅すぎることはないから心配しないで。名前はジャック。そんなに痛くなかったし、ずっと会ってた人なの。……えっと、四回かな、まだメールしてるし……まあ、どうかな」ララの枕に沈みこんで、両脚をあげた。

ララもいっしょに沈みこんだ。「やったね。本当にうれしい！　でも、嘘みたい。エリーが女として生まれ変わったのを一週間も知らなかったなんて」ララがわざとらしくため息をつく。

「入ってきた瞬間にわかるべきだったのにね。すっかりＰＣＧ状態だったから」

「え？」

ララがにやりと笑った。「ようやくエリーの知らない略語を言えたね。性交後の紅潮《ポスト・コイタル・グロウイング》に決まってるじゃない」

わたしは笑い声をあげた。「実際は、月曜にはＰＣＧ状態だったんだけど、それからどんどんそうじゃなくなってて。ていうか、いまは死んでる状態。ジャックはわたしが望むほどメールをくれなくて、それに、わたしのカレシになりたいと思ってるのかどうかもよくわからないっていうか」最後は声が小さくなった。

「それって……カレシになりたいっていうようなことを言ったことあるの？」気をつかいながらの質問だ。

「ううん。でも三回デートしたんだよ。いつでもすごくキュートだし、わたしの性格も好きみたいだし。テレビによく出てくるエロ野郎みたいにわたしのおっぱいだけじゃなくてね。それにまえはすごく積極的だったの。それなのに、いまはすっかり冷たくなってて。処女を失ったとたんに捨てられる女にはなりたくないのに。だからどうしたらいい？」期待をこめてララを見た。

「わかった。ゆっくり考えよう。細かいことは知らないけど、今夜泊まってくんだから、ひと晩かけて全部教えて。でも、相手にきいたほうがよさそう。つまり、最悪なのは相手がエリーに興味がないっていうことだけど、そうしたら先に進めるし、少なくとも知らない相手に処女を捧げたわけじゃないんだから」

わたしはゆっくりうなずいた。「そうだね。わかった。ていうか、はっきりきくくらいなら死んだほうがましだけど、ララの言いたいことはわかる。知る必要があるよね。うん、できると思う。あしたなら」

ララはうなずいて腕をまわしてきた。

「じゃあ、全部話して」わたしは言った。「この数週間知らなかった小さなことも全部教えて。会いたかったよ」

「もう、キモいよ。でもいい。わたしも会いたかったから」まだ赤い目をしてララがほほえみかえした。そしてベッドに寝そべって何もかも話してくれた。お父さんのこと、アンガスが全然メールの返事をくれないこと、ジェズがまだひどいやつだってこと。わたしたちのあいだの溝は、そんなものがあったことを忘れるくらい狭くなった。わたしはルビコン川を渡ったのだ。

28

翌朝、クロワッサンとコーヒーの朝食中に、ふとひらめいてララをルークのパーティーに連れていくことにした。それから、カムデンのわたしのフラットに、ララの豊富なワードローブから選んだドレスと靴を持って移動した。

「ほんとに今夜行きたい？」心配してララにきいた。

「もおお、何回きいたら、わたしが外出して酔っぱらいたいってことを信じてくれるのよ？」

「でも、いろいろ大変だったし、知っている人が誰もいないパーティーに無理やり行かせたくないから」

「パーティーに行きたくないのは、わたしじゃなくてエリーじゃないかと思うんだけど」ララはそう言って、問題の核心を突いてきた。いつものことだ。

「そうかも」ぶつぶつ言う。「変な気持ち。いろんな人と会うのは嫌いなの。ララがエマを好きにならなかったらどうしよう。エマがララを好きにならなかったら？　それにジャックにまだシカトされてるから、自分の人生がいやになってるし」

「そもそも、エマとわたしをもっと信用してくれない？　どっちもエリーの友だちなんだから、ひと晩くらいきっとうまくやれるよ。特にアルコールの助けがあればね。それに、ジャックのことは話しあったでしょ。どうしたのか確認して、それから自分の人生を進むって」

ララの言うとおりだ。ララとエマはすてきな人だし、ふたりとも友だちでいてくれるなんてラッキーだ。ジャックに捨てられても生きていける。でもたぶんそんなことにはならない。だって、まえはあんなに積極的だったし、興味がなくなったなんて信じられない。最後のメールにはキスマークがあったし、まだわたしのことが好きなはずだ。変な気持ちなのは……もうヴァージンじゃないからかも。いまとなってはいろんなことが変わってしまった。

「あれ、エリーの電話かな、それともわたしの？」疲れはててふたりでわたしのベッドに横になったとき、わたしの電話が鳴った。

ポケットを探った。「うそ、ジャックからだ」そう叫んでメールを開いた。

「だから、大げさに考えるなって言ったじゃない。なんて書いてある？」

「読むよ。『やあ、卒論はどうだった？ 今夜お祝いのパーティーに行く？ エリックがきみの大好きな人と行くらしくて、ぼくも誘われた。きみが行くなら行くよ』それに最後にキスマークがある」いい気分でつけくわえた。

ララが肘で突いてきた。「エリーがおかしいんだよ。嫌われてなんかないじゃない。パーティーにいっしょに行きたいって言ってるんだから」

目を閉じて、ほっとして大きな吐息をついた。「よかった。すぐに捨てられる女の子にならずにすんで。セックスのあとでも好きでいてくれた。それに今夜ララも会えるよ！」

ララが目をぐるりとまわした。「そうなると、わたしはお邪魔虫になっちゃうね」

「ていうより、このチャンスを利用して、アンガスやジェズやひどい男たちのことは忘れて、誰か新しい人を見つけなよ」わたしは目を輝かせていた。そして気どってつけくわえた。「とはいえ、お邪魔虫になる気分をララも味わうべきだけどね」

ララがうめいた。「やだ、そんなの耐えられない。ジェズにメールしてパーティーのあとで会ってって言おう。そうすれば少なくとも、エリーがジャックとどこかへ行っちゃって落ちこんだときの予備のセフレが確保できるし」

「それか、パーティーで誰か新しい人を見つけたら」またそう言ってみた。

「いやよ。いますぐはほかの人とどうこうってのは無理。今夜はジェズのところに行くから、ジャックを連れてかえってきたらいいよ」

最高に無邪気な顔をして言った。「ララとジェズはいつでもバスタブで寝ていいよ」


二時間後にフラットのドアをたたくころには安いプロセッコ・ワインでフラフラになっていて、ドアをあけたのがハナなのも気にならなかった。

「エリー」ハナがやさしさを装った笑みを浮かべた。「来てくれてうれしい。ハイ、ハナよ」ララに向かって言いながら、エアキスをした。うんざり。ここに住んでもいないくせに、なんでホストのふりをするんだろう?

「こんばんは」食いしばった歯のすきまから言った。「元気?」

「まあ、わかるでしょ。卒論でくたくた……そうだ」急にそう言う。「ジャックと寝てるの？　エリックがそう言ってた。ていうか、エリックはなんでも話してくれるんだけど」

ぞっとしてハナを見た。神さまお願い、ハナが実際には何もかも知ってませんように。ジャックがいまいましい口を閉じていてくれましたように。顔になんとなく〝ちょっと失礼〟というような表情を浮かべて、ララの腕をつかんだ。リビングに飛びこんで、ララを引っぱった。

ララがこっちを見る。「ちょっと、腕を離してくれない？」

腕を離し、ちょっと酔いがさめた気になった。「聞いた？　ジャックがエリックに何もかもしゃべったって言ったでしょ。もしこないだまでわたしがヴァージンだって知られてたらどうしよう？」急いでささやいた。

「大げさだよ」ララが言った。

「大げさじゃないよ！　大惨事になる」

ララは肩をすくめて、キッチンに入っていった。部屋の隅や椅子にもたれている超イケてるメンバーを見ても、まばたきひとつしない。パーティーで知ってる人が誰もいなくても全然気にしないタイプみたいだ。決意の息を吐いて、耳に髪をかけ、ララのあとからキッチンに向かった。

わたしが追いつく二秒のあいだに、ララはもうルークを魅了していた。ルークはヴィンテージっぽいクリーム色の縄編みのセーターを着てたけど、あれはまちがいなく〈アーバン・アウトフィッターズ〉のウィンドウで見たことがある。ルークの目が惹きつけられているのは、ララの完璧な体と髪と服と顔とウィットと……。頭のなかで嫉妬のリストがぐるぐるしだしたが、今回は意地悪な気持ちにはならなかった。それどころか、地元の親友がこんなにすてきだっていうことを自慢したいような気分だった。地元の友人っていうのはたいていまちがった服を着ていて、隅っこで退屈するはめになるものだ。ララはちがう。

あくびをして、携帯を出して、ジャックからメールが来ていないかチェックしようとしたとき、エマが入ってきた。肩パッドの入ったキラキラのシルバーのドレス姿で、びっくりするほどきれいだった。セルジオと腕を組んでいる。ウェイターの制服じゃないと全然ちがって見えた。

「エリー！」と大声で呼ばれた。みんなが振りむいて見るのも気にしていない。とはいってもルークは夢中になっていたからその声も耳に入らなかったみたいだ。エマがわたしをぎゅっと抱きしめ、セルジオの袖を引っぱって、注意を引いた。セルジオの気が散ってたわけでもないのに。

「セルジュ、エリーを覚えてるでしょ？」

「やあ」あたたかい声でそう言って、セルジオもハグしてくれた。わたしもぎこちなくハグを返した。

「それで、ララはどこ？」あわただしくエマがきいた。「やっと会えるのが待ちきれないよ。それに仲直りしてくれたのもうれしいし。きっと好きになるから」

わたしはため息をついて、キッチンのララとルークのほうを指さした。「もう引っぱりだこだよ」

「ララ！」エマがうれしそうにそう言って、ララの肩をたたき、にっこり笑った。「自己紹介はいらないよね。ララ以外の唯一のエリーの友だちみたいだから。でも、エマよ」

ララがさっと振りむいて、笑顔を向けた。「エマね、もちろん」ふたりが抱きあうのを見ながら、自分のふたりの親友がどちらもブロンドで、どちらもわたしよりやせてることに気がついた。それから、なぜあのプロセッコが半額になっていたのかもわかりかけていた。シンクに走り、ルークを押しのけて、水道水をグラスに入れた。

すぐに飲みほし、また入れた。ふたりのほうを見る。「やっと会えてすごくうれしい」ララがかわいくほほえんでいる。後ろで子犬のような目をしているルークのことは完全に無視だ。

「わたしもよ」エマもあたたかい声で言った。「もう共通の話題がいっぱいあるし、ここに来て三分でみんなの目を引いてることにも感心した。ねえ、ルークがずっとお尻を見てるよ」そっけなく言う。

ララがびっくりしたような笑い声をあげて振りむくと、ルークの顔が赤紫になった。「エマの野郎」そうつぶやいて、首を振りながらキッチンから出ていく。

わたしはふたりのほうを向いて、吐きそうになっていた。「気分が悪い」

「そうだね、顔色が悪いよ」ララが言った。

「うん、ちょっとましな顔になったほうがいいよ」エマが言う。「だって、愛しのきみが入ってきたところだよ」

振りむくと、ジャックがキッチンの入り口に立っていて、エリックと話し、ハナをハグしていた。まだわたしのことは見ていない。ララとエマを見て、目を輝かせた。「どうしよう、あれが彼よ」パニックになってささやいた。「わたし、ひどい顔してる？　ララ、彼ってかっこいいと思う？　どうしよう、わたしのこと見てる？　助けて！」急いでそう言って、ふたりの腕をつかんだ。

「ちょっと、さっきから腕が痛いよ」ララがぶつぶつ言って、腕を引っこめてなでた。わたしは怒った顔でララを見た。

「もう、わかったから」ララは落ちついてそう言って、手で自分の髪をおさえた。「エリーはちゃんとしてる。彼もちゃんとしてる。だから全然大丈夫だよ。振りむいて彼のもとに行きなさい」

エマも同意するようにうなずいて、黙っているセルジオの背の高い体にもたれたので、緊張しながらキッチンの入り口に向かった。ジャックが来てくれてよかった。緊張が消えていき、重力に逆らって食道をのぼってきていたプロセッコの泡のことも忘れてしまった。

「ジャック」肩をたたきながらセクシーでミステリアスでクールに聞こえるような声で言った。

振りむいたジャックの顔が明るくなった。わたしは口をすぼめて、バカみたいな満面の笑みを浮かべてしまわないようにしていた。「エリー」ジャックがハグしてくれる。目を閉じて、最後にここまで近づいたときのことを考えて、にんまりした。あのときはふたりとも何も着ていなかった。それに彼のペニスがわたしの――「どうしてた？」体を離して、急にハグを終わらせたジャックが言った。

「まあまあよ」もの欲しそうな笑顔にならないようにと思いながら答えた。男の子にデートに誘ってもらうにはなんて言ったらいいんだろう？　頭をひねった。「卒論を書き終えたの」

「そうだね。これは〝卒論終了〟パーティーだからな」ジャックがにやりと笑った。「そうだ、エリックに会ってよ」

「うん」うれしそうに言った。自分から親友に紹介してくれるんだ。これって、かなりの進展じゃない？

「エリック、エリーだよ」とジャックが言うと、エリックが振りむいてわたしを見た。わたしを見ただけじゃなかった。上から下までじろじろと、服のすみずみまで見られた。見定めてるんだ。

「やあ」エリックが冷たく言った。この声の調子で一次試験に落ちたことがわかった。ヴィンテージのものを着てくるべきだった。「ジャックから聞いてるよ。ぼくのカノジョのハナは知ってる？」

おや、質問が来た。これはまちがいなくセカンド・チャンスが与えられたってことだ。いちばん愛嬌のある笑みを浮かべた。「うん、いっしょに英文学の授業を受けてるの。わたしと同じチョーサーのクラスをとってるから」

エリックはいままで会ったことがないくらい退屈な人間を見るような目で見てきた。礼儀正しく笑みを浮かべてから、背中を向けられた。二次試験も落ちたみたいだ。誰にでも三度めのチャンスがあるんじゃなかった？

「エリックのこと気にいった？」ジャックが熱心にきいてきた。わたしは手入れしたばかりの眉をあげた。期待をこめて待っているので、ジャックが本気できいてることがわかった。

「いい人みたいね」慎重にそう言った。

ジャックがにっこり笑った。「きみたちはすごく気が合うと思うんだ。ふたりには共通の部分がたくさんあるよ」そうは思わなかったけど、肩をすくめるだけにしておいた。

「今度はわたしの友だちに会って」熱をこめて言った。ジャックがララとエマのところについてきた。ルークがララに言い寄っていて、セルジオとエマは情熱的なキスの最中だった。ふたりの肩をたたいた。

「ジャック！」エマが金切り声をあげて、いつものやりすぎのあいさつをした。ジャックにセルジオを紹介すると、セルジオがヨーロッパ人らしくジャックをハグしたので、ジャックもぎこちなくハグを返した。ララが振りむいて、必死で目で合図して、紹介してと言っている。

「ジャック、こっちはララよ。地元の親友。ララ、こちらはジャック。わたしの……」もう。凍りついてしまった。ララが救いの手をさしのべて、ジャックをハグしてくれたので、しかたなく口に出そうとしていた屈辱的な言葉（それがなんであれ）を出さずにすんだ。

「会えてうれしいわ。エリーに聞いたけど、たくさん書いてるんでしょ。すごくすてきね。わたしはいつでも書こうとするんだけど、ちゃんと書き終わったことがないの。どうすればいいの？」

ジャックはすぐにそれに答え、ふたりが文学について生き生きと語りあうあいだ、エマとセルジオは興味があるような顔をしていた。ララを誇りに思って見ていた。完璧な自己紹介だったし、ジャックの居心地をよくして、興味を持たせている。さっきのエリックとの会話とは大ちがいだ。

腿で何かが震えるのを感じた。なんだ、自分の携帯だった。ポールから電話が入っていた。

「ごめん、みんな。ちょっと電話に出るね」誰もそれぞれの会話から顔をあげることもなかったので、部屋から出た。

「ポール、どうしたの?」

「エリー、助けて」あせった声でささやいている。「ヴラディといっしょで、これからセックスするところなんだ。でも、ヴラディはぼくがはじめてだってことを知らないんだよ。なんでエリーに電話したのかわからないけど、ちょっとビビっちゃって」

「わかった、そうなんだ。パニックにならないで」わたしはしっかりとそう言って、急いで酔った頭をすっきりさせようとした。「童貞だからって気にすることないよ。わたしも先週までそうだったし、正直言って、経験したあとで、たいしたことじゃないってわかった。ヴラディに言うべきだよ」

「正直なほうがいいから?」

「ていうか、そのほうが知られたときに傷つきかたが少ないから」大声で言った。「でも、そうね。それもある」

ポールがため息をつく。「わかってる、ほんとにそうしたいんだ。でも、それで拒否されたら?」

入り口の柱にもたれて考えた。ポールの立場だったら、まったく同じ理由でヴラディに打ちあけるのが怖くなるだろう。でも、心の底では勇敢な選択が正しい選択だとわかっていた。ポールがヴラディとうまくやっていきたいのなら、最初から正直にならなきゃ。

「もし拒否したら、ヴラディはろくでなしってことだから、童貞はほかの人に捧げるべきだよ」

わたしは自信を持って言った。

「エリーがぼくの立場だったらそうする?」

「もちろん」嘘だ。「さあ、バスルームから出て、打ちあけるのよ」

「ていうか、ウォークイン・クローゼットだけどね。でもわかった、ありがとう」

「あなたたちゲイときたら……ともかく、どうなったか知らせてね、ポール。がんばって!」

「ありがと、エリー」緊張したようにそう言って、ポールは電話を切った。

ゆっくりと息を吐いた。言わなくてもジャックがヴァージンだってことをわかってくれてよかった。わたしだったらあんな局面をうまく切り抜けられなかっただろう。処女っぽいキスのおかげで助かったたってわけだ。

29

そのままパーティーでおしゃべりして飲んでいるうちに、視界がぼやけてきて、まわりの声が遠くでがやがやしてるような音に聞こえてきた。家に帰る時間だ。ジャックと。

「ララ」できるだけ平然を装って言った。「トイレに行きたくない？」

「えっ？」ララがそう言ったので、話のとちゅうで割りこんでしまったことに気がついた。「うん、大丈夫だよ」

殺しそうな目でララを見た。

「そういえば、行きたいかも」ララが言って、ふたりでキッチンを出てトイレに向かった。なかに入ってすぐに鍵をかけた。

「緊急会議」わたしが言った。「はっきり言ってわたしは酔ってるし、もう限界。帰らなきゃ。それで、ララはルークと帰る、それともジェズを見つける？　わたしには自分のベッドが必要だから」

ララがぐるりと目をまわした。「やだ、これが夏じゅう続くの？」

罪悪感に襲われた。「ううん、そんなことないよ。いつもならジャックの家に行くのは平気なの。でも今夜は吐きそうになってて、吐くんだったら自分のトイレのほうがいいから。ジャックのトイレで吐いて、怖いムーンカップキャットにどなられたくないし」

「ムーンカップキャットって何？　まあ、いいわ。ジェズにメールして迎えにきてもらう。それか、少なくともジェズの家までのタクシー代を払ってもらう」そこで言葉を切った。「ふう、わたしって自発的な出張コールガールだね」肩をすくめて、携帯でメールを打ちはじめた。

「わかった。ここを出て、ひとりでいるジャックをつかまえて、すぐに帰りたいって言う」

ララがその返事にうなるような声を出したので、ジャックを捜しにいった。ジャックはエマとしゃべっていて、そのあいだルークとセルジオがルークの携帯を見ながら爆笑していた。声を出さずにエマと視線を交わした。ＣＩＡが見たら、ふたりとも雇われそうなくらい、かすかな表情を浮かべて。エマはわかったというように小さくうなずき、そっと離れた。

わたしはジャックにほほえみかけ、その夜はじめてふたりきりになったことに気がついた。

「ジャック」と言う。

ジャックがほほえみかける。「どんな感じ？」

「うーん、ちょっと疲れちゃった。行く？」

ジャックは驚いたようだった。「行く？　それ、どういう意味？」

「わかるでしょ。行こう。わたしの家に帰ろうよ。地下鉄でふた駅だけだから。待って、終電は終わってるけど、バスがあったはず」

理解できない表情がジャックの顔に一瞬浮かんだ。わたしといっしょに帰りたくないの？

「ああ、いいよ」と言われたので、ほっとして息を吐いた。

エマがわたしにウィンクしたので、なんとかララに手を振って、ジャックとふたりで寒い外に出た。

「うわあ、すごく寒いね」そう言って、ジャックと腕を組んで、身を寄せて歩けるようにした。ジャックが何も言わなかったので、黙ったまま歩いた。

しばらく歩いたところでもう一度言ってみた。「それで、今夜は楽しかった？」ようやくそうきいた。

「うん、楽しかったよ」愛想よくそう言ったけど、また黙ってしまった。どう考えてもおかしい。腕をほどいて、両手をポケットに入れる。寒かったけど、それは天候とは関係のない心のなかの寒さだった。

何かあったのかたずねたかったけど、怖かった。わたしといっしょに家に行きたくないんだったらどうしよう？　頭からそんな考えを振りはらったころにバス停に着いた。沈黙に耐えられなかった。勇気を出してきいてみた。「ジャック、どうかした？」

「いや、なんでもないよ」ジャックが静かにそう言ったので、酔いが完全にさめた。なんでもなくなんかない。それの反対だ。

どうしよう、わたしと帰りたくないんだ。その考えが浮かび、それが本当のことだとわかった。有無を言わせず連れかえろうとしてしまった。今夜はキスもしていない。わたしと帰りたいものだとばかり思いこんでいた。たずねもせずに。どうしよう。これからうちに行こうとしているのに、本当は行き《ヽ》た《ヽ》く《ヽ》な《ヽ》い《ヽ》ん《ヽ》だ。

この状況を理解しようとしているところにバスが来た。「このバスじゃないの？」ジャックがきいた。

黙って立っていたら、状況が緊急を要することに気がついた。

「このバスには乗らないでおこう」ようやくわたしはそう言った。ジャックに面と向かって、大きく息を吸う。大人にならなきゃ。はっきりときかなくては。「ジャック……わたしと帰りたくないの？　帰らなくてもいいんだよ」そう言った。

ジャックは短い唐突な笑い声をあげた。おかしいことなんて何もないのに。きまり悪そうに髪に手をやる。「もちろん、そんなことないよ」

「まじめな話よ、ジャック。本当に。わたしはここからひとりでバスに乗って帰れるから、パーティーに戻っていいよ。バス停まで送ってもらっただけでもうれしかった。本当に大丈夫だから。お願い」必死だった。何に必死になってるのかもよくわからなかったけど。ただ、この状況を終わらせたかった。

ジャックが考えている。それからほっとしたような顔になった。「本当？　本当にいいの、エリー？　ぼくはただ……今夜はそういう気になれなくて」

吐きそうだった。吐きけが喉まであがってきた。それをのみこんで、できるだけ勇敢な顔をした。「ジャック、本当に心配しないで」震えるような声で言う。「疲れてるの。家に帰りたい。パーティーに戻って」

ジャックはほっとして息を吐いた。なんてこと、本当にわたしに無理やり帰らされたと思ってたんだ。泣きたかった。でも笑顔を浮かべて、ハグをし、特別明るく笑ってみせた。それから振りかえって、バスの時刻表を見るふりをしていたら、目に涙があふれてきた。

「ねえ」罪悪感のまじった声で呼ばれた。「エリー、頼むよ……。そんな態度はやめてくれ」

息を大きく吸って、指で目の下をぬぐって、また明るい笑顔を浮かべると、振りかえってジャックを見た。「そんなって？」無邪気なふりをしてきいた。

「そんな……怒ってるだろ。ちがうんだ、ぼくは……ややこしい話なんだ。ただ……いろいろあって。まじめな話、きみじゃなくて——ぼくの問題なんだ」

陳腐なセリフが信じられなくてぽかんとしてしまった。

ジャックが続ける。「ごめん、ただ……いまいろいろあって」

親が亡くなりかけてる？　表情を和らげる。「何があるの、ジャック？　話して」

ジャックはそわそわしてまた髪に手をやった。「すごくややこしい話なんだ。話せないよ。正直な話、きみは本当にすてきだよ、エリー。ただ、今夜はきみの家には行けないってだけなんだ。そういうつもりじゃなかったから。ここに来たのはきみに会えると思ったからで、それは客のなかできみだけが唯一の知り合いだったし、きみといっしょにすごすのが好きだからだけど、きみがいっしょに帰りたがるとは思ってなかったんだ」

まぶたがチクチクした。なんでわたしってこんなにまちがっちゃうの？

「問題はね、エリー」話に感情がこもりはじめている。「今夜はきみの家に行く気になれないってことなんだ。今夜はきみとセックスできない。いろいろありすぎて」

親が病気にちがいない。「でも、セックスはしなくていいよ。ただ……」抱きあうって言えない、そんなこと。「……いっしょにいるだけで」小声でそう言った。

ジャックがため息をついた。「ぼくは……心理的に今夜その準備ができてないんだ」

あいた口がふさがらない。衝撃的すぎて泣きたい気にもならなかった。何も言えなかった。

「ともかく、バスが来るまでいっしょに待つよ」

「いやよ！」かすれた声で叫んだ。「ほんとに」声を落ちつけようとする。「大丈夫だから。バスはすぐに来るし……お願い、ほんとにもう行って」

「本当に？」心配そうな顔で言う。

「大丈夫」ぴしゃりと言った。「わたしは二十一歳の女よ。自分のことは自分でできる。大丈夫だから」

ジャックはびっくりしたようだった。「わかった」肩をすくめる。「あした電話するよ。暇だったら夕食をいっしょにしよう」

「わかった、それで、なんでもいい」そう言って、ジャックにハグされるあいだも凍りついていた。それからジャックは背中を向けてパーティーに戻っていった。その姿が見えなくなるまで息をとめていた。それからおさえつけていた涙があふれてきた。そのままずっとすすり泣いていた。携帯をとりだしてララに電話した。「ララ」相手が出たとたん泣き声をあげた。

「どこにいるの？」反射的にそうきいてきた。

「バス停。オールド・ストリート駅の近く。隣には……〈スターバックス〉がある」泣きながら、そう言った。

「動かないで」ララはそう言って電話を切った。

もっと激しく泣いた。〝心理的にきみと夜をすごす準備ができてないんだ〟ジャックはそう言った。心理的に準備ができる。その言葉が頭をぐるぐるしていた。ベンチにすわる。すわっていたほかの酔っぱらいたちが立ちあがって、黙って去っていった。泣いているわたしだけが残された。ホームレスさえわたしのそばにはいたくないんだ。

30

びくっとして目が覚めた。サイドテーブルのデジタル時計は午前七時を示している。ララは隣でぐっすり眠っている。何もかもよみがえってきた。ジャックにショーディッチの路上で拒否された。わたしは道端で泣いて、バス停にひとりですわっていた。ララがタクシーで家まで連れてかえってくれた。タクシーのなかでもずっと泣いていた。家に着いたら気分が悪くなった。ライビーナを山ほど飲んだ。うう、ライビーナ。あの赤紫色の液体を思い浮かべただけで、胃がむかつく。

頭がガンガンする。痛みに顔をしかめながら、ララを起こさないようにして、そっとベッドから出た。

つま先立ちでバスルームに入る。うんざりしていた。服を脱いで、自分の姿を見ることもなくバスタブのなかに入った。あちこちが痛かった。何もかも思いだした。思いだしたくなかったけど、思いだしてしまった。気分が悪い。シャワーを出したけど、立ちあがらなかった。バスタブのなかにすわったまま、膝を抱いて、お湯に打たれていた。立ちあがるだけの力が出ない。栓をしたので、バスタブにはお湯がたまっていく。やがてわたしを洗い流してくれるだろう。

お湯がいっぱいになると、後ろにもたれて目を閉じた。あの拒絶はひどかった。男の人を誘ったのははじめてだった。例外はジェームズ・マーテルに処女を奪ってほしいと言ったときだけで、あのときもノーと言われた。ダブルパンチのようなものだ。皮肉でさえある。最初に拒否された人は処女を奪ってくれず、次に拒否されたのは実際に処女を奪った人だった。

そのときふと思いあたった。ああいう女になったんだ。愚かにも、ちょっと興味を持ってくれた最初の男に処女を捧げて、どんどん夢中になってしまう女。そのあいだ相手は哀れみの目で見ていて、やがて自分の好色なペニスに導かれて、ほかの女に向かって去っていく。

ジャックがうろうろしながら、青白いペニスを女の子の集団に向けている姿を想像して、冷ややかに笑った。笑ったことで楽になった。大丈夫だと思いださせてくれた。わたしはひどい男に食い物にされた大勢の女のひとりにすぎない。だから乗り越えられる。もうジャックには会わない。ララがいるし、エマもいるから、わたしとまた寝ることに心理的に準備できていない人に処女を捧げたという事実にも耐えられる。わたし、そんなにひどかったの？　バスタブに沈み、ずきずきする頭と気持ち悪い胃のことを無視しようとした。

気持ちを変えようとして携帯を手にとった。やだ、ジャックから山のようなメールが届いている。いまはムリ。スクロールしていくとポールからのメールがあった。

まだ童貞なのはすてきなことだと言ってくれて、それからヤッたよ。痛みはあまりなかった。アドバイスありがとう。P

ひとりでにっこり笑った。少なくとも男が全部心理的に準備のできてないろくでなしってわけじゃなかった。

ララがトイレのふたにすわって、わたしを見ている。心配そうな顔だ。「エリー、ほんとに読んでほしくないの？」

「もう百万回めだよ、ララ。ジャックのメールは読んでほしくない。拒否されたんだよ。わたしのひそかな蓮の花に侵入しておきながら、そこに戻るのを拒否したんだよ。わたしが誘ったのに。それに、正直言って、ジャックがどんな言い訳をしてるのか知りたくもない」おだやかに話していた。蓮の花の話のせいで、すごく禅っぽい気分だった。

ララがイライラしてため息をついた。「わかった」しばらくしてそう言った。「わたしが読んで、それが何もかも説明のつく驚くような謝罪の言葉だったら、教えるね。もしくだらない話だったら、消して、もう二度と彼の名前を口にしないと誓うよ」

「ううん、ダメ」わたしは鼻にしわを寄せた。「『ハリー・ポッター』読んだことある？　例のあの人って呼ぶとかえってパワーを与えるんだよ。ヴォルデモートって呼ばなきゃダメなの」

「わかった」ララがあきれた顔をした。「じゃあ、ヴォルデモートのメール、読んでもいいってこと？」

わたしのたとえがわかってなかった。「いいよ」しぶしぶそう言った。「〝ジャック〟のメールを読んでいいよ。でも、声には出さないで」

「ああ、よかった。だって、もうさっき読んじゃったから。いい内容だったから、聞いてよ」

「ええ？」叫んで前かがみになったので、バブルバスの泡が宙に浮いた。「わたしの許可なしに読んだの？」

「エリーだって同じことしたでしょ」わたしの携帯から顔もあげずに言う。「気分がよくなってるといいけど、だって。今夜ディナーに連れていきたいから、ぜひOKしてほしいって。おごってくれるよ」

わたしはバスタブにもたれて、いまの話をじっくり考えた。

「じゃあ、OKの返事しとこうか？」ララがきく。

返事をせず、まだ、自分の直感がどう告げるのか感じようとしていた。目を閉じて瞑想しようとする。

「エリー？」ララがおそるおそるきいてきた。「もうお風呂に入って、えっと、四時間たつよ。そこで一日すごすなんて絶対ダメだよ。ふやけちゃってるし」

ため息をついて、左目をあけた。「ダメ」断固として言った。「返事しないで。それは謝罪でも説明でもない。それに、どうしてわたしが何もかも水に流してディナーに行くなんて思えるのよ？　もう、ララとエマとわたしでディナーの予定があるし」

「キャンセルしたっていいよ。エマもきっと大丈夫だと思うよ」

「そういう問題じゃないの！」憤然として言った。「ゆうべ誘ったとき来なかったんだよ。それなのに、なんでわたしが言いなりになって、振りまわされないといけないのよ？」

ララがため息をついた。「そうだね。ただ……ちょっと変だよ。きっと説明があると思うし、それを聞くためには会わなきゃ。そうでしょ？」

ジャックの親が死にかけているという考えがよみがえった。ララの言うことが正しいかもしれない。

「そうかも。真相を探るのは大切だしね」

ララの顔が輝き、わたしの携帯からジャックにメールを打つ準備をした。

「待って！」右手をあげて叫んだ。「もし会うんなら、こっちの条件を出す。わたしはふたりとディナーの予定があるから、それを守りたい。だから、ジャックがよければコーヒーを飲みながら会うって言って。そうだな……午後三時に。どこか居心地のいい場所で。〈プラネット・オーガニック〉にする。そしたら二日酔い用のジュースが飲めるから」

ララが熱心にうなずいて、打ちこんだ。「できた！」意気揚々と言う。数秒後に電話がまた鳴った。

「すごい、もう返事が来たよ」ララがそう言って、さっと画面を見た。「わかった。午後三時に〈プラネット・オーガニック〉の前で待ち合わせだよ。楽しみにしてるって」

小さなメタル・テーブルの前にすわって、ジャックがわたしのピリ辛ジンジャー・スムージーの代金を払ってくれるのを待っていた。茫然としたまま、静かに決意していた。頭がまだずきずずきしていたけど、なんとかバスタブから出て、目の下のクマはコンシーラーで隠し、ゆうべのマスカラの上からさらにマスカラを重ね、お気にいりのジーンズをはいていた。生まれ変わったような気分になろうとしていた。

「さあ、ピリ辛ジンジャーふたつだ」ジャックがそう言って、わたしの隣にすわった。

プラスチックのカップを受けとって、喉の渇きを癒すように飲んだ。薬みたいだった。ニンジンとオレンジとハチミツとショウガが喉を癒してくれ、酸素的なものが疲れはてた免疫系に魔法をかけているのをもう感じていた。

「これ、むちゃくちゃうまい」音をたてて飲みながらジャックが言った。

かたい表情で笑みを浮かべる。「うん、すごくおいしい」

「ここには来たことなかったんだ。実は、グーグルでどこのことを言ってるのか調べたんだよ」

「これがわたし」と軽く言う。「二日酔い用のジュースが飲める最適な場所をいつでも知ってるの」

「なるほど、これで正式にぼくの信任を得たね。きみがすすめるところにはどこでも行くよ」ジャックが笑った。

短い沈黙があって、そのあいだにゆうべジャックが、わたしがすすめるところだけには行かなかったことを思いだした。ジャックも口を閉じたので、同じことを考えてるのがわかった。期待をこめてジャックを見て、沈黙を破ってくれるのを待った。こんなどうでもいい話をする気分じゃない。本当のことが知りたい。

ジャックがその雰囲気を感じとってくれた。「あの、エリー、ぼくたち……話しあわないとね」

「どうぞ、話して」両手を広げて言った。

「ゆうべは……ちょっと変な感じになっちゃって。あんなふうになるはずじゃなかったんだけど」

「わかった。じゃあ、どんなふうになるはずだったのか説明して」

「つまり、ただ……ねえ、ぼくたち大丈夫だろ?」急いできいてきた。「大丈夫だ。こうやって会ってる。何もかも蒸しかえす必要はないよね?」

わたしは椅子にもたれて、冷たくジャックを見た。「ジャック、蒸しかえす必要があるの。そのためにここに来てるの。あなたの言い分を聞くためよ。全部聞きたいの」

ジャックはまだ気持ちが決まらない様子で、ピリ辛ジンジャーのストローをもてあそんでいる。

「そうしてもらうだけの貸しがあるはず」

ジャックは椅子のなかでもじもじして、大きく息を吸った。「わかった。そうだな。じゃあ……全部説明するよ、これから」

わたしは腕を組んだ。

「うん、そうだな。最初から話すよ」

「はじめるとしたらそこからだよね《ア・ベリー・グッド・プレイス・トゥ・スタート》」もう。思いもしないときに限って、『サウンド・オブ・ミュージック』の歌詞が浮かんでくる。

「うん。その……以前何人かの女の子とつきあってて……」と話しはじめた。

わたしは眉をあげて、さらにきつく腕を組んで、それが自分を支えてくれる誰かの腕だったらいいのにと思っていた。

「ともかく、いろいろつきあったけど、本当に好きになれる人には会えなかったんだ。もちろん、みんなすてきな人だったけど、なんて言うか……本当につながりあえる人は誰もいなかったんだ。だから、本当の愛なんて信じられなかった。きみは……信じられる?」心配そうな顔だった。

「うん……そうね。どうかな」

「わかった」ジャックの目がまっすぐわたしを見ている。「ともかく、ぼくは信じられなかった。でもそれがすべて変わったんだ」

気持ちが高揚してきた。

「ほかの女の子たちは、みんな……似たり寄ったりって感じだった。何もないっていうか。本当の愛が信じられないのも無理ないよ。そういう子たちはみんなある意味では同じだったから」

ジャックがしばらく黙ったので、わたしはじっと見つめた。思いもしなかった希望に満ちていた。すっかり心を奪われていた。体じゅうのすべての細胞と粒子がジャックの言葉に夢中になっている。

ジャックが話を続けた。「そしたらある日、全然予期していなかったことだけど、あるパーティーで会った子がまったくちがってたんだ。息をのむような子で、世界がちがって見えた。最初にぼくに言った言葉で世界を変えたんだ」

　膝から力が抜けるのを感じた。自分が言った最初の言葉さえ思いだせない。どんな深いことを言ったんだろう。

　ジャックは熱のこもった調子で話を続けた。「人生ではじめて、誰かと深く強いつながりを持てた。その子がきれいだっていうだけじゃない。気持ちをかきたてられるんだ。ぼくに挑戦してくるけど、挑戦されるのも好きだ。笑わせてくれるけど、泣かせてもくれる。はじめて会った瞬間から、つながりを感じた。ぼくの言ってることわかるかな？」わたしの目をじっと見つめてくる。

「わかるわ」そっとつぶやいた。

「よかった」やさしい声。「だってそんなことがあるなんて思ってもみなかったからね。それですっかりやられてしまった。それまでとはちがう人間になって、それでいろんなことがややこしくなったんだ。だからちょっとおかしくなって……このところ、きみに対して熱くなったり冷たくなったりしてて、混乱した印象を与えてたと思う」

　わかるよと言うようにうなずいた。これでわかった。ジャックは怖かっただけなんだ。わたしに恋するなんて思ってもみなかったんだ。ジャックは男だから。男は深いつながりを嫌う。みんな知ってることだ。そこにわたしが現れた。わたしのことが本当に好きになってしまって、それで怖くなったんだ。

「ただこの……このつながりはすごく強いんだ、エリー。ぼくをすっかり変えてしまった」

体じゅうにエクスタシーの小さな震えが走るのを感じた。ジャックは知らず知らずのうちにわたしを愛していると告白している。わたしがジャックを変えたんだ。わたし、エリー・コルスタキスは、人の人生を変えることができる人間なんだ。なんで疑ったりしたんだろう？　ジャックはただ、自分が拒否されることが怖かっただけなのに。この皮肉に笑い声をあげたくなった。本当にわたしのことが好きなんだ。勝ち誇ったようにガッツポーズをしたかった。なんとか自制して、不安そうなジャックに飛びついてキスしてしまわないように自分をおさえた。

ジャックが話を続ける。「だから……全部説明するよ。会った瞬間から彼女に変えられて、恋してしまった」

この三人称の言いかたに不安になってきた。なんで〝彼女〟じゃなくて〝きみ〟って言ってくれないんだろう？　ピリ辛ジンジャーもわたしのデリケートなおなかにはあまりよくなかったみたい。

「彼女には去年会った。だからきみとは重なってないから、心配しないで。きみと会う直前にフラれたんだ」そこで間をおいた。「彼女はブラジル人だ」

胃が沈んでいく。ほかの人の話だったんだ。この話全部が。ほかの人だった。わたしじゃなかった。わたしを愛してたんじゃない。深いつながりなんかなかった。つながりがあったのは、彼女、ほかの人だった。吐きそう。涙がまぶたを刺してきた。

ジャックは続ける。「ただ……彼女のことが本当に好きで、ここには数カ月しかいなくてそのあとはブラジルに帰るって言われた。だから、真剣なつきあいはしたくないって言われたんだ。

それで傷ついた。それからきみに会って、ちょっとつきあったけど、きみとはどう考えても真剣にはならない感じだった。ぼくたち、恋人というよりは友だちって感じだよね？」ジャックが軽く突いてきた。

心臓がレースのついたソックスまで落ちた。友だち、恋人じゃなくて。その言葉が頭のなかでぐるぐるして、Ｅ・バウアーズ医師のコンピューター・スクリーンに書かれた緑のヴァージンという文字よりも大きく光りだした。泣きそうだった。ジャックが期待をこめてこちらを見ている。わずかに残っていた小さな勇気をかき集めた。満面の不自然な笑顔を浮かべる。

「そうだね」わたしは言った。

「よかった、きみならわかってくれると思ったんだ」ジャックは感謝するように笑っている。「ぼくといるときのきみは……本当に冗談ばかりでバカ言ってるから。友だちとしてすごく好きになったんだ。本当に面白いよ。なんでも、ヴァージンってことすらジョークにするだろ。友だちとしてぼくにヴァージンを捧げたいと思ってくれたことはうれしかった。酔っぱらって一夜の相手に捧げるとか、そのあとで捨てるような男に捧げるような女の子たちよりずっといいよね？少なくともこれだったら、ずっと友だちでいられる。きみはすばらしいよ」

わたしは黙ってうなずいた。友だち、恋人じゃなくて。捨てられた。フラれた。

「だから、きみにルイーザのことを話したかったんだ。女性の立場でアドバイスしてほしい。その……本当の愛を信じる？　彼女がぼくの運命の人で、そのために闘うべきだと思う？　それともこのまま行かせたほうがいいのかな？」不安そうにきいてきた。

こんなの無理。ここにすわってほかの女の子のことでアドバイスするなんて。いままで傷ついたのよりもずっとつらい。屈辱の熱くしょっぱい涙を流したかった。何もかもなかったことにしたかった。会わなければよかった。ララに会いたい。

「ええと、わかんないよ」のんきに言った。泣き顔になるまえに涙をのみこんだ。「そうだな……うーん……もし彼女が運命の人なら、そうなるんじゃない。ほっといても。そういうことになってるんなら、そうなるよ」

「ほんとにそう思う？」ジャックが前のめりになる。すごく情熱的で、すごく気にしてる……ほかの人のことを。なんでまだここにすわったままで、アドバイスなんかしてるんだろ？　すぐに出なくちゃ。

「あ、大変」大きな声で言った。「もうこんな時間？　すっかり忘れてた。ほかにも約束してたんだった！　友だちと会うことになってるの。行かなきゃ。大変。でも電話して。またルイーザの話とかしようよ」

「あ、うん、わかった」ジャックはとまどっているようだった。「何時？」

もう、何時かって？「思ってたよりずっと遅いよ！」うまく切り抜けてバッグをつかんだ。さっと手を振って、走りでて、カフェのなかの時計を探しているジャックをそこに残した。

角を曲がった先にある隠れた路地に入り、そこですわりこんだ。ものすごくバカげた気分だった。なんで自分のことを言ってるなんて思ったんだろう？　ジャックがわたしのカレシになりたいと思ってるなんて、なんで考えたんだろう？　本当は向こうは友だちとしてしか思っていなかったのに。いままでずっとわたしのこと、好きでもなかったのに。ああ、すごく利用された気分。自分の書いたものを見せあって、いっしょに笑って、いっしょに寝て……そのあいだじゅうずっと、そのルイーザって人のことを考えてたんだ。両手で頭を抱えて泣いた。

31

ベッドに横になって、ロゼのグラスを握りしめていた。ララとエマはわたしのキルトの上にころがっていて、横には開いたままのピザの箱がある。ひと晩じゅう泣いたけど、いまは嘆きのサイクルの次の段階に進んでいた。否認と悲哀の段階は終わり、いまはワインとピザで満たされ、怒りの段階に入っている。

「あいつはとんでもないやつだった」その一時間のうちでももう十回めになる言葉を吐いた。「あんなふうにわたしをリードしておいて、それからあっけらかんと『ああ、ぼくたちって、恋人っていうより友だちだろ?』なんて、よくも言えたもの。だいたい、誰が〝恋人〟なんて言葉を使ったっていうのよ?」

「あいつは役立たずで、時間の無駄で、うすぎたないくそ野郎」エマも言った。「あんなやついないほうがいいよ。ブラジルのくそ女にやっちゃいなよ」

「そうだよ、エリー」ララも熱をこめてうなずく。「あいつはとびきりのろくでなし。あんな男忘れて、先に進まなきゃ。エリーにはもっとずっといい人がいるよ」

目を閉じて、ワインをがぶ飲みした。紙パックのワインだから、味はまあ想像どおりだ。

「ねえ」目を半分閉じたまま、言ってみた。「ジャックはわたしのこと好きだったと思う?」

エマが手をのばして、わたしの腕を握った。「もちろんだよ。ただ、ふたりの望んでたことがまったくちがってて、おたがいのサインを読みまちがえてただけ。よくあることよ」

「そうだね。でもまだひどい気分」

「そりゃそうだよ。でも考えてみて。もし彼と完全な〝愛してる〟っていう関係だったとしても、結婚してたとは思えない。どっちみち、どこかの時点で終わってたよ。だから……思ってたより早く終わったってだけだよ」

ララもうなずいた。「エマの言うとおりよ。わたしたちみんな男に幻想を抱いちゃうの。エリーの幻想がちょっと早く壊れたってだけよ」

「ってことは……いいことなの?」疑わしげにきいた。

「そんなのわかんないよ」エマが言った。「もっとワイン飲もう」そう言って、紙パックからそれぞれのグラスにたっぷりとロゼをついだ。

「それに」とララ。「ジャックのことあまり重要視しちゃだめ。エリーはすごく特別な人なんだから、ジャックのことや彼が考えてることを気にして人生をちょっとでも無駄にするなんてもったいない」

「本当にそう」とエマ。「知ってる? どんなことにも理由があるんだよ。ジャックがそんなひどい人じゃなかったら、ここで大好きな人たちから価値あるアドバイスは聞けなかったってことでしょ」

エマに向かってあきれた顔をして見せたけど、ララが用心しながら、こう言った。「エリー、こんなこと言ったからって、嫌いにならないでね、エリーのこと大好きなんだから。だけど……エリーはもっと自分のことを好きになるべきだと思う。男に人生を支配させるのをやめなきゃ。男が望むものを先手を打ってやろうとするなんて時間の無駄。ブラジリアンなんてしたくないのなら、やらなきゃいい。自然のままでいいよ。ヴァージンでいたいなら、ヴァージンでいればいい。にっこりしてくれる男全員と寝たかったら、寝ちゃったらいいんだよ！」

どんなピリ辛ジンジャーより友だちのほうが効果がある。元気になってきた気がした。「やってやる。ヒトラーをのばしてやる」

ふたりが賛成して笑っているあいだに、十七歳でヴァギナの毛を剃ったとき以来はじめて、自分のアンダーヘアを受けいれたくなっていることに気がついた。ワックスで完璧なヴァギナにしなければならないというアンダーヘアのプレッシャーで、四年間も疲れはてるような年月を過ごしたけれど、ようやくそれから遠ざかる準備ができた。

「もう二度とワックスはしない」わたしは宣言した。「カットは続けると思うけど、それは純粋に自分がしたいから。それに下着から突きだしてきたときって、マジでうんざりするよね」ふたりが賛同するようにうなずいた。「でも、もうやめる。下の毛のことはもう気にしない。もうレースの下着は買えないかもしれない。だって、ぺしゃんこになった毛のかたまりが見えちゃうから。でも、平気。コットンでいいよ」

ふたりが歓声をあげたので、ジャックといるよりふたりといるほうが楽しいことがわかってきた。ジャックといるときは、いつでも自分と会話してて、ナレーションつきで、つまらないことを全部分析してた。なにより、ジャックの政治的観点を理解してるふりをするのはむちゃくちゃ疲れた。わたしのことをもっと好きでいてくれる友だちのそばにいると安心する。

「ああ、エリー、本当にえらいよ」ララが言った。「上から目線で言ってるんじゃなくて。ほんとに。溶けこもうとすごくがんばってるのは知ってるけど、わたしたちがエリーを好きなのは、みんなとちがうからなんだよ」

「わたしもララが大好き」そう叫んだ。「わたし、バカだったよね？」

ララは怒ったふりをしてため息をついた。「そんなに自分に厳しくしないで。バカじゃないよ。ただ、エリーだっただけ。何をしようとも、ヴァージンだってことを気にしすぎたり、溶けこもうとがんばったり、実はろくでなしだった男にヴァージンを捧げちゃったりしても……それが人生だよ。自分がそのとき正しいと思ってやったんだし、ちゃんと先に進んでるし。それで、気持ちの整理がついたら、このことを全部おかしな話にして、いつもみたいに涙が出るほど笑わせてくれるんでしょ」

そのとおりだ。たしかに、わたしはただの生物学にすぎないことに必要以上にこだわっていたのかもしれないけど、それは全部自分の人生に対する外部からの影響のせいだった。ハナ・フィールディング、ネバー・ゲーム、『セックス・アンド・ザ・シティ』などなど。ヴァージンだってことにこだわりすぎるのも無理はない。だけどそんなの処女膜に穴があいてるかどうかっていうだけの問題だ。

ふいに気持ちが軽くなって、自由になった気がした。ヴァージンを失った直後にさえ感じることのなかった気持ちだ。今回はちがっていた。二十一歳で、わたしはようやくヴァージンでいることを肯定できた。残念ながら、もうヴァージンではなかったけど。

「ねえ、大丈夫？　目がぼんやりしてておかしいよ」エマが言った。

「聞いて……わたし、ヴァージンでいても大丈夫だと思う」ゆっくりと言った。

ララとエマが顔を合わせた。ふたりとも心配そうな顔をしている。「何よ？」わたしはきいた。

「あの、自分がもう……ヴァージンじゃないって知ってるよね？」エマがおそるおそるきく。

「どうでもいいよ」わたしは手を振った。「ひらめいたの。たぶん……ようやく自分がヴァージンだってことを受けいれられたんだと思う。実際はヴァージンじゃないけどね。すごい……これってめちゃくちゃ革命的だよ」

ララがとまどったような顔をする。「本当に大丈夫、エリー？」

「うん、大丈夫。最高の気分」わたしは叫んだ。「ヴァージンだってことは何も悪くないってわかったところなの。誰もわたしのなかに入ってなかったってこと。それが何？　プラスチックのペニスを入れたっていい。誰も気にしないでしょ。処女膜の状態がなんでそんなに大事なわけ？　それでわたしっていう人間の価値が決められるわけじゃない。肌の色や体重で人間の価値が決められないのは、それが人種差別やファシズムだからでしょ。だから、ヴァージンだってことも同じだよ」

「ファシズムの意味がちがう気がするけど」ララが言った。

「法律を専攻してるからそんなこと言うんでしょ」わたしが言いかえしたので、ララは降参のしるしに両手をあげた。

「それで、ふたりはこの意見に賛成、反対？」

「もちろん賛成だよ」とエマ。「わたしたちずっとそう言ってたでしょ。それに知ってる？ それって、反対のことも言えるって。なんで処女膜が破れてるからってそういう目で見られなきゃならないの？ 三十五本以上のペニスを入れたから、わたしは尻軽《スラット》なの？ ううん、ちがうよ！」

ララはちょっと目を見開いたけど、すぐに仲間に入った。「そうだよ。感情的に不安定でわたしとちゃんとしたつきあいをしたくないと思ってる男とのセックスを楽しんで何が悪いの？ わたしだって、ジェズとちゃんとしたつきあいなんかしたくない。ただセックスを楽しんでるだけで、それのどこが悪いの？ カレシはいらない。ジェズとはたまに会って、責任のない、セックスだけの関係でいたいの。なんだっていい。エリーがようやくヴァージンでいることを受けいれたんだから、わたしは、ジェズにもっと会いたいっていうふりをするのをやめる。わたしたちの取り決めが大好きだって認めるよ。もう完璧」

「あのね」わたしはにやりとしてつけくわえた。「もう二十一歳でヴァージンだったことを気にしない。薬物依存でもないし中退もしてないし危険なことは何もしてない。ただのヴァージンだった。それにハナにヴァージンだってことを知られても、大丈夫。わたしは二十一歳でヴァージンだった。それがなんだっていうの？ それが英文科のグループで最大のゴシップになるんだったら、そいつらの人生が退屈だってことよ」

「まったくそのとおり」とエマが賛同する。「面白いニュースでもないしね。大賛成だよ、エリー。そんなの、みんなが五分で忘れちゃうようなことだよ。それに、卒業したらもう誰にも会わなくていいんだから」

「本当だよね」とわたし。「そのことを知られて噂されたら恥ずかしいけど、乗り越えられる。それに、そうなっても、はっきりした欠点があっても自分は魅力的だって受けいれるよ。アンジェリーナ・ジョリーみたいなルックスじゃなくてもセックスできるし」

エマが眉をあげた。

「わかったよ」目をぐるりとまわしながらわたしは言った。「わたしは〝魅力的〟なだけじゃない。超セクシー。ふたりもそうだよ」

ふたりが声をあげて笑い、グラスを持ちあげた。「エリーと毛だらけの処女膜に乾杯」エマが言って、みんなでグラスを合わせた。

わたしはグラスをあげたままにしていた。「わたしの未来に。陰毛の状態や処女膜や屈辱なんか気にしない女としての未来に。そしてわたしのヴァギナに」

32

剛毛と偏見

約束どおり、陰毛の話。いつものようにふたりで書くのではなく、今回は陰毛がブロンドで肉に埋没した毛もないＥＭはうやうやしく撤退する。その代わりにＥＫが、自分のかなりの分量の茂みと、最終的に下着の下にあるものを受けいれるまでの旅路を語る。みなさんの助けになりますように。

はじめて男にヴァギナを見せたとき、相手は爆笑した。ふたりとも十七歳で、その後の四年間わたしのトラウマになった。二十一歳になってようやく、自分の恐れと向きあい、別の男に見せることができた。その男も笑った。

別に特別面白いヴァギナというわけじゃない。でも、どちらの男もわたしの陰毛が、あるいはその欠乏が、おかしくてたまらなかったのだ。

男①はたっぷりと茂ったわたしの陰毛を見た。最大限にカールし、すべての毛穴からはえていた。下半身の庭の手入れは何もしてなかったので、それがおかしかったのだ。しかし、どれだけ笑っても、わたしには口でしてもらいたがった。言いたいのは、わたしはコミューンに住むヒッピー以上に自然のままだったかもしれないが、それでも相手はわたしにフェラチオをさせたかったということだ。

男②はブラジリアン後のわたしを見た。ただし、それはヒトラーの口ひげみたいになっていた（警告：プレイボーイ・ワックスはブラジリアン・ワックスの一種として宣伝されているけれど、かなりちがうものだ。普通のブラジリアンは太い線が残る。プレイボーイ・ブラジリアンだと小さな切手大のヘアが残るので、ヴァギナの上にヒトラーの口ひげがプリントされたみたいに見える）。その男はわたしのヴァギナがワックスで脱毛されているとは思わなかったと言った。〝ナチュラルなタイプだと思っていたから〟だと言う。本人は自分のその部分をさっぱりとした芝生みたいに刈りこんでいたけど。

ふたりの反応はどちらもわたしを狼狽《ろうばい》させた。あそこがどうあるべきだと男が思っているのかを考えすぎて、何時間も（そして何百ポンドも）脱毛に使った。カミソリ、クリーム、ワックス、毛抜き、カット。剃ろうとしているときに、クリトリスをカミソリで切ってしまったことまである。肉に埋没していて、深すぎて抜けない毛のせいで、ヴァギナには黒い点々ができていた。傷は永遠に消えない。

そんなことがあって、とうとうこういうことを全部やめることにした。これ以上、茂みをびっくりマークの上の線みたいな状態に刈りこんだり、全部抜いたりしようとするのはやめる。陰毛は自分たちの仕事をしていて、ほこりや汗がわたしのヴァギナに入るのを防いでくれているのだ（そう、それが生物学的な目的だ）。

　これからは、陰毛に関しては自分がやりたいことをやる。カットは続けるけれど、ビキニ・ラインの手入れもやめる。どうしてかって？　自分の陰毛を受けいれたから。剃っていて自分の体を切りたくない。濃い毛には役に立たない除毛クリームは使いたくない。サロンに半裸で横たわりたくない。残った毛を毛抜きで抜くというつらい作業もしたくない。次の男がわたしの陰毛についてなんと言おうと気にしないし、女はあそこに毛がないものだという文化の一部になるのを拒否する。女には、毛がある。


公開ボタンを押して、画面がヴログのホームページに行くのをうれしい気持ちで待った。すでに七百五十人のフォロワーがいる。先月は大変で、エマといっしょにシェイクスピアとチョーサーの試験勉強をしてたけど、本当にやりたかったのは、ヴァギナについてサイバー・ワールドに意見を述べつづけることだった。

　わたしたちのメッセージに対するコメントはほとんどが否定的なものだった。わたしたちの意見は上から目線で意味のないものらしい。でも、嫌いと言う人が十人いても、かならず賛成してくれる女の子がひとりいた。それだけでもやっている価値がある。

　あの夜からジャックが何度か謝りのメールをくれてたけど、返信はしなかった。こちらの気持ちが伝わったようで、ようやくメールは来なくなった。まだ傷ついていたけど、それは自分のプライドに傷がついたからっていうだけだ。四週間かかってようやく、起こったことをすべて受けいれられた。油性ペンで左手に〝わたしは彼より上だ〟と書いて、毎週書き直して、消えないようにしていた。携帯に登録してあるジャックの名前は〝**出るな——ルイーザを思いだせ**〟に変えた。ブラジル人のパートタイムのモデル（フェイスブックでチェックずみ）のことを考えるたびにうんざりした。そんなのに勝てるわけがない。

その代わりに全エネルギーを学位をとることとエマとのヴログに費やした。おかしなことに、ヴァージンであることに存在の危機を感じなくなったら、勉強に集中するのがすごく楽になった。

インターンシップを申しこんだ会社からはまだどこからも返事がなかったので、もう一度全社にメールを送って、やんわりと返事を求めた。ぎりぎりのところで心を決めて、ヴログへのリンクも貼っておいた。どっちに転ぶかわからない。特に保守系の新聞に関しては疑問だったけど、少なくとも積極的な行動だ。

そのあいだにポールはヴラディとセックスを重ね、わたしがあげた軽量コンドームの箱でなんとかやっていた。ララはまだ大学にいて、舞踏会《メイ・ボール》だとか、わたしには理解できないゴージャスなイベントに参加してて、ファーストの成績をとる勢いだ。もうすぐうちに引っ越してくる。これからララとエマといっしょに夏をすごし、ジャックのことは忘れていくだろう。もうその名前も日記にはほとんど登場しない。二ページに一回出てくるだけだ。

まだやってないことがひとつだけあった。E・バウアーズ医師を再訪することだ。

だから、最新のヴログを更新してから、パソコンを閉じて、革のジャケットとサングラスをつかんだ。恐怖と向きあうときだ。ほとんど男に触れられたことのない処女という状態から離れて、堕落した女という新しい立場を受けいれた。この先には尻軽《スラット》としての将来が待っているのだから、Ｅ・バウアーズ医師に報告するのが待ちきれなかった。

またあの病院で、自分の名前がモニターに現れるのを待っていた。ぎこちなくもぞもぞして、エアコンをもうちょっとゆるめてくれたらいいのにと思っていた。むきだしの脚は外ではわりと日に焼けて見えたけど、蛍光灯の下では死人のように青ざめて見える。剃り残した数本のすね毛が寒さで逆立っている。

脚を組んで、白いサマードレスを引っぱって膝を隠そうとした。待合室はわりとすいていた。ほとんどの学生は試験が終わって帰省したか、肝臓病になるのに忙しすぎて、健康診断なんて受けている暇はないのだろう。

モニターが光った。〝ミズ・エリー・コルスタキス。Ｅ・バウアーズ医師の診察室へお越しください〟

素直に立ちあがった。

「どうぞ」診察室のなかから聞きなれたきびきびした声がした。

ドアを押しあけると先生がいた。ブロンドのダイアナふうヘアはもっと短くなっていて、デヴィッド・ボウイばりのマレット・ヘアになり、チョコレート・ブラウンのスーツを着ている。

「ミズ・コルスタキス、お元気?」先生がわたしを上から下まで見た。視線がワンピースの裾にしばらくとまってから、顔に戻ってきた。

「ああ、ありがとうございます。先生は?」はっきりしない返事をして、プラスチックの椅子にすわった。手順はもう知っている。

「とても元気ですよ、ありがとう。きょうはどういう用件で?」期待をこめてきいてきた。縁なしメガネを鼻に押しあげて、レンズ越しにわたしを見ている。

「ええ、クラミジア検査を受けたいんです」自信たっぷりにそう答えて、腕を組んだ。「それに、ほかも全部」

「ほかも全部?」

「検査したいんです。性感染症すべての」

「ここには前回クラミジア検査のキットをお渡ししたと書いてありますけど、結果についての情報はありませんね。いつ送られましたか?」コンピューターをスクロールしながら先生がきく。

「実はやってないんです。そのときはセックスをしたことがなかったから、必要ないだろうと思って。でも、いまはすべて変わりました。だから検査が必要なんです」わたしは椅子の背にもたれ、得意げに先生を見た。

先生がわたしの顔を見た。「なるほど。ということは、最近コンドームなしでのセックスをしたということですね? パートナーが何らかの性感染症にかかっているという可能性があるんですか?」

椅子の上で体を動かした。脚がプラスチックにくっついている。「コンドームは使いました。ただ、念のために検査を受けておいたほうがいいと思って」

「それでパートナーは――最近検査されたんですか？」

「ていうか、パートナーってわけじゃないです。それに検査を受けたかどうかは知りません。……たずねませんでしたから」もう、いったい先生は何世紀の人間なのよ？　相手をカレシだと思うなんて。きっと〝セックスをする〟とは言わずに〝愛を交わす〟って言うんだろうな。

「いまたずねることはできますか？」

「ああ、いいえ」唇を噛みながら言った。

「わかりました」心配そうに先生が言う。「もう一度クラミジア検査のキットをお渡しします。ここでできます。それとHIVの血液検査も受ける必要があるでしょう」

「HIV⁉　うそ、HIVにかかっていると思いますか？」わたしは叫んだ。

「まあ、そんなことはないでしょうけど、すべての検査を受けたいのなら、HIVも受けて当然ですよ」そう言うと、コンピューターに何か打ちこんだ。

「わかりました」自信なく言う。「でも、セックスしたのは一回だけなんです。たぶんかかってないと思います」

先生がゆっくり首を振る。信じていないのがわかった。「わかりました。何か心配な症状はありますか？　ヴァギナがにおうとか、しこりがあるとか、おりものの量が異常に増えたとか？」

「えーと……」誰でもヴァギナはにおうんじゃないの？　それにしこりがあるとは思ってなかっ

たけど、気づいてないだけかも。性感染症の検査がこんなに複雑だなんて。

「おりものの量は多いと思います」床を見ながら、ぼそぼそと言った。「それにときどきにおいますけど、それって……普通だと思ってました」

「おりものは白ですか黄色ですか？　ねばりけがありますか？」

全然わからなかった。分析したことがない。どうもそうすべきだったようだ。「うーん、たぶん……どっちも？　なんか……平均的っていうか？」

先生がため息をついた。「なるほど。カンジダ症かもしれませんね。念のため、カンジダ用の塗り薬も出しておきます」

わたしはびっくりして顔をあげた。「カンジダ症？　本当ですか？　それってレースの下着をつけるとなるんだと思ってました。わたしはどちらかというとコットン派なので。カンジダ症じゃないと思います」

「下着によってカンジダ症になることもありますが、ほかにもいろいろな原因があります。とてもよくある感染症ですから、たいていは自然に治癒しますが、念のために薬をお渡ししておきます。特におりものの量が増えたり、魚のようなにおいがきつくなったりしたら、薬を使ってください」

「わかりました」この新しい情報を理解するのに必死だった。

「それでは、この容器に尿のサンプルをとってください。トイレに行っているあいだに、このクラミジアの検査もして、戻ったら看護師のところで血液検査を受けてください。情報は看護師に渡しておきます。ここにいるあいだにほかに話しておきたいことはありますか？」

「ええ、実はひとつ」慎重に言った。「これって……お願いするのはちょっと恥ずかしいことなんですけど、でも、わたしはもうヴァージンじゃないので、コンピューターの情報を変えてもらえませんか？　名前の横に大文字で〝ヴァージン〟って出ないように。〝性経験が豊富〟にしてもらってもいいです。あるいは〝性経験あり〟でも。まあ、〝性経験継続中〟のほうが適切かな。またするでしょうから……」ぎこちなく声が小さくなった。

先生はわたしを見て、メガネをはずした。「なんですって？」

「いえその、前回来たとき、先生のコンピューターにはわたしがヴァージンだって書いてあったんで。でもいまはちがうんです。セックスしたんです。だからわたしの記録を更新してくれないかなと思って。お願いします」

先生が眉を寄せた。「記録は更新しますよ。普通は患者を診察したあとでします。ここから出て尿のサンプルをとっているあいだに、書類を記入しておきます」

わたしの前ではやってくれないんだ。そうだよね。〝クズ女〟とか〝性的に不安定〟とかって書くつもりかもしれない。

「わかりました」小さくため息をついてそう言うと、堕落した女としての新しい運命をあきらめた。みんな勝手にわたしがＨＩＶにかかってると思って、見えないところでわたしのことを書くんだ。茶封筒とプラスチックの容器を手にとると、わびしくトイレに向かった。

よし、ヴァギナの下に容器を構え、出てきた尿を受けとめればいいだけ。ところが、かなりの量が出てきたので、あちこちに飛び散って容器に入ってくれなかった。まったく。とちゅうで大きく息を吸った。もう。指を動かして容器の位置を調整した。これでいい。今度はちゃんと入ってくれた……いやだ、あふれてる。わたしの手に。そしてブレスレットに。

息をのんで手を引っこめ、おしっこを終わらせた。急いで紙でふいて、乾いてるほうの手で下着をあげて、トイレを流した。容器の外側もびしょ濡れになっていて、紙のラベルがはげかけている。わたしの名前がにじんでいて、両手が青いインクだらけになっている。

容器のふたを閉めて、洗面所で手を洗った。肩をすくめて、容器も洗ったほうがいいだろうと思った。気の毒な看護師たちにわたしのおしっこをさわるような目にあわせたくないし、どっちみちラベルはもうかなり溶けてしまってるから。

今度はクラミジア検査だ。パックをあけると、検査用のチューブが膝に落ちてきた。内側にサイズの大きすぎる綿棒が入っている。パニックのうずきを感じた。ややこしそうだ。なかにはミニサイズの説明書も入っている。それをあけて、略図を見た。なるほど、綿棒を出して、どこにも触れないように注意しながら、ヴァギナの内側に入れる。簡単だ。

チューブのふたをはずして長い棒をとりだした。また下着をおろして、洗面所のわきにしゃがんだ。ゆっくりと長く白い棒をヴァギナに入れる。押していくと、ひりひりするような痛みがあり、体重を支えている腿の筋肉がプルプルしてきた。

バランスを崩さないように、説明書に手をのばした。わかった、なかで棒をまわりにこすりつけるようにと書いてある。円を描くようにしてこすりつけた。ふいに腿が崩れ落ち、床に倒れてしまった。仰向けになり、両脚と下着が空中に浮き、長く白い棒がヴァギナから降参の白旗のように突きだしている。

痛みにひるみながら、棒を落としてしまわないようにゆっくりと起きあがった。まっすぐ立って、棒を引きぬいた。半分に折れている。ああ、もう。手に握っているのは半分だけの白い棒だ。コットンのついたほうはまだなかにある。折れた棒をわきに捨てて、二本の指をヴァギナに入れて探った。ほっとして息をついた。棒の端に指が触れた。ゆっくりとそれを抜きだして、チューブのなかに入れる。

ふたを閉める。説明書を見てみた。「棒をチューブに入れてから、折る」と書いてある。順番をまちがえただけだ。ほっとして息を吐いて、下着をあげ、両手を洗った。石鹸で。二回。

看護師に尿のサンプルとクラミジアの棒を渡した。看護師はおそるおそる受けとった。尿の容器のラベルが崩壊してしまっているのに気がついたようだ。

「血液のサンプルを採取しますね」と看護師は言った。「右腕を出してもらえますか」

「はい」そう言って、カーディガンを脱ぎ、腕をのばした。毛深いのを見られないように裏向きに出した。

看護師はわたしの腕をとって裏がえした。

「じゃあ、ちょっとちくっとしますよ」そう言うと、巨大な注射器を腕のいちばん繊細な部分、肘の内側に突きたてた。

「うああ」腕に痛みが走って叫び声をあげた。看護師はわたしに向かってあきれた顔をして、舌打ちをした。くそ女。いままで誰にも叫ばれたことはないらしい。

血が注射器に満たされていくあいだ顔をそらせていると、看護師が腕にコットンのかたまりをあてた。わたしは痛い箇所をそっとなでた。こんな目にあうんだったらHIVにかからないようにしなくちゃ。

「できました。これで全部終わりです。来週検査結果をお送りします。ありがとうございました」看護師がドアをあけようとしている。

「すみません、ちょっと質問があるんですけど」緊張してきいた。「外にコンドームがありますよね？　ウォーターサーバーのそばの棚に。あれって無料ですか？」

看護師がうんざりしたようにため息をついた。「いるだけ持っていってください」

そのとおりにした。ジャックとのセックスは特別楽しいものじゃなかったけど、ともかく初回は終わったんだから、これからさまざまなオーガズムを開拓するのが待ちきれない。もちろん、安全なセックスで。

33

きょうは学生最後の日だ。成績結果を見て、自分が第二級下（二：二）というダメな成績なのか、第二級上（二：一）という、見通しは暗いけれどまあまあの成績なのか、インターンシップの経験がなくてもどこにでも行ける第一級《ファースト》なのか、はたまた、これだけは勘弁してほしいけど、どうにもならないいちばん下の第三級《サード》なのかがわかる。胃がむかついてくる。二：一になれるぐらいかなり勉強したけれど、ひそかにファーストをめざしていた。毎日朝の八時から夜の十一時まで一日に四回しか休憩をとらずに試験勉強をした。ファーストになる人はそれくらい勉強してるはずだ。それ以上勉強する時間はない。

英文科の外で不安な気持ちで待った。エマとここで待ちあわせしているけど、まだ来ていない。ＵＣＬでこの学部だけが、学生に結果をとりにこさせる。

そこへエマが走ってやってきた。黒のマキシドレスにウェッジヒールでよろめいている。ヨットでピニャコラーダでも飲んでるような格好だ。わたしはレギンスにデカＴにビーサンだった。今朝はドレスアップするような気分じゃなかった。

「吐きそうな気分を一から十で言うとどのくらい？」エマがハグしながらきいてきた。

「十二。エマは？」ぼんやり言った。

「もっとひどい。さっさと行ってすませよう」そう言ってわたしの腕をとると、校舎に向かった。賛成してうなずき、掲示板に近づいた。

休憩室にはすでに小さな人だかりができていて、廊下にも散らばり、ほとんどはうれしそうにおしゃべりしていた。きっとファーストをとったんだろう。いやなやつら。その人たちは無視して、掲示板に向かった。心臓をドキドキさせながら、掲示板に目をやり、自分の受験番号を探した。番号は手で消えかかっている〝わたしは彼より上だ〟の上に書いてあった。わたしの手は正しい。文字どおりあいつより上だ。

C2359。あった。〝中級の上〟。どういう意味？　えっと……二：一だ。ああ、よかった。ほっとして息をついたけど、体に落胆が走った。魔法のようにファーストをとることはできなかった。天才じゃなかった。学者になる運命じゃなかった。CIAに入ったり、シェイクスピアで博士号をとるチャンスは消えた。

エマを見た。「どうだった？」目を輝かせてきいてきた。

「二：一。平均値、エマは？」

「ファーストだった！」金切り声をあげる。「なんでそうなったのか全然わからない。どうしよう。もう広告業界に行くべきじゃないかも。シェイクスピア学者になれるよ」

わたしは顔を暗くした。わたしがけっしてかなえることのできない夢をエマが盗もうとしている。

「すごくうれしい！」エマが叫んだ。

ため息をつく。「やなやつ。でも、ものすごく誇りに思うよ」そう言って、エマに腕をまわした。

エマが笑い声をあげた。「ありがと、エリー。逆の立場だったら、やなやつって言っただけかもしれない。それに二：一だってすごいじゃない。そうでしょ」

だってすごい？ うーん、〝だって〟の部分が余分だ。でも、エマの言うとおりだ。それにすごくまちがってもいる。逆の立場だったら、きっとものすごく喜んでくれたはず。それに、わたしは合格した。かなりいい成績をとった。最大限の努力をしたとは言えないけど、そんなのはどうでもいい。友だちが天才なんだから。

「お祝いに飲みにいこう」わたしが言った。「お酒をおごる！」

「やったー！」休憩室の向こうからチャーリーが叫んだ。「〈フィッツロイ・アームズ〉に行こう。エリーのおごりだぞ」

わたしはチャーリーにあきれた顔をした。「ごめん、チャーリー。いまのはエマだけに言ったの。だって、ファーストをとったんだよ」自慢げにそう言った。

チャーリーが感心したようにエマを見た。「嘘だろ。すごいな、エマ」

エマはにっこりして肩をすくめた。「何よ、難しいと思ってた？」そう言って、わたしに腕をまわした。「さあ、パブに行こう」

みんなで休憩室を出て、大勢でぶらぶら歩き、笑っておしゃべりしながら、トッテナム・コート・ロードの東側の歩道を占領していた。みんながわたしに対して普通にふるまっていて、しかもハナはそこにいなかった。わたしがヴァージンだったたって秘密は誰も知らないみたいだ。何もかも忘れてリラックスすることにした。わたしたちはもう学生じゃない。わたしはもうヴァージンじゃない。そして太陽は輝いている。

三杯めのジントニックを飲んでいるときに、携帯が鳴った。メールが来ていて、そのタイトルは〝Ｒｅ：インターンシップ〟だった。すぐにグラスをテーブルにおいて、メールを開いた。『ロンドン・マガジン』からだ。すごくクールでヒップなオンラインのメール・マガジンで、二週間前にヴログを送っていた。

エリーさま
三カ月のインターンシップにご応募いただきありがとうございます。ご存じのように、大変競争が激しいのですが、ぜひあなたに九月から参加していただきたいと思います。
あなたの〝ヴログ〟には大変感心し、大笑いさせていただきました。同じようなものを弊社でも書いていただきたく、アイデアを聞かせてもらえることも期待しています。インターンシップ参加のお返事をお待ちしております。
よろしくお願いします。

『ロンドン・マガジン』編集長　マキシーン

「うそ、大変」わたしは叫んだ。「エマ、見て！」

エマがわたしの肩越しにメールを読んで、興奮して金切り声をあげた。「やだエリー！　すごいよ。よくやったね。ヴログが気にいったって書いてある。信じられない！　すごいことじゃない⁉」

「うん、びっくりした」満面の笑みを浮かべて言った。

「どうしたの？」カーラがきいてきた。ネバー・ゲームのパーティーに来ていた子だ。もう卒業して別々の道に進もうとしているから、みんながものすごく親しげになっていた。ひとつの時代が終わり、現実世界に出ていくのが怖くて、できるだけ長く学生の世界にしがみつこうとしている。

「『ロンドン・マガジン』からインターンシップのオファーが来たの」

「まさか、ウソでしょ」カーラが叫んだ。「毎年ひとりしか採用しないんだよ。すごいね、よくやったね！」

「ほら！」とエマがにっこりした。「ジャーナリスト志望者たちをみんな蹴落としたんだよ！　ほんとにすごいことだよ」

「ジャーナリスト志望者だけじゃないよ」とカーラもにっこりした。「ハナも応募したんだよ。実のところ、やる気満々だったの。さっき断りのメールが来て、即座に家に帰っちゃったんだよ」

みんなで目を見あわせて、笑いだした。ハナ・フィールディングにしかえしできるなんて思ってもみなかった。ハナもあのヒッピーばりのヘッドバンドもくそくらえ。わたしはハナより上手なライターなんだ。

「何がそんなにおかしいの」チャーリーが来て、カーラに腕をまわした。カーラにぞんざいなキスをする。わたしはびっくりしてカーラを見て、チャーリーを押しやるのを待った。カーラがキスを返した。へえ。全然知らなかった。

エマを見ると、驚いて口をあけていた。「やだ、なんでこんな特大のゴシップを知らなかったんだろう?」チャーリーとカーラがいなくなってから、エマがささやいた。

「本当だよ。みんなに会えなくなるとさびしいな」愛情をこめて言った。太陽がヴィンテージ・ドレスやスキニー・ジーンズのグループを照らしている。「映画の終わりみたいな気分。それか、クリスマス特番の終わりかな?」

エマが笑い声をあげた。「ちょっと、バラ色のジントニックのかかったメガネでもかけてるんじゃないの?」

携帯がまた鳴った。「ちょっと待って」スクリーンをタップしながらにやりと笑う。「またインターンシップのオファーかも。成功するって、すごく大変」

エマがあきれた顔をした。「一社からインターンシップのオファーが来ただけで、ジェレミー・パックスマンにでもなったつもり?」わたしが反応しなかったので、エマが心配そうな顔になった。「エリー、大丈夫? 冗談だよ」

黙ったまま携帯から目をあげて、エマに渡した。

「なんなの？」エマがとまどったように、顔をしかめた。「〝ミズ・コルスタキス。ガワー・ストリート医院にお越しいただき、ありがとうございました。クラミジア検査の結果が陽性になっています。フリーダイヤルにお電話ください〟……**やだ、大変**」エマが叫んでわたしを見た。「エリー、大丈夫？」

わたしはぼんやりとエマを見た。大丈夫？　わたしが大丈夫かって？　人生でたった一度セックスをしただけでクラミジアにかかってしまった。しかも、コンドームも使ったのに。**これが大丈夫なわけないでしょ？**

「ねえ、平気だよ」エマがなだめるように言う。「みんなクラミジアにはかかってるんだから。治療はすごく簡単だし、症状も出ないから、誰にも知られないよ。こんなに早くかかったってことは、それから解放されるってことだよ。マジで平気だって。でも、コンドーム使わなかったの？」

「使ったよー」うめきながら言う。

「じゃあ、オーラル・セックスでうつったのかもね」

「フェラチオでクラミジアになるの？」そう叫んで、みんなに見られたので声を落とした。「なんで誰もそういうことを言ってくれないのよ？」

「ああ、エリー。かわいそうに。これって不公平だよね。オーラル・セックスでコンドームを使う人なんてほとんどいないし、一回しかしてないのに、うつるなんて。ほんとに運が悪いよ」同情するようにハグされた。

「クラミジアがうつったなんて信じられない」大げさにうめいた。「マリアさまみたいだよね。イエスさまは授からなかったけど、クラミジアを授かった。しかも、もうヴァージンでもないけど」

エマがわかるよと言うように腕をたたいた。「もう一杯ジントニックを持ってきてあげる」

わたしはひとりでベンチにすわって、自分の状況を考えながらエマを待った。もうヴァージンじゃない。目標は達成した。本物のペニスに本物のコンドームをつけて接触して、クラミジア検査を受けた。実際のところ、誓いを果たしただけじゃない。もう一歩先まで行って、クラミジアにかかったのだ。

自分を笑って、溶けた氷のかけらをストローで吸った。ヴァージンとして二十一年間生き抜いてきたんだから、クラミジアなんて全然たいしたことじゃない。

わたしのこととヴァージンのこと

わたしたちがこのヴログをはじめたとき、自分たちのことを誇り高きスラットのEMとしぶしぶヴァージンのEKだと紹介した。事態は変わった。読者のみなさま、わたしEKはヴァージンではなくなりました。ひと晩で、最後まで進んで、数日間はにやにや笑いがとまらなかった。二十一歳という成熟した年齢で、ようやく、魅力的な年上の男性に〝V〟を捧げたのだ。

これだけの年月がかかったのだから、ようやくその相手にめぐりあったのだと思った。相手がわたしに恋していて、自分も恋しているのだと思いこもうとしていた。あとでわかったことだけど、彼はただ単に、友人としての親切心でわたしのヴァージンを奪ったのだった。彼の言葉を引用する。「ぼくたちって、恋人というより友だちって感じだよね?」うーん。わたしはそうは思わない。

肝心なのは、わたしが命名したそのジャック・大失敗(匿名にする価値もないから)が、ヴァージンであることについてわたしにたくさんのことを教えてくれたということだ。いままで、ヴァージンであることについてちゃんと考えてこなかったことに気がついた。みんながどう思うかということにばかり気をとられていたから。例をあげる。負け組がいつもヴァージンのアメリカのティーン向け映画。あるいは、イケてる男の子たちがみな、セクシーな女の子のヴァージンを奪おうと必死になっている同じような映画。みんながたえずセックスの話ばかりしている『セックス・アンド・ザ・シティ』のようなテレビドラマ。表紙に〝セックスのアドバイス・トップ50〟と書いてある雑誌。わたしの言いたいことわかるよね?

わたしはヴァージンを失ってから、それを受けいれた。もっと早くそうすればよかったけど、どちらにしても、ようやくそうできてうれしい。だから、あなたが誰であれ、二十年前にヴァージンを失った人であれ、まだヴァージンの人であれ、ただそれを受けいれてほしい。

性感染症にかかっていてもいなくても、それを後悔とともに受けいれてほしい。悲惨な話も、失恋も、痛みも、そして後悔も。なぜなら、そういうことがなければ、人生はものすごく退屈だから。それに、わたしに関して言えば、ヴログに書くことがなくなるから。

謝辞

女友だちの存在がなければ『ヴァージン』は書けなかったでしょう。誰のことかはわかってるよね。マスターベーション、バスタブで発見した精液、アンダーヘアとの闘いなど、あなたたちが包み隠さず話してくれたおかげで、とても大きなインスピレーションをもらったし、笑いがとまりませんでした。ありがとう。

わたしが『ヴァージン』というこのちょっと変な本を、自分を励ますために書いていたときに読んでくれたみんな、貴重なアドバイスをくれて、エリーを愛してくれてありがとう。みんなのことだよ。サラ・ウォーカー、ベックス・ルイス、エラ・シーレンバーグ、サラ・ジョンソン、リアノン・ウィリアムズ、オリヴィア・ゴールドヒル、アンドレア・レヴィーン、それにキム・リーもね。ローリー・タイラー、あなたはわたしの知りあいのなかで『ヴァージン』を読む勇気のあった唯一の男性です。ありがとう。いまでもムーンカップの恐怖を乗り越えられないらしいね。

それに両親にも感謝します。出版されるって言うまで、『ヴァージン』を書いていることを全然知らなかったよね。すごくびっくりしただろうし、娘がこんなものを書くとは思っていなかったということは、よくわかっています。でも、いまでもわたしを誇りに思ってくれて、支えてくれてありがとう。

編集者のアナ・バガリーをはじめ、『ヴァージン』をていねいに編集してくださり、最初の段階からこの本を愛してくださったハーレクインの皆さんに感謝します。

最後に、エージェントのマディ・ミルバーンがいなければ、この本はできなかったでしょう。『ヴァージン』を信じてくれ、本の出版を実現させてくれて、本当にありがとう！

訳者あとがき

英国発の話題のコメディ小説『ヴァージン *Virgin*（*Harlequin, 2014*）』の全訳をお届けします。

もう二十一歳。大学を卒業するまであと四カ月。なのに、まだヴァージンだなんて！

ユニバーシティ・カレッジ・ロンドンに通う主人公のエリーは、十七歳のときにファースト・キスをした相手に拒絶されたという過去がトラウマとなり、恋愛に臆病で自信がなく、自虐的な性格も災いしたのか、けっして魅力がないわけでも、大切に守ってきたわけでもないというのに、いまだにカレシなし、ヴァージンのまま。なんとかしてその不名誉な称号〝V〟を返上しようと決意したことから、エリーの悪戦苦闘の日々がはじまります。

大親友のララ、新しくできたエマという奔放な友だち、口うるさい母親、思わぬ再会を果たした幼なじみのポールといった面々にかこまれながら、エリーはアンダーヘアの処理に悩み、インターネットでオーラル・セックスのテクニックを学び、自分たちの経験やコンプレックスを赤裸々に語るブログをエマと立ちあげ……と、日々処女喪失に向けてことを進めていくのですが、なぜだか事態は思わぬ方向へ向かうばかり。はたしてエリーの苦労は実を結ぶのでしょうか？

著者のラディカ・サンガーニは、イギリスの新聞〈デイリー・テレグラフ〉の記者で、おもに女性に関する記事を書いています。デビュー作となる本書を執筆した当時は二十四歳でした。

新聞記者である著者がなぜこんな小説を書こうと思ったのでしょう。著者によれば、若い女性が本当に知りたいことがどこにも書かれていないからだと言います。エリーほどじゃなくても、同じような経験をしている、そしてエリーのように情報に押しつぶされそうになっている女性たちはきっと少なくないはず。そう、本書はそんな悩めるすべての女性のための小説なのです。

実はこの本に書かれているエピソードのほとんどは、著者が友人とのおしゃべりから得た実話に基づいているそうです。実際、「著者がわたしたちの会話をどこかで盗み聞きしてたんじゃないかと思ったくらい」というようなグッドリーズの読者レビューをはじめ、エリーに対する共感の声が英国のみならずアメリカの幅広い層からも寄せられています。また、昨年亡くなった毒舌で有名なアメリカのコメディの女王、ジョーン・リヴァーズは、この小説を「ここ数年で最高に面白い、ノンストップ・エンタテインメント」とべた褒めしています。アメリカの雑誌〈パブリッシャーズ・ウィークリー〉は、エリーのことを「ブリジット・ジョーンズとキャリー・ブラッドショーに匹敵するようなヒロイン」と称し、この作品を「現代人の不安と古風な愛らしさがうまくミックスされたミレニアル世代のための物語」と評しています。

『ブリジット・ジョーンズの日記』や『セックス・アンド・ザ・シティ』をほうふつとさせる本作には、普段はなかなかおおっぴらにできない性に関する悩みやきわどいテーマを扱った、リアルなエピソードが満載されています。エリーに次々と襲いかかる災難に思わず吹きだし大笑いしながらも、どんな状況もウィットで乗り越えていくエリーには喝采を送りたくなります。

ラディカ・サンガーニは、この作品の続編を執筆中とのこと。社会人になったエリーが今度は何をしでかしてくれるのか、いまから楽しみです。

本書の訳出にあたっては、イギリスの学校制度について詳しく教えていただいたフォスター・矢尾千加子さんをはじめ、お力添えをいただいた皆さまにお礼申しあげます。

二〇一五年六月

ヴァージン

2015年8月1日　初版第1刷発行

著者　ラディカ・サンガーニ
訳者　田畑あや子
発行人　廣瀬和二
発行所　辰巳出版株式会社
〒160-0022
東京都新宿区新宿2-15-14 辰巳ビル
電話 03-5360-8956（編集部）
03-5360-8064（販売部）
http://www.TG-NET.co.jp
編集協力　日本ユニ・エージェンシー
印刷・製本　共同印刷株式会社

本書へのご感想をお寄せ下さい。また、内容に関するお問い合わせは、
お手紙かメール（otayori@tatsumi-publishing.co.jp）にて承ります。
恐縮ですが、電話でのお問い合わせはご遠慮下さい。

ISBN978-4-7778-1512-8 C0297　Printed in Japan